园 书

The Garden Book

[澳] 布赖恩·卡斯特罗 著

马丽莉 白文革 译

花山文艺出版社

图书在版编目（CIP）数据

园书 / (澳) 布赖恩·卡斯特罗著;马丽莉，白文革译著.—石家庄：花山文艺出版社，2017.2（2023.6重印）

ISBN 978-7-5511-3790-4

Ⅰ.①园… Ⅱ.①布… ②马… ③白… Ⅲ.①长篇小说—澳大利亚—现代 Ⅳ.①I611.45

中国版本图书馆CIP数据核字(2018)第027643号

冀图登字：03-2018-022

书　　名：园 书
YUAN SHU
著　　者：［澳］布赖恩·卡斯特罗
译　　者：马丽莉　白文革

责任编辑：梁东方　韩　松
责任校对：林艳辉
美术编辑：胡彤亮
装帧设计：陈　淼
出版发行：花山文艺出版社（邮政编码：050061）
（河北省石家庄市友谊北大街330号）
销售热线：0311-88643217/96/99
印　　刷：北京一鑫印务有限责任公司
经　　销：新华书店
开　　本：880×1230　1/32
印　　张：8.625
字　　数：180千字
版　　次：2018年6月第1版
2023年6月第2次印刷
书　　号：ISBN 978-7-5511-3790-4
定　　价：48.00元

文学的生命在于翻译

——谈《园书》中的跨文化翻译

王光林

贺双卿是中国18世纪出现的一位女诗人，但知晓或者阅读过她的诗歌的读者大概不会很多。作为一个被边缘化了的诗人，学界对于她是否存在都还产生疑虑，因为记载她的生平和诗歌的主要是清朝雍正、乾隆年间江苏丹阳人史震林的《西青散记》。根据《西青散记》里的记载，贺双卿出生在江苏绡山一户农民家庭，“双卿者，绡山女子也，世农家。双卿生有夙愿，闻书声，即喜笑。十余岁习女红，异巧。其舅为塾师，邻其室，听之，悉暗记。以女红易诗词诵习之。学小楷，点画端妍，能于一桂叶写《心经》。……嫁村夫，贫陋颇极，舅姑又劳苦之，不相恤。”学者杜芳琴经过大量考证研究，写出《痛菊奈何霜：双卿传》，确认贺双卿的存在。与此同时，这个不知名的边缘诗人却引起了海外学者的关注，美国汉学家罗溥洛（Paul Ropp）出版了一本书，题为《女谪仙：寻找双卿，中国的农民女诗人》（*Banished Immortal*:*Searching for Shuangqing, China's Peasant Woman Poet,* Ann Arbor: University of Michigan

Press, 2001），对双卿是否存在留有疑虑。汉学家艾尔希·乔伊（Elsie Choy）创作的《叶子的祈祷：18世纪中国农妇贺双卿的生平和诗作》（*Leaves of Prayer:The Life and Poetry of He Shuangqing, a Farmwife in Eighteenth-Century China,* Hongkong:The Chinese University Press, 2000）则力证贺双卿的存在。耶鲁大学教授孙康宜和她的学生、芝加哥大学苏源熙教授主编的《中国历代女作家选集：诗歌与评论》（*Women writers of traditional China: an anthology of poetry and criticism,*Stanford University Press,1999）则介绍选译了贺双卿的十几首诗歌。

这种真真假假、似有似无的争论对传统的真伪追求无疑形成了一种挑战。这种幽灵似的作家形象（ghost writer）使澳大利亚华裔作家布赖恩·卡斯特罗（Brian Castro，中文名高博文）产生了浓厚兴趣，成为他第八部小说《园书》（*The Garden Book*）的主要源泉。

《园书》的背景是墨尔本的大丹农山，这是卡斯特罗和其他作家喜欢退隐的地方。表面上看，小说再现的就是一个简单的爱情故事，而且是一个永恒的三角恋爱。主要人物有三个：自学成才的达西·达蒙，华裔乡村女教师贺双慧和美国飞行员贾斯帕·赞林。

小说以图书馆善本部管理员诺曼·史的开场白开始，他希望他能够从记忆中寻找出女主人公贺双慧的生活。他感到这个寻找过程就像中国话里的“寻鬼”一样，寻找的是不着边际的幽灵，也可能是什么也找不到。此后，诺曼的叙述和主人公达西·达蒙、贺双慧、贾斯帕等人的叙述交替进行，叙述视角不断转换。从这缤纷的叙述中我们知道，达蒙（Darcy Damon,谐音“魔鬼”Demon）生活在墨尔本边上的大丹农山脉，继承了父亲的遗产，但生性浪漫，抽鸦片，玩女人，到过香港、福州和上海。后因强奸少女被判入狱，出狱后土地被当地政府没收，于是开始非法贩卖木柴，并在山边造了一座房子，每隔两三个星期他会下山去逛逛书店，购买些普鲁斯特之类的书籍，想追寻失去的时间。渐渐地他积累了一个小图书馆，里面收有鲍斯威尔的书、《戈雅作品全集》和中国18世纪女诗人贺双卿的诗歌。有一天，达西因骑车太快撞上大树，昏了过去，被一个中国女人救醒。从交谈中他得知这个女人名叫双（Swan），一个他觉得有点儿不同寻常的名字，因为英语的Swan有天鹅之意，同时这个名字又使他想到了法国作家普鲁斯特的小说《追忆逝水年华》里的人物Swann。但是这个中国女人告诉他，她出生时的名字叫贺双慧，一个典型的中国名字。

后来达西得知贺双慧的父亲是墨尔本大学的拉丁文博士，这是第一个在澳大利亚取得拉丁文博士学位的中国人。他们家属于第三代华裔，她的祖父1852年就来到了墨尔本，但是直到贺双慧这一代也没有获得澳大利亚国籍，无法拥有自己的财产，也不好自由出入澳大利亚。他们的生活并不好，母亲去世后，父亲退隐到大丹农山边的森林公学里教书，但是由于经济危机，教书的工作也无法维系，最后父亲只好放弃教书，从古罗马作家恺撒、汉尼拔、埃涅阿斯、卡图鲁斯等名人作品中寻求慰籍，而贺双慧也辍学在家。她感到自己的身份支离破碎。后来，达西与贺双慧成婚，但是婚后他们发现彼此性情相去甚远。达西旧习不改，而贺双慧则充满了浪漫情怀，成天记日记、写诗歌，她的诗是用中文写的，而且是写在树叶上，然后再夹到书里，这些都令达西看不懂，两人的感情日渐疏远。后来，贺双慧怀孕，生下了一个女儿，他们将她取名为彭妮（Penny），源自古希腊神话中的忠贞女子珀涅罗珀（Penelope），但是由于身体虚弱，而达西又成天不在家，缺乏照料，因此先天不足的孩子不幸夭折。对贺双慧而言，孩子就像是她写的诗歌，成了一片叶子，一个中国的意象符号。

后来，邻居尼科尔斯从达西处购买了20英亩的土地，并请来了美国设计师贾斯帕·A.赞林，设计建造一个三层高的房子，有24个房间，里面有电影院、电梯，可以俯瞰周围的整片土地，一个人造湖，还有5英亩的兰花园。贾斯帕先后在美国的普林斯顿大学和芝加哥大学读书，获得过芝加哥大学的博士，有多种建筑设计问世，曾经到过法国。在抗日战争期间，他加入美军飞行员行列，到过中国，目睹了日军的暴行，后和中国飞行员一起抗击日军，并和宋美龄结识，宋美龄还送了他一架P-40飞机留作纪念。现在，他来到了墨尔本，结识了尼科尔斯和达西。后来他结识了贺双慧，感到了震撼。他们一起聊诗歌，谈波德莱尔和阿波利奈尔。贺双慧告诉贾斯帕，书可以正着读，也可以倒过来读，可以读出书中的隐喻，也可以在记忆中阅读，而混凝土是违反自然规律的。这一切都令贾斯帕感到惊奇。贾斯帕并没有来得及施展自己的抱负便遭到了解雇，但是他与贺双慧的交流却日渐加深。由于贾斯帕在普林斯顿学习建筑学时还学习了中文，因此他可以阅读贺双慧的诗歌。事实上，贾斯帕在里昂还见过中国现代诗人戴望舒，而且还将他的一些诗歌翻译成了英文，因此，在他和贺双慧的交流中，他将自己和贺双慧之间的关系理解为诗人与译者之间的关系，他设想自己和贺双慧一起周游欧洲大陆，在各种文学社团发表演讲。后来，贾斯帕带着他对贺双慧的情愫，带着贺双慧写的诗歌，离开了澳大利亚。

而与此同时，贺双慧和达西之间的关系并没有出现好转。达西从爱书、藏书开始转向焚书，因为在达西的脑海里，他想烧掉的不仅是他的藏书，而是想将她的诗歌烧成灰烬。因为在他看来，书拯救不了人，书只会使人死亡。世界上的书太多了，就是因为书，他的生活一团糟糕，女儿死掉，他把所有的怨气都集中到了书上。贾斯帕则人在巴黎，和妻儿在一起，他希望能将贺双慧的诗歌翻译后在法国出版，因为他觉得法国人理解翻译，理解这种作者与译者之间的合作，而法国对世界文学的接受也是无与伦比的，再加上他与法国出版界还比较熟悉。他不停地给贺双慧写信，谈他对中国迷宫似的文化的欣赏。但是他的信都被达西撕成了碎片，因此到了贺双慧手里的时候她还得把它们再拼粘起来。贾斯帕告诉贺双慧，她开始跟出版商合作，推出他翻译的贺双慧诗选，书的封面是一个具有异国风味的中国女子，深陷在澳大利亚荒野，陷在孤独而没有爱情的婚姻之中，书的封底则是贾斯帕·A.赞林。后来，他翻译的诗歌获得了切利尼翻译大奖。但与此同时，贺双慧的身体却日渐衰弱，她开始咯血，生活变得更加艰难，与外界的联系也非常稀少，过着十分孤寂的生活。而在巴黎，贾斯帕在文学界的名胜日渐显赫。1939年秋天，贾斯帕携带家人回到了波士顿，著名出版商普特南对他翻译的诗歌产生了兴趣，开始购买版权，在这一次新推出的版本上，贾斯帕的名字出现在书的上方，下面的小写则是“改编自华裔澳大利亚农妇贺双慧的诗歌”。这一次的版本很有个性，既非忠实的翻译，也非完全的创造。但是有一点似乎比较明显，如果没有贾斯帕的翻译，那么就不会有贺双慧的生活，也不会出现她的最后诗章。

《园书》的主题十分丰富，可以多层解读。英文中的Garden可以指花园，也可以指伊甸园，更可以指跨文化之园，如《埃涅阿斯记》中的女先知西比尔也是通过在树叶上书写来进行预言的。小说一开始，叙述者诺曼·史（Norman Shih）讲他如何在“寻鬼”，“诺曼”谐音“无人”，希望通过碎片来找回过去。贺双（Swan Hay）对应着贺双卿，贾斯帕·赞林（Jasper Zenlin）对应着史震林。贺双卿的诗歌和生命是通过史震林的叙述和解读而得以生存的，同样，贺双慧的诗歌也是通过贾斯帕的翻译而得以延续的，而且，贺双卿的诗歌从语内翻译进展到了语际翻译，从中国走向了国际，而叙述者诺曼，作为故事的主要诠释者，最后发现自己竟是贾斯帕和贺双慧的儿子。

（作者为澳大利亚文学研究专家、翻译家、上海外国语大学英语学院教授）

创世之初的伊甸园
何处可见
自从上帝发出逐令
人类从此堕落深渊
沦为历史和时间的
永久囚犯

——W. H. 奥登《当下》

写信意味着在贪婪等待着的幽灵面前剥光自己。写下的吻到不了它们的目的地，而在中途既被幽灵们吮吸得一干二净。由于营养充足，它们超速繁殖。人类意识到幽灵的庞大并与之作战，尽可能消除人与人之间的幽灵元素，创建自然的交流，获取灵魂的安宁，它发明了火车、汽车、飞机。但无济于事，这些发明显然诞生于一个崩溃的时刻。对手更镇静更强大；邮局之后，它又发明了电报、电话、X光片。幽灵不会饿死，人类却会消亡。

——弗兰兹·卡夫卡《写给密伦娜·洁森斯卡的信》

目　录

CONTENTS

引子　维多利亚大丹农山

诺　曼

当你漫步在为纪念飞机失事而竖起的一堆堆石头纪念碑前的时候，有那么刹那，你会感到一丝毛骨悚然，中国人含糊其辞地称之为——冤鬼，“阴魂不散”，也有说是“寻找虚无”。那是一种很癫狂的事情。你当然不想就这样被烟熏死，葬身山旁。从望台到这里有一条小石路，地上是凌乱丢弃的威士忌波旁酒瓶和压扁的啤酒罐。再下面就是之前和再前燃烧留下的东西，一层压着一层。对于一个搜集法庭证据的人来说，每件东西都有极其严肃的意义。你眼前所看到的可能是一个人生命垂死时的姿态。

一阵狂风袭来，拔地而起形成漩涡，吹得电线吱吱作响。桉树也随风沙沙作响。时而大风会将挺拔的桉树连根拔起，撼动着地面，随之空气中就会弥漫着桉树叶和肥土的味道。它们就这样不知不觉地倒下，树根扎在柔软的火山土壤中，粗壮的枝干与树叶在风中裹成一团，漫天旋转。每一个枝干都是达摩克利斯的利剑。你正在此开垦一片原本荒芜之地。现在果园和养老院纵横叠错山间，但是七十年前，巨大的火山灰一跃而起，达数百英尺，在蜿蜒曲折的城市对面，凉爽、幽暗的森林形成一堵蓝色城墙。风驰电掣般扫过这里，将树皮撕裂，让人想起纵向射击的情景。在山脊路中有一块空地，到处都是人们清理汽车烟灰缸时留下的烟头堆。数不胜数的石冢是早已湮灭的焦虑，燃烧殆尽的情欲和烧焦之刻的恐惧。冰块状的破碎的挡风玻璃，两个注射器，七个用过的避孕套。你怀疑避孕套这样堆积组成一个特别的社会学和心理学体系。七本身就是一个令人不安的数字。

我沿着可汗瓦罗布山长途跋涉，绕了整整一大圈，一边是一排林立的美国梧桐树，另一边是长满蕨类植物的渠沟，沿途还经过了两个电视塔，顶端的发射器还发出吱吱的响声。铁丝网向外翘出，参差不齐的铁丝从水泥筑成的涵洞中伸出来以防止滑坡。两条罗特韦尔警犬假模假样地叫了几声，一条对我虎视眈眈，另一条在兀自睡觉。那条监视我的狗似吠非吠地叫着，搞不清我到底要走向哪里。我的方向很有迷惑性，痉挛的动作并不影响我走的路程。我的右胳膊疯狂地晃来晃去，而且以一种莫名其妙的角度。那种抽搐的痉挛足可以让人避退三舍。我每天走上二十英里丝毫不在话下，一点也不会疲惫。但是这没有什么好自吹的。每个人都以自己的方式过活。正如俄国谚语所说：尽管狗群乱吠，旅行队照样前进。

看这儿，这些都是新长出来的。灌木丛每隔六十年更新换代。被烧掉了，又长出新的，然后再次被烧掉。但是，快仔细看，每隔一处，就有一个树桩。一些老的树干已经被火烧成空心了，但却依然活着，杏仁桉就在里面生长，把外壳当成它们的铜墙铁壁。这些半拉的树干看上去阴森森的：它们形成一个圈，直径有一百米。它们浑身长满了树瘤——老得快成精了。它们这种不屈不挠的韧性代表了一种丑恶而旺盛的生命力，这点与我无二，甚至可以说是整个国家的性格，值得敬佩与颂扬。就像树一样，除了生存，我们不知其他。澳大利亚不是温柔之乡，这里充斥着众多的老人，与这个世界抗争，与自然环境抗争，也与自我抗争。

我东拐西绕，转来转去。那两条狗又在尖叫。电锯的拉扯声越过那条沟传来，像是呻吟。

从这里向远处眺望，可以看到墨尔本市，它就在海湾的彼岸，坐落在一层污染的微光中。市中心的商业区从烟雾中竖起，一片烟雾缭乱燃烧殆尽的绿洲，就像是石油燃过的科威特城。商业区内，高速公路像意大利空心面一样扭扭捏捏地穿过一片广漠的工业区、采石场、污水处理坝，却不知去向何方。在我身后，东北方向，层层叠叠的紫色山峦绵延至吉普斯兰。夏天的时候，孩子们爬上这个监视哨学习如何纵火。在冰冷的冬季，在黑压压的细雨纷飞的天气，他们闯入招待所。这是我出生长大的地方，是我的地盘，我既身处之中又置身其外。

多年以来，我在山的阴面租了一间透风露雨的小屋。每个周末冒着风霜雨雪，绕着这条小路找吃的和用的，树梢上银装素裹，像是花白的胡子。住在泉水边，夏天看着猫围追老鼠，看小蜥蜴在烂泥中游来游去，这有利于我身体的康复。但是有时候，我的身体不听话，会变得躁动难安。遇上好天，我就把书拿出来摊在外面晾晒，一行飘忽不定的乌鸦在书页上忽上忽下，从书页间啄食，我的思绪飘飞，就像捕食的云朵和诉说的影子，似乎在说，一切的行动都是慢性自杀。然后我会把这些秘密思绪抛之脑后。

向大山深处继续走下去，树皮在猛烈地敲打树干，声音巨大难以想象。黑莓簇簇成群。一只小狐狸蹿出来穿过小径。这就是飞机失事的地方。人们称该飞机为“吉尔玛”。在土著语中，它的意思为“黎明”。我找了一块空地坐下，斜靠在一个断裂的岩石和碎水泥板上，水泥板是他们从电视塔基地扔掉的。热气开始上升，像炼钢一样，火焰喷发。二次爆炸灼热了整个山腰。尸体漫山遍野。烟雾腾腾，灼伤了喉咙和肺部。石堆纪念碑的牌子上写着在来自阿德莱德全日航的ANADC-2的午间航班中有十六人遇难。时间是1938年10月25日。我手中的飞机手册中言称，该飞机可以载乘十八人。所有的官方文件记录的都是十八人遇难。一定是有人弄错了，不然就是飞机上有两个空座位。我查看了那架飞机的载客名单和报纸。言称十六人遇难与言称十八人遇难的比例基本持平。这些跟我的调查没有直接关系。我只是在寻找两个失踪的人。

我顺原路返回到我停放卡车的地方。天色突然阴沉下来。空气异常紧张闷热，鸟儿不再鸣叫。路旁的房子都离路很远，但是如果仔细看，可以看到窗帘来回飘荡。我用方向盘上的特殊把手控制卡车，绕着弯曲的道路慢慢下山。有人在路边设置了小小的指示牌，上面写着“当心琴鸟”。在山脚附近的一所石头房子前，我停下车，拉上手刹，从车上下来，踩到了碎石上。我对这个工作最不满意的地方就是要与人交谈。我不是特别擅长言谈。他们总认为我是一个包打听。我的那条胳膊一点也不给力，它本该消停会儿，却在那儿不停地乱摆乱指。我从不跟女人攀谈。大体上来说，她们见到我就冷淡地匆匆跑开，像遇到蝗虫一样。而那些老头总要试图弄明白我到底是参加了哪场大战……以及为谁而战。

老韦伯走出了房间。尽管我提前打电话进行了预约，但他也不会邀我进屋。他身穿园丁格子衬衫和一件破旧的剪短了的工装裤，腰间还扎着个皮腰带。我们两个站在露台上讨论着天气，枯燥而无聊。显而易见，他对我操当地人的口音倍感惊奇。之后就没有什么新鲜感了，不一会儿，确切地讲，一下子我们就没什么可聊的了。于是我们开始着手眼前的正事。他走进屋，转转悠悠。我可以从门上撕裂的铁丝网中看到他，他出来时手中拿着一件东西，外面用油布包着，也许是把枪，从他拿着它的样子看很像是一把枪。

就是这个？我问道。

他回答说，对，就是这个。他把它放在一张澳松板桌上，上面都是星星点点的鸟粪和负鼠屎。解开油布，里面是一本旧的日记本，那种带有大理石斑彩色纹理封套的日记本。里面基本上空空白白的，间或在这里或那里有寥寥的几个字。家庭约会，戏票的日期。没什么大意思。日记本的边缘都烧焦了。至少是烧成了毛边，但经年以来，那烧过的部分已经像雪花一样飘走了，只剩下这个扇形的本子，纸页发黄，干干的很易脆裂，看上去就像是一堆薯片。我把它重新包上，我知道天气和光照对纸张有超强的杀伤力。面世之日就是毁灭之时。这里，我要再次强调：这个跟我目前调查的案件没有丝毫关联。

我把支票给了韦伯。他看了一眼然后又对着太阳照了照，笑得有点狡黠。人们一直不太信任支票，而此刻他突然意识到里面的幽默了。支票不太实用。他原本更想要现金。但是我对他说我是为图书馆和大学服务的，我们不用现金付款。为了这个买卖，他似乎也只能委曲求全。为安全起见，他记下了我卡车的牌号。

他让我稍等一下；拿来了一堆薄薄的指示牌，上面写着“当心琴鸟”，并请我把它们放在路边。他说，用大头针钉到树上就行。

我回到了车中，沿山路进入宁静的山谷。路直上直下，突然间我看到了平原，一队老鹰顶着上升盘旋的气流似睡非睡。干草堆像是瑞士蛋糕卷。我在去墨尔本干道的路口附近的一排商店前停下。我停好车，步行从古玩店来到废品店，两个店相隔不远，都打出了“内有宝物”的招牌。

气压29.88帕。这是1938年当天下午13点30分的记录。但是“吉尔玛”并非因天气而坠毁，尽管这是其中的因素之一。导航也有偏差。这种事在我身上就屡见不鲜。我出去寻找更重要的线索，然而我的兴致并不在那些线索上，反而是那些插曲令我兴趣盎然，就像那页从遇难者日记中撕下的纸片。其实，即使是飞机失事也属于题外话。

事实上，我是个收藏家。收藏家都是受什么东西所驱使。收藏所获取的知识与历史或叙事不同，它们更能体现亡者。也许就是一种痴迷，而这种痴迷也变幻莫测。但是对我来说，它是精准的科学，因为我们研究的就是实物而非抽象的东西，正如大多数学科一样，实物的收藏为我们提供了武断的结论，物理结果——形状，气味，手感——仅仅是为了获取权威。比如，一本书成为其时代的坟墓。

这本薄薄的诗集，是在巴黎印刷的。书脊中夹着的几片烟草叶，或者一个吉坦尼斯牌烟盒上在一个蓝衣吉普赛女人身上随意涂抹的某人名字的首字母，比寻常的吸烟含义要多得多。历史遗漏了一个重要的线索：那些亡者是吉普赛人。她们依然活跃，她们飘来荡去，就像是飞蛾扑火。她们用涂着指甲油的手指取出香烟，然后用同一双手在诗行的下面标注。她们给我们留下了这些迹象。这些迹象成就了今天的我们。你只要知道如何收藏她们便可。你需要知道这些弯弯绕。其实任何故事的整体思想，就像存在本身一样，尽在不言之中。

信件、明信片、分类账簿、破旧的平装书。我批发了一大堆放入了装茶叶的箱子，然后搬到了卡车上。我到达大学图书馆的善本部办公室时，城中天色已黑，且下着瓢泼大雨。我关掉了一闪一闪的电脑，调整了一下紫外线台灯。那本日记页闻着有股潮味。

第一章 达 西

1922年大丹农山下的奥林达小溪

你的伤是魔鬼的兴奋剂，他自言自语道。

他指的并非由于桥梁坍塌而造成的腿伤。

水的味道跟烟差不多。他捧了一捧水，用舌尖撇去上面的浮渣。对这种事情可以百分之百打包票。这是丛林大火的味道，地狱的味道。他再舀一捧，再深一点。这是他的神丹妙药。大雨将至，四处寂静无声。在那高高的银色苍穹下面，天色越来越暗。阴沉的天空下是兰青色的蕨类植物。在原始森林处，树干歪歪扭扭。他是这当中的一部分，试着往阳光处伸展。他算什么？除了烟，他还能成什么？

达蒙，达西·达蒙。他的姓氏听上去有股邪恶的味道，像是“恶魔”。他听到狗叫声。他从那湿乎乎的、黑乎乎的路上上来。这条路伸向雨林中，在公牛道有个急转弯，顺着小溪延伸。他们正在这个路段施工，大铁锤就随便地丢在了树下，大堆大堆的石头等着敲碎。毒气熏天。这条路伸向他，盘剥他，切断他的渊源，将他带走又将他带回。物是，人已非。

一个小时前，他窥视到了河岸对面的一名少女。她没有看见他，她正在往脖子，往胸前撩水，水浸湿了她的上衣。树木开始晃动，大地抓住了惊雷，矮小的鹪鹩在腐烂的叶子下面疾走。就在第一波弹雨中，他猛烈地撸着他的性物，精子以弧线形射过了奥林达小溪，射得非常远，超过了他吐痰的距离。

他既在此处又不在此处。1922年圣诞节。

审判开始：

“达西·钻石……”

他居然把我的名字念成“钻石”。法官头顶假发，看上去很捂得慌而且也很烦躁。那种微笑总是很容易激怒他们。我对他的描述要尖刻得多——天生的撒丁岛人。

法官清了清嗓子，叫道“达西·达蒙”。因为吃了太多的肥羊肉，喝了太多的红酒，他的嗓音听上去有点油腔滑调，而且特别宏亮。有传闻说，在他的法衣里面穿的是女士的内衣。“我判你两年……的苦役。”

那个姑娘只有十五岁。修路的人看到过他，在树丛中进进出出，手里拿着她的上衣，他们说。这还不算，他们还抱怨说他们的工具也被盗了，倒下的树挡住了他们的路，这点还算比较接近事实。

其实，我本可以告诉法官我才十六岁，但是即使我说了人们也不会相信。我长的比实际年龄要高大。我天生就是卖苦力的料，注定没有羊肉，没有女人，没有油水。我母亲生我时难产。我就是苦力。是那个姑娘在挑逗我，尊敬的法官大人，我没有撕扯她的衬衫，我对天发誓，真的没有。

他们给我戴上镣铐把我带走。但是我仍然可以去任何地方。无论是过去还是现在，没有什么区别。全部都结束了，一切都是秘密。马匹在墨尔本的细雨中热得直冒热气。滚烫的燕麦味。执法官抓着我的胳膊。他没有太使劲按着我。他踮着脚尖，身高还不到我的肩膀。城市的马，城市的看守，城市的监狱。

我能闻到他们制服上的臭味。

我服刑。我活在当下。时间并非我身外之物，我知道如何与时间相处。这个只有我自己知道。早晨，他们用力敲打门上的铁栏，强迫你出去，然后一个挨一个光着脚站成一排，用同一个尿壶撒尿。小隔间有一间破烂的抽水马桶，但是没有门。大便的时候最糟糕，因为其他的人也想拉屎，他们就站在那里，边等，边看着你。这还不算，你的脚就站在尿液中。你用水桶取点冷水，拎回你的牢房。有的人就直接在桶中拉屎，也不清洗。稍微洗漱一下就该吃早饭了。早餐就是发霉的面包，上面还带着女人的香水味。那女人将面包送到监狱的大门口。你开始想象她的模样。就像所有其他人一样，你吃面包前先用鼻子闻个够。然后留下来慢慢吃，有时候会有粥。于是大家又想去拉屎，但是到午饭之前根本没有机会。我们都学会了定时排便。再有就是，如果你去蹲着拉屎，你可能会错过午饭。每时每刻你都能听到撞击声和喊叫声，有时候是有人被暴打。人们齐声喊道：打翻他，长官。所谓团结一致就是个笑话。死亡也是个笑话，这不是明摆着吗？一个长点儿的笑话而已。那个我们被我们称为“嘻哈小子”的男孩肋骨上插着一把刀片。

他们将我转移到了贝斯沃特（海湾水域）的少管所。贝斯沃特附近没有水源，就位于我至爱的小山脚下。

我劈柴劈得特别快，没等看守抽完一根烟功夫，我就劈完一根了。我还会劈头。我的牙断了，鼻子也断了，但是我根本不在意。我饱览群书，能找到什么书我就读什么书。图书馆里工作的人各个怨声载道，沮丧的，懦弱的。我全神贯注地读着链子拴着的书。我也跟书拴在一起了。我窃取书中的内容存入我的大脑。除非必要，我从不开口。我的沉默就像是把利剑。我劈那些篱笆横木，他们用这些木头做墨尔本港口的防护提。我往禁闭室搬运六七吨的柴火，以便看守们可以围坐起来烤火取暖。我把石头劈开。但是我自己刀枪不入。没人可以毁掉我。我的眼神变得狂暴，而且日渐一日地更加狂暴。

到了1924年，我终于刑满，成了一个自由人。这下问题来了。你可能透过我小屋那模糊的玻璃窗子看到过我，其实那玻璃是新装的，只不过因为天天烤肉弄得油乎乎的。我凝视窗外的云雾，试图捕捉过去的回忆。所有的记忆皆有缘故。这是我父亲的原话。但是他想说明什么呢？

我现在孤身一人，没有家庭，没有亲人，在大丹农山的房子中蜗居，像一只流浪的狗，我又回到了家中。但是现在土地归了政府。我入狱期间，执法官将土地没收了。出狱之后，我下决心一定要把土地收回来。自由的生活不需要太多时间去适应，不久你就总是想挑战自由的极限。

冬天，这个地方又冷又潮。不需几天，倒下的树上就长满了松软的苔藓。我的靴子里也长满了绿毛。雾气到中午才会散开。夜幕降临的时候，外面飘起了濛濛细雨，黄色桉树头重脚轻地晃悠，叶子上吸满了水，你可以听到树枝嘎嘎响然后折断，落下，林子里到处都是叽叽喳喳的鹦鹉。所有的东西都散发着一股霉味。有时候雨来得急且猛，冰雹就像白色的铅块一样砸下来。我的草屋顶是用巨朱蕉藤搭起来的，到处漏雨。当天气反常不下雨时，情况会有缓解。大风无情，从布满黑色树皮的小溪岸边抽身时，我的脚已经湿透，心怦怦地跳个不停。我把榫齿锯放在桥边的泥坑里等待着黑暗的降临。捣碎石头的人摇晃着手中的提灯，发出若隐若现的光亮，赶着牛车，走在回家的路上。每个车后面都拖着个小树苗当刹车，沿着泥泞的路下滑。他们扯裂了我所有的围栏。

午夜过后，水会像烟一样开始上涨，起初的时候不是很强劲，但是很沉重。然后栈桥就像牙签一样突然断裂，粘粘的木材裂成碎片后爆开。然后桥就开始吱嘎作响，弯曲并随着水流飘去。

你要掌控世界而不是随波逐流。我的裤腿里满是泥泞。眼看着即使那冷若钢铁般的蓝色天空也会暗淡下去。我死了，早就死了。

他把木制的工具箱放在蒙布克尔空地边的一个杏仁桉旁边。镇里的人冬天在那块空地上踢足球，夏天在那里打板球。他能闻到从果园里飘来的苹果香。明天他会打开箱子亮出他的宝物。他坐在箱子上，往山上看去，看着绿色的世界映衬着蓝色的天空，思索着成长本身如何记录自己。义无反顾地发芽，不会因错误而缩回，也不必因伸展、添枝加叶而被纠正。成长有其自身的套路。他想起了那个姑娘，湿淋淋的、满脸的雀斑，露出一个奶子给他看，就是那样，就在锯木厂午休的空档。他侧脸回避的时候，她还嘲笑他。那个奶子就像是鸟窝里带斑点的鹌鹑蛋。

多年以前，你曾经在漆黑的黎明独自醒来，默默不语，煮茶，煎蛋。走上两英里，你就到了父亲清理出来的小牧场。每个口袋里装着一个苹果去追那杂色马。吁——嘘！拴上马鞍，把它按倒在地，勒紧它的肚带，因为它为了舒服总是不肯瘪下肚子，那样马鞍就会下滑而你就会被甩到地上。出于报复，它将冒着热气嚼碎的草汁吐在你的肩上。我勒紧缰绳和鬃毛，登上朝前翘着的马镫，摆动交叉的缰绳。嘘——吁！骑上马踏过那嘎吱嘎吱作响的霜冻，马鞍袋里装着斧子、楔子和扁斧。盛水的木水壶不时碰撞着你的大腿。在马鞍的鞍桥上系着一个粮食袋，里面装着一个熏羊腿当午餐。小公马不喜欢这个方向，但还是不情愿地向山脊跑去，然后到达一块没有什么磕磕绊绊的空地。你开始修护西边边界的栅栏，袋熊早在树桩下挖了坑，袋鼠把篱笆桩子踢到了一边。那杂色的小公马就在花岗岩上啃来啃去吃草。有时候，在上山的路上它会不停地嘶鸣，它的耳朵感到刺痛并扭曲，你听到微弱的呻吟声，看到有只小牛犊在水坝凸起的地方陷入了泥坑，你用绳子把小牛拽出来，用马来控制住拴在木头犄角上的绳圈。中午的时候，你点上把火，热上一夸脱红茶，倾听着小鹦鹉刺耳的尖叫，幻想一个女人，当你打开罐头准备放入嘴中的时候，她的香味就在你的指尖。风变得更清爽，山茶花的花瓣会飘落在马鬃中。

你徒步登上山脊。找到一个直筒子的桉树，先砍上一刀，往后猛拉树皮，让它平稳倒下。之后，将其切成六英尺长的原木，劈开制成坯料。留着它们做木桩。然后再用打桩刀子和斧子将剩余的部分削成篱笆桩子。

你用整个一下午挖大把的紫丁香和黄钟花，从岩石上扒开那些腐烂的树桩，撬开泉眼让甜甜的水从中流出，然后你用削树皮的铲深挖几个洞，放入那些新的木桩，用土围上，再用圆头那边压实。你瞄准顶部看它们是不是整齐直挺，是否跟围栏形成一体。当夕阳斜下，影子变长时，一股清风从山间飘来，你看到一只狐狸，它的呼吸在湿润的空气中膨胀。以前的时候，这里没有狐狸，没有黑莓，没有锯齿状的草，也没有葡萄藤。纯粹的森林而不是丛林。树下长满蕨类植物，像是一片绿色的地毯。你以前很喜欢这种生活。你知道如何应对——这些手工劳动让你学会了如何有条不紊，如何细致入微。

有时，你会碰到一具缠绕在带刺的铁丝网上的尸体。它将你置身局外，似乎一切都消失了，当它映入你眼帘的时候，你感到消沉。法外之徒就潜伏在这里，而且总是在下面，你会听到他们在修路，在深处，在暗处。

我倒卖非法木材。一百个木桩二十个先令。一捆劈柴三个先令加六个便士。一捆树枝三个便士。满脚都是泥泞。我还养猪，养鹅，种玉米，挖土豆。已经半死了，看到吗？这个肉体要回归泥土了。你来说说还有什么能救我？

黑暗将你抓牢，不仅如此，抓住你的还有雨雪，寒冷和艰难。你的前臂不停地痉挛，你满身疮痍，魂游象外。用雪橇拉上满满的木头回家。嘿，嘘！我一度也是一个自由人。这曾经是我的土地。我一度也对理想的社会充满憧憬，共同劳动，分享财产，我们彼此友爱，畅所欲言，尽情欢乐，没有嫉妒。乔治·马修斯，一个城里的朋友，早把这一切想得清清楚楚了，他比我强的多，但是我并不佩服他。他是个律师，在刑事界颇有威望。他深知司法界的各种见不得光的事；原告被告通吃，对此游刃有余。他考虑过进军政界。确实，他是如此的自信以至于他谈起暴动和革命就喋喋不休。在城里，他举办各式各样的化装舞会，男男女女搅在一起，分不清谁是谁。我对这种同化毫无兴趣。我更倾向于物竞天择。想想吧，马修斯与法官搅在一起！哪里还能有什么正义可言！

小袋鼠在前面蹦蹦跳跳。让你想起你十岁的时候。你父亲给你买了把小口径的步枪。在山坡下你会看到一个小袋鼠或大袋鼠靠在一个微微发亮的树上，拿出一个弹珠，用你父亲教给你的方式瞄准，正南方，睁开双眼，吐出一口气，身子慢慢缩紧，看着它的耳朵抽搐听到子弹飞出的声音——你看见那个动物倒下，又重新站起来，然后你接着继续放枪，听到子弹砰砰的响声。有时候它还是不肯死去。接着在一团花岗岩后面，它侧身倒下，镇定地看着你，没有丝毫畏惧，不停地打转，就是不让你到它的身后，鲜血淋漓，脑袋耷拉，但是它就是不死。你不得不亲手结果了它，你变得铁石心肠，似乎将世上的某种东西剥离，且无法挽回。然后你爬过岩石，从后面给它的脑袋补上一枪，它的耳朵里喷出一股鲜血，染红了你的靴子。

遥远的远古时代，鲜血淋漓的场面，对神灵的亵渎。它的脑袋就是你的脑袋。

有时你会拖出一个幼兽对着岩石把它摔死，之后你回复宁静，没有任何感觉。这就是宗教仪式的一切。你的双手罪恶累累，深知你不可能走完这个旅程，回归感情的终点，甚至不可能走回家，把马鞍上带着的那条幼兽的断腿，带给狂吠的狗儿们。你也试图挖掘细微的情感，清楚地知道你不属于前线阵地那凝结的血块，之后，在森林舞会中，你坐在梳着辫子的姑娘身边，听她们气喘吁吁地诉说爱的饥渴。

一度你曾把枪口放入自己的嘴中，扣动扳机，结果保险锁锁住了。那时候，你就要回归了。要改邪归正了，再次冲上前线。只不过是时间早晚而已。

我对父亲的记忆只停留在气味上，烟袋锅的渣滓。他那粗壮的如巨蜥一般的手抓着我的后脖子。他的大靴子，能装下十个我的小脚丫，在井台的后面竖着，我的小宠物针鼹鼠就围着靴子绕来绕去，在树桩上凿洞找蚂蚁。我的母亲，透过厨房的窗子，煮李子做果酱。她面色苍白，又生病了。房子就像是个兵工厂，堆满了枪支和斧头，那是我印象中唯一的全家福。转瞬即逝的欢乐夹杂着悔恨。最起码，家中人人穿的都是干净的衬衫。父亲出门的时候是我最快乐的时光。他赶着一辆由十多头小牛组成的牛车队，翻山越岭，有时候会陷在泥沼里数日，而那些不会说话的畜生会躺在地上，依然拴着链子。这时父亲会到违禁私卖的酒店的长廊上喝个烂醉，替约瑟普·吉姆佩尔撕掉鸡毛弄出内脏。吉姆佩尔总是随身携带一把猎兔者用的刀子。

父亲出身于一个爱尔兰家庭：家中两人是屠夫，其他的人则是屠宰场的工人。对于杀戮很在行。父亲早就与他们断了联系。他跑到山间，逃出家庭。他娶了弟弟的未婚妻，我的妈妈梅齐·奥·唐纳休，她的胳膊上沾满了面粉。他们就在分级公路旁边买了块便宜的地，但是砍伐巨大的桉树父亲应付不来。生性骄傲的他从不愿意求人帮忙。就在城里打零工，靠给人送冰赚点零用，买袋子粮食在周末带回家，人称“糖袋农民”。之后他转行做赶牛的生意。那是一个高危的工作，全天候地从山上往下搬运木材。但是他需要更多的刺激，他那疯疯癫癫的大笑，无疑是他光棍式生活的标志，他经常数月在外漂泊，见不着人影。

冬天我穿得很单薄，浑身因雾湿漉漉的，经常睡在父亲陷入泥泞的牛车中。车上经常会有广告册子如《布里斯托桉树精油》或《华纳防锈紧身内衣》，要么就是《法国小说与婚姻手册》。在小溪边上的小小的校园内，拼写考试我赢得了一本书——赫伯特·乔治·威尔斯所著的《时间机器》。但是当詹金斯老师问我将来想做什么的时候，我回答说我想住在树里。詹金斯老师苦笑着，耸了耸肩。人们在看到我的笑脸之后都会知难而退。有一天他带了一只考拉崽。我们都将之称为猴子。那个考拉猴松开了绳子跑到了树上。我知道它喜欢什么叶子，放学后，把它哄骗了下来，塞到了衬衫里带回了家。于是人们就给我起了个外号：猴子达蒙。我把那本书和那个考拉猴放到了我最喜欢的一棵树上，让它们回归自由。第一次忘掉了君士坦丁堡——想象住在苏丹·默罕默德的新宫殿里是什么滋味。有生以来第一次，我走出了时间。

当我把这个想法告诉詹金斯老师的时候，他大笑不止，嘲笑我的无知。我下定决心以后绝不允许别人嘲笑我的无知。我必须得读书，我必须要以自己的方式读遍世界各地的书。那个考拉在酒馆长廊后面的树上安了家，它的下巴支在树杈上。它变得温顺，恋恋不舍。有时它从树上爬下来到排水沟的口上吃我给它留下的多枝桉树叶。谁也说不清怎么回事，有一天一群狗逮住了它，把它撕扯了个稀巴烂，只剩下了一撮毛。

詹金斯老师说，所有的事情都有因果。如果你砍到一棵树，那么就再种上一棵，这值得深思。超过四百多英尺的栲树高大挺拔。那是凯撒种下的。罗马人无处不在，哪怕是君士坦丁堡。就在山脊上，土耳其人发动了夜间突袭；所有的树桩都被环割了树皮，光秃秃的。现在全部成了牙签座。正如我全部的生活：我巨大的灵魂赤裸裸，没有目标；想象力扎了根，却没有水来浇灌；我唯一的乐趣就是在茅厕里一边读报纸，一边从厕所的木墙上往下削牙签，一点一点撕碎父亲留下擦屁股的恐怖小说。只紧紧抓住你的想法而不去滋养它们不会带来任何好处，它们会让你变得疲惫不堪。

人们会为无价值的意义而滋生愤怒。一切看似有意义的，其实都没有什么意义。比如善意和谎言。重新做人之后，他攒下了从父亲的休耕地中耕种挣来的钱。他买了又卖了一头小公牛和两头小母牛。在乡下的丘陵精选了有充足水源的地，人们称之为投资。土壤很肥沃，生活也很清白。人们劝他把钱存到一个叫马修斯的小伙子那儿，名曰“马修斯农村互助会”。于是他就把那几个可怜的子存在了那个地方，可是不到一年就出了乱子。政府冻结了资金。如果执法官没有对财产税穷追不舍，他也许能侥幸存活。但是执法官打赢了官司。不管怎么说，那块土地只有租赁权。他现在一无所有，除了换洗的衣服；一把步枪。锁头、工作服和枪管正好装满了他的背包。一度，那段小铁路从城市慢慢爬上贝尔格雷夫。他就加入了铁路建设，与那些只穿背心的人一起劳作，偶尔逮只兔子打打牙祭。剪一吨的绳索挣两个先令，一吨足足有五十英尺长。为那些讨厌的办事员修筑栈桥。爱干不干。如果你不供应木材，他们就招帮新人来；一分钱不用花，一块干饼干打发了事。

每逢星期天的时候，他们为自己劈木板。用糠包为他们的小棚子做里料修筑屋顶。读墙上的报纸，在饥肠辘辘的肚皮上卷烟卷。高处的吉姆佩尔酒馆没有生火，而吉姆佩尔不允许他们在外面喝酒，如果想在外面喝酒就得加钱。他们坐在木头箱子上，上面印着“白人劳工”。他们挤在角落里冻得发抖，有人说下雪了。那天傍晚，天气阴沉沉的似乎要有暴风雪。你注意到了吗，黑鬼从不种花？有人说吉姆佩尔身上流着黑色的血液。他们坐在那里看着伊哈迈尔老头，那个印度人，有人说他是阿富汗人，裹着毯子在纷飞的雪坡上跋涉兜售治肠胃疼的药。在雪毯下的寂静中，在他的内心深处，达西听到重重的冰雪压裂枇杷树的声音。

达西的父亲去法国参战了，就是那场所谓结束一切战争的战争①。他腹部中弹被送到了一家野战医院，附近的森林爬满了德国兵。那天他们连队的三十个人都阵亡了。护士说你可以根据一批批送过来的伤员设定成闹钟，听着血不停地往盘子里滴嗒的声音。所有的血都混在一起了，有气无力地呼爹喊娘。在另一个帐篷里，垂死的德国兵也一样。但是那跟他们没有关系。

他就像现在一样总是魂不守舍，倾听着小屋的鼾声，倾听着琴鸟的窃窃私语。

---

①指第一次世界大战——译者注。

印象中孩提时代，我总是不停地奔跑。跑着去上学，跑着回家，跑着去商店，又一路跑回。邮局离我家有五英里，我也是跑着去跑着回。就好像导火索被引着了，冒着白烟，就要爆炸了一样。我一直想跑开，去流浪。不想回家。家中充斥着病态，总是让我心情沉重。父亲在家时，一点小事就会让他暴跳如雷。母亲每次生孩子都难产。

我去参加白卫军的集会。他们经常在校舍集会，那里不透风露雨。那里有铁椽条而且还有一个火炉子。现在的校舍闻起来火辣辣得干。旧书，旧桌椅和粉笔被烤晒得发出一股干燥刺鼻的味道。现在的校舍跟我幼时的一点也不一样。那时候他们就在野草丛生的小溪旁随便搭了个破棚子。你早晨饿着肚子跑到学校，小雨把你淋得上下湿透。你花上十多分钟在炉火边烘干，詹金斯老师不停地喊“前面”“后面”。你的后面刚刚暖热，前面又开始冷了。

一天，我跑回家的时候，发现我母亲正在弯腰生孩子，血淋淋的，脐带还连着。快去厨房里拿刀，她说。我赶紧备好马赶往林伍德去请医生。光是去就要花上两个来小时，之后还得再花上两个来小时，从中找到一位尚未烂醉如泥的大夫跟我一起骑马回来。一周之后，那个婴儿死掉了，而我母亲就像换了个人似的，整天百无聊赖地坐在那里唉声叹气，任那果酱罐里爬满了蚂蚁。

在白卫兵集会上，他们各个都扎武装腰带，讲解爆炸知识和技巧。

那年他十六岁，在一家比格尔莱锯木厂里工作，他的母亲突然就油盐不进了。每天他负责为锯木厂烧蒸汽锅炉。中午吃凉土豆时，他会想起她。她虽然肚子隆起，却日渐消瘦，镇民们开始说东道西。她说她吃了一块石头，虽然很重但并不痛，不，她再也不会感到饥饿了。亲爱的，你带上土豆，那是用迷迭香烤过的，很好吃。对了，那个屠夫今天又杀了头牛，给我们送来了牛肚。我已经煮熟了，但我对那东西没胃口。今天不想吃。

她的话语似乎是来自宇宙的枯竭。

数月之后，一个星期天，天气巨热，鸡蛋放牛奶桶盖上都能煎熟，只不过没有鸡蛋，火呼呼地在山间响起。当时他正在劈柴，突然听到她的叫声。他走进屋内，把她抱到湿漉漉的床上。然后，他骑马下山去接医生。卡梅隆医生说一旦她能移动就立即送往医院，但他没说他们如何把她送到那里，也没说谁能在那个时间照顾她。接着，一天晚上，达西从锯木厂回来，听到她在痛苦地尖叫。他抱着她虚弱无力的身体直到午夜，突然她似乎要爆裂，在他身上一阵乱抓，接着叹了口气，断气了。

小火车从城市悄悄地爬上来，吓坏了那些小孩子。起初，他们听到它驶来的声音，会跑开。这也正是他心中所想——跑开，躲起来。他跑啊，跑啊，跑了大半天，发现自己躺在一个湖边，胸口抱着一个长满青苔、又重又圆的石头。

我刚给板坯小屋的窗框安上玻璃，鸟就朝它飞来，它们还以为那是天空的延续，是到另一个世界的入口。那块玻璃是我和胖子西蒙斯从一节火车车厢里偷来的，趁黑，我们沿着路轨一路奔跑，爬进车厢，然后用一枚道格拉斯斧子把窗户撬开。用斧子撬开并不利索，但是好歹我们没有将整块玻璃弄破。

一天，一只小鹌鹑猛地撞到了玻璃上。那只鹌鹑躺着转了几圈，突然一只食雀鹰降落下来，撕扯下它的羽毛，然后耐心地等待，啄破它的肚皮，一次撕开一个小小的口子。食雀鹰似乎太过小心翼翼了，根本没必要。但等待总是更好，因为我们认为一定是另一片天空的想法到头来并非如此。不必说破这些事情。食雀鹰了解这个世界，不会弃之而去。

但是世界本身正在发生变化。汽车时代来临了。政府正在鼓励那些小白脸办事员清除土地上的树木，告诉他们要一次到位，小路被开辟，郊区在延伸。他观察着这些城里人，他们可怜、无趣，砍伐树蕨、在泥土中胡整瞎整一两个月，然后因为孩子死了或妻子生病了找一个借口就回到城里。他们凄惨的临建房中，墙壁上爬满了水蛭。

与此相反，丛林人涌向城市。他受够了。

我下山走到港口，那里有很多蒸汽船。可以说，它们是引发我一生痴迷异国他乡和禁忌的快乐的原因。“北极星号”顺风而下，机房里充斥着满身油污，鬼鬼祟祟的中国人。尚未弄清它去向何方，我就已经签了聘用合同。船上的人员都是白人，来自十几个不同的国家。这与我关系不大。我了解烧锅炉的工作。我负责甲板下面的锅炉。那也不算个事儿。进港之后，中国人不得待在甲板上以免被人看见。他们都是非法移民。他们叽叽咕咕地扯着嗓门跟娘们似的说话，晚上打牌，用火柴棍赌博，吵吵闹闹的。我觉得无伤大雅，然后当一个人的手被捅了一刀的时候，我才意识到火柴代表的是财产……如妻子或鸡鸭。我记得发动机，活塞，行话，那种噪音，他们做饭的味道。我一直给我的来复枪上满膛。船出发大约三天后，突然，我意识到没有任何白人会干我这份工作。我们像在污浊的空气中卖苦力的劳工。你永远猜不透他们在想什么。一旦我知道了他们的笑声不代表嘲笑，我就不再介意了。有个男的在跟我讲他全家被长江洪水淹死时还哈哈大笑。那个水浪有六十英尺高，一个接一个地将他们卷走。他一只手捂着嘴，笑个不停。我不知道哪里可笑，但是也回笑着。然后他的伙伴说，他居然还有脸讲。所以，其实你根本不了解其中的内情。也许摆脱家人令他很高兴。但后来我注意到，在中国，笑也是悲痛的一种表示，或抵御厄运的一种符号。

在香港、福州和上海等港口，达西·达蒙了解了各种人。他了解到，那些小个子男人，身材不及他一半高大，可以为了几个便士拉着轿子里的他跑很长的距离。他了解到，基督教在那里惨败，几袋大米就可以使人皈依，不久之后，还得重新再让他们皈依一次。他了解到，并非所有的中国女人都是一个模子刻出来的。有的女人身材高挑、漂亮、纯洁、谦逊，她们的微笑令他心醉，但她们视他为一个野蛮人，这让他感到气愤。中国人对痛苦的忍耐力令他震惊。他看到，当街边的江湖术士锯掉一根手指，或拔掉一颗牙的时候，患者居然静静地坐在那里无动于衷。后来，他得知有许多吸食鸦片的人，这点或许可以解释他们不可思议的麻木不仁。他注意到，所到之处，都有一种刻板的礼节，和对外国人的敬而远之，他不解其故。但当他看到竹笼中坐着的囚犯，那些曾经的扒手，脖子套着粗粗的绳子，每过一个小时勒一下，直到他们死去，他终于明白了。他了解到，人们乐意与他分享他们的食物，并和他喝上一杯，无论是在酒馆还是茶馆，第一次一定要婉拒表示礼貌，之后，经过一番你推我让，最后才接受好意。这种好客的礼节给他们带来了好运气。他了解到，有的城市到处是寺庙和剧院，他们将之称作“文昌帝君庙”。寺庙对陌生人敞开。孔子曰，殷勤好客即文化。他了解到，寺庙的门前有石雕神龙，人们放入龙口中的颇似供品的小包包其实装的是鸦片。他们用虔诚的心来试图戒除烟瘾。然后，他注意到，僧侣却将这些细粒物质加以很好的利用。他了解到，在宏伟壮观的长江三峡……在通天高的悬崖峭壁之下，渔船静静地停靠在岸边黑暗的水面，那里梯台式花园与壮观宝塔的露台相连，宛若巨大的豪宅……苦力拖着炮艇逆流而上，平均每小时就死去一个，依然套着绳索，没有留下任何遗言。他看到一个人倒下了，另一个人接替他的位置。但那蒸汽炮舰几乎一动不动。

最为重要的是，达西·达蒙学会了吸鸦片。

即使在今天，中国依然在用其自身清晰的方言跟我讲话。那云雾缭绕、那悬崖峭壁、那长江三峡产生的不是距离也不是视角，而是透明的经验。我可以闻那里的水，触摸到那里的石灰岩。那种幻象令我不安……我生命完全静止，仅仅鲤鱼的扰动就会让我汗毛耸立。红鲤鱼，转瞬即逝，鸦片的烟云让我期待另一个幻象的出现。它已成为我的中国情人。

无药可救的渴望。

我所见到的贫困比我曾想象得更加可怕。我已经堕落到这种阴暗的圈子，所以，我对强烈的快感从绝望中生起不再感到惊讶。你进入烟馆的那一刻，你能闻到刺鼻的罪恶和淫荡。一种软绵绵的、性感的腐烂，上面覆盖着一层烤花生的气味。但他们身上也有一种我从未见过的泰然自若，似乎这种平静就是面对随意死亡的最宝贵的资产。然而，我们人人会面对它，因为这种亲近让你感到真实：充满了持久的、慵倦的社交狂喜；一种白人女性与亚洲男性之间，白人男性与亚洲女人之间的平静之爱，以及这个过程中所涉及的所有人。

当然，我之所以这样说，只不过是一种隐隐约约的委婉措辞。哦，点燃精神之灯足以让我心跳加速！然后，把烟膏加热到金褐色。如果澳大利亚也随处可见的话，它会被称为骄傲的欢乐。金色浆膏，再拉成一条一条的，熬上一会儿，然后慢慢地将其塞入烟枪嘴中，可以一直吸下去。也许我对孤独的喜爱让我对其不是那么的迷恋；大家都躺在一起享受孤独是根本不可能的事。

就像在一艘轮船的锅炉房中。也许是思乡的忧郁，长时间别离了那种参天大树和深深蕨类植物的冷冷的味道，让人以此作为休息，如果劳动变成了赛跑，我宁愿不参与。我转向绝对无用的休息，文昌庙的烟油膏。

我阅读了大量有关这个题材的书籍，《上海风光》《沉睡的七姐妹》《月圆之夜：古老唐人街传奇》。航行大海之中，我的书箱一直没闲着。里面不仅装满了异国情调的读物，还深藏着那让我飘飘欲仙的木头药水瓶。中国人很高兴我终于在偏见之外发现了共同的烟膏。我们都是同类人。不沉迷于鸦片时，我一般不理他们。我花了大量的时间和金钱来追求罂粟，船长不得不通知让我离开。我在横滨度过了几个星期，然后再次上船，不过这次是作为乘客，返回澳大利亚。

他回来了。当他回到大丹农山时，情况已经变了。每次回来都有变化。时过境迁，物是人非。人类的一切依然是沉闷而狭隘，而山上的大面积的树木都被砍伐了用来种植浆果。郡长正在宣传他的家庭筹谋，他没有任何文件证明所有权。他所钟爱的树被环割或被烧毁。他看过法国北部战后的照片。此情此景与照片如出一辙。瑞士人在栽种葡萄园。瑞典人在耕种英国人的花园。荷兰的园艺师红光满面。他在吉姆佩尔酒馆租了间房。看到了之前见过的人。那些购买木材的人憎恨他。能砍伐的树木越来越紧缺。我们才不在乎什么树名。如果长得高大，我们就砍掉。他告诉他们，中国大片土地已经成为沙尘暴区和沙漠。他见多识广，人们对此又怨又恨。在他们熟悉的领域欺骗他们或许是个狡猾的伎俩。

他手头没什么钱，穷困潦倒。他想要回他的财产。但他并不打算砍掉那些树。他下了山，来到芬特里格利的郡长办公楼。他的裤子已经磨破。蓝花楹树高及走廊顶，树影婆娑，发出如丝般响声。接待员和打字员们都忙忙碌碌，没人理他。人们对他熟视无睹。他站在那儿摆弄他的帽子足足有半个小时。在中国，官员磕头，微笑，找机会谈业务，收受贿赂，或递一支香烟。他记得大埔造船厂的办公楼，经理还带他吃午餐……

他又站了一会儿。也许他已经变成了一个中国人。一个身穿马夹的办事员注意到了他，动了动下巴，示意他到柜台前来。他走了过去。他说明了来意。办事员说，不行，郡长回收的非生产性财产不允许翻案。我们不能随意给人安排时间。

达西再三坚持，希望与首席秘书预约。柜台里面的人笑了笑，说道，请便。

他抛开了自己的理想，回到山中开始打散工，为木料场采伐各种木材，如斜叶桉，红色长喙桉，灰桉，卵叶桉。所有的小树。二三流的木材。他为招待所收集木柴——赤桉树、金合欢树和黑木；他为周末前来度假的人清除灌木丛：树蕨，雏菊木，桑树，黑莓。他的足迹遍布整个行政区，在蒙布克尔和树儿湾采摘果实；在上格利的A.J.C.果酱厂热气腾腾的大桶前辛辛苦苦做工。他甚至在埃莫拉尔德市淘金，尽管那里的小溪已经被彻底淘了个遍。

在敏志溪，他在一家农庄干了一个月。庄园主曾想种植杏树。管事的人说，你看到小鹦鹉，直接射杀。达西弯下腰来用绳子捆他的裤腿，突然注意到他的胡子长长的而且两边白花花的。他疲惫不堪。太阳依然未落，他的额头被蜜蜂螫了好几个大包。他不想射杀那些叽叽嘎嘎的小鸟。他砍掉了宅基地附近最后一棵蜜味桉。日落时分，他来到大宅院领薪酬。管事的不在时，黑人厨师有时给他喝点南瓜粥，让他用锡盘吃。在还回锡盘之前，他用衬衫袖子擦擦干净。一天，她说，不够就尽管要。只要扣过来就行了，放在窗台上就行。她黯然神伤。她懒得从瓦屋顶嘘走鹦鹉。一棵树也没有了，这些鸟无处栖身。

昨天，管事的骑马来到了四十英亩的围场来找他。

他没有下马，问道，一个男人的一生中有多少次可以从一个女人那里得到快感？

达西耸了耸肩，低头看着他的靴子。

我的意思是说，所有的时间都算上。

达西又耸耸肩，目光盯着栅栏。

我的意思是说，你不想吗？

南瓜粥不错。

你可以用你的工钱找个土著女人。我的意思是说，她绝对会喜欢你。

达西摇了摇头。他谎称说，我家中已经有女人了。

在这个区域，他削的篱笆桩最好，与螺旋和框架可丁可卯。他声名鹊起。新雇主开始高薪聘用他。每逢星期六，风雨无阻，他都在集市和马戏团旁边摆摊卖二手书，那里离旋转木马和卖锅碗瓢盆的地方不远。他背着一只大木箱子。早在他上船做工之前，他就开始收藏廉价书籍。只有在读过之后，他才将书卖掉。他谈古论今，让人对书爱不释手；将书作为知识的对象；让玄奥的哲理听上去像是色情智慧的百科全书，廉价的惊恐小说像一本圣经，而《圣经》就像是一个人为享受上帝的恩典而准备的圣饼。有关鸦片的书籍最受欢迎。

他解释说，康德活得像一个和尚，从未尝过女人的味道。

他很可能是在自言自语。

牙齿掉光的老头笑了起来，饶有兴致地想寻找中国的情色书籍。他们用自己的拇指和食指蘸着唾沫，一页一页地翻着书页。

他们正在修路。上面铺着黑色的柏油，弯弯曲曲。桉树被砍倒，树皮和树叶漫天飞舞。到处是石头和骨头的碎片。黑莓成了这里的主宰。各种蕨菜、匍匐植物、杂草丛生。我对此满腔怒火，将修路人用皮带捆着送到了吉姆佩尔酒馆，一次弄三个人。将他们装到面包篮子里，提起来悠到半空。一些穿着考究的酒徒注意到了我。他们是群树木爱好者，一帮寻欢作乐的人。

我的嗅觉失灵了，我鼻孔堵住了，我的肠子开始收缩。我怀疑那甜甜的烟浆真的驱逐记忆。也许跟我的疾病有关。我甚至闻不到自己的体味，以前我通常是通过体味感觉到自己的存在的。

我忽略了，忘记了自己的存在。欢呼雀跃地忙着从我的中国伙伴处花钞票来购买大烟，看着我的烟袋慢慢变得厚实。烟，烟，他们说；我是一个吸烟男孩，同样是个瘾君子。

以前在动物进入视线之前，我从老远就能通过气味分辨出它们是什么动物。蒙着眼睛，我也能预知各种天气。现在只剩对事实无望的追求，就像一个被截肢的人追求幻肢的瘙痒。风来自何方？在树林里轻轻地敲击，一份电报就会从枝叶顶端飘忽而至。慢慢下降落入肥土。一个阴湿的地狱。我看到一群骚动的蚂蚁疯狂乱窜，却闻不到它们的酸味。我怀疑有人从小路向我走来。我在脸上涂上灰，在夜间与我的老兄相会；在漆黑之中，我抓住那月光下闪闪发光的斧头搭扣；在漆黑之中，我找到砍伐的纹路，桉树的样式；在漆黑之中，我拿着药丸面对火焰，喷洒的树上到处是火花；漆黑之中，我躲藏起来直到巡警骑着马走开。

我曾被出卖一到两次。

我父亲教导我说：永远不要借出你的斧头。就像一个有着好笔尖的钢笔，他说，那是由于你亲手，亲身使用而形成的。永远不要外借。有了它，你可以每天做一百零九英尺的围栏。在太阳西垂之前，你可以闻到他的烟斗味。

父亲大人，我从来没有碰过任何人的斧头。

一个星期天的早上，山谷静悄悄，人们或在睡觉，或在教堂，我看到了那个阿富汗老头伊哈迈尔背着旅行袋走来。我跟他打招呼，说了一下我便秘的问题。

解不下大便？伊哈迈尔老头问道。

他灰头土脸，比我好不到哪儿去。

莫非你睡到火上了还是怎么回事？

哦，没有……他一边说着一边指着前额……是苦修。我问苦修什么意思。

他摇了摇头，但我坚持打破砂锅问到底。

下面是地狱，不知他是在说还是在问。然后他拿出一瓶药水。魔法瓶，他说。他似乎知道万事的因果。他打开旅行袋。摆出一大堆有关的书籍给我看。读一读吧，他说，也许读书能代替你的痛苦。我读了德·昆西的《一个吸食鸦片者的自白》、波德莱尔的《人造天堂》、A.P.奎尔姆巴奇的《从大烟鬼到传教士》。

就在那时，我与伊哈迈尔老头达成了一种默契，忧郁烟消云散，高烧和搏斗宣告停止。然后神不知鬼不觉地，他解释痛苦的原因并带来灵丹妙药。少量的鸦片作为药物；大量的书籍来调整我对知识的渴望。

中国，我的女人，我熟悉的命根，我神圣的恶魔。我要用节制来抗击你。

我在栅栏旁边种了些小树。

一天下午，管事的骑马来到了水坝附近，看见我在植树，开始大声叫嚷。他脸色通红；喝了不少酒，哪儿也找不到那个黑妞了。

这些可恶的桉树会吸干我们，他说。冲着大门柱叫喊一刻多钟后，他从马背上下来，解开裤子开始往他刚拔掉桉树的地方撒尿。

他的骂骂咧咧丝毫没有影响到我。

然后那管事的抬头望着天空，几分钟后，在衬衫上擦了擦他的手指，问我在逃避谁。

达西在杏仁桉旁边的展览场地边上摆开他的书箱，并掏出旧书和照片。有一组古代君士坦丁的版画。普罗旺斯地区的旧地图；破旧的《马可·波罗游记》；一本关于中国书法艺术的书。

人们走走停停；漫无目的地乱转。挑挑拣拣地看那些物品。他情绪好的时候无所不能，才思迸发。人群对着试图骑野马的男孩叫喊。

那个中国人是一个难解的谜，他说。就像表意文字。脸上总是面无表情，似乎是一本写好的书，超然，又独立。

他觉得他的逻辑如水中绽放的涟漪和岸上的贝壳。

他在邻居希望出售的电话机听筒中听到中国。

书法家……那个粗壮的女人站在他面前，扭扯她胸衣里面的东西……他对她解释道。

话务员？她冲他喊叫道，满脸绯红。人群开始起哄。

书法家！他喊道，书法家必须要尽善尽美。一笔下去就没有回头路了。

就像一斧子砍下去一样。

他又去了芬特里格利的郡长办公楼。他不知道如何要回来自己的土地。周末，他爬上了山脊，低头向下望去，看到了新的一家人，拆掉了他的葡萄藤，越过篱笆追逐猪仔，引水入田并冲刷下坡的土壤。他看见他的梯田塌陷，他的篱笆桩歪歪扭扭，他的楝树被山羊吃掉。

天空阴霾，乌云密布，他能闻到远处的冰雹的味道，听见轰隆隆的声音，就像是蒸汽火车穿过山谷。他穿着一套二手西装，一件干净衬衫，而且还在衣领上系了一条黑色领带。他说他与议员有约。办事员点了点头，走到了办公室的门口，说道：一位达西·达蒙先生求见。就在那时，他听到议员说：见他？让他见鬼去吧。然后，过了一会儿：我不想见这个人。难道他还没走？不能就这么赖着吧？那个办事员局促不安地返了回来，耳朵上架了一根铅笔，让他填写一张表格。他夺过表格，从办事员的耳朵上拽下铅笔，用一只手将其折断，撕烂了表格，将废纸片甩在了柜台上。

他不近女色。他自我否定能力很强，虽然他不知道如何控制压力，不知当激情澎湃可以穿墙凿壁时如何使之外泄。

每逢周六，他都去做他所谓的苦修。他摆开摊位，卖些旧书和种在果酱罐里的小树芽。他逢人便说，土地上都是树的骷髅，要么被环割，要么枯死。他说：有一天土壤也会流失，剩下的将会是一个贫瘠的战场。他竭力在抬高自己；提高自己。有时他用香烟跟其他小贩换书。

他渴望再次旅行。他还年轻，不到二十一岁。在中国，他可以花钱买女人，作为年轻而专一的妻妾。她们识大体，懂规矩，至少他是这么想的。那样更好：纯粹的金钱交易，不掺杂任何感情，因为感情不需要任何社会关系。人是可渗透的，因为生活过于残酷。对此，他有亲身体会。

你怎么会如此热衷于书呢？难道它们不是用死去的树做成的吗？你自己还住在木屋里。不要自己拆台。

有时麦克雷迪兄弟会站旁边打击他，在他背后撇嘴笑。

我是在服务社区，他会说。再说，树木不是木材。两者不尽相同。

这是在放他出狱时，裁判官说的。不要做一个彻头彻尾的木头人。

没听说劈柴能长寿的。特别是整日风餐露宿的，起早贪黑的，你会筋疲力尽。我见过有些身材威武的人，累得筋疲力尽后就缩成一团，骨瘦如柴，双臂青筋暴露，喘不过气来，甚者拎不动一桶水。是内湿，唾沫中带着血丝。斧柄都被染红了。木头心是血红色。森林在滴血。红色，是我们餐桌上的大鱼大肉。酒红色，那种在木材厂机械锯片锯掉手指所流的血的颜色。乡村的质朴和美德。民主尊严。鲜血的洗涤，沾满了鲜血。我和胖子西蒙斯在树桩里放了炸药。我们看着火光一闪，发出震耳欲聋的响声，碎片在空中形成弧形。然后我们研究震荡后的树叶成为水或鸟的形状。然后学会正确地安放炸药。不能出丝毫的纰漏。只能勇往直前。

他忆起了为数不多的好时光，那时，一切还没有悄悄溜掉。

1926年

一位名为泰勒的先生希望将他自己田地上的树桩清空。那是一片平缓的土地，水源很好。我们移除木材之后，就一个一个地炸掉树桩，花费越来越大。泰勒先生雇用了一大帮人。他有一个废弃不用的火车厢，用三个梯队公牛轮流拖拉，一共三十六头公牛，两个队拉的时候一个队休息，他说他想要建一所大房子。我们在地上放上原木，看着那些畜生拖着去掉机头和轮子的车厢往前走，整个东西一次只能滚木上前进一英尺。花了三天时间才把它弄到合适的地方。泰勒先生说，我们这些工人可以住在锈迹斑斑的车厢，里面还带着绣花真皮座椅、相框和水壶。约瑟夫·泰勒，身穿真丝马夹，胡子剃得干干净净，慷慨大方。

我在自己的车厢里很平静。那所大房子一年就完工了，因为泰勒先生……人们称他土耳其人，因为他性情残暴……是个急脾气。这算是一种破天荒的纪录，我和胖子还有十来个其他的人组成了建筑队，按照一个从未谋面的建筑师的指令施工。施工蓝图是从美国邮寄过来的。我们从埃莫拉尔德市的一个采石场运来石头。房中有一个粉红石壁炉，上面有白桦树的壁画，墙面和板子都是澳洲黑木。外廊是用上乘的红柳桉树修造，地板的四周是大型花岗岩方石，可以顺便作为客厅里的小矮桌，抛光的石英在火光中闪闪发光。给柏树墙壁涂清漆时，墙壁看上去黄灿灿的像蜂蜜。房子旁边有一个天然水道，我们挖了条小渠好让小溪穿过庭院，周围还种植了一片树蕨。

泰勒先生出手很大方。其实给我们发薪水的是他的秘书，泰勒先生很少在那里。他的秘书身材魁伟，少言寡语。他喜欢被称为尼蒂。尼蒂头顶皮头盔，从未见他摘下来过。骑一辆印第安酋长式的摩托车，侧兜里装满了水泥袋。水泥都把侧兜压低了。他曾提出用水泥支付我们的薪水，但是我们说我们用不着水泥。夜间，我们会看到他的车灯，并听到山间隆隆的摩托声。

我对胖子西蒙斯说：像咱们这号人最好有这样一个轨道车。可不是么，胖子说。胖子正在尝试改善他的口音。既然大房子已经差不多竣工，泰勒先生不会再用我们了……除非……

除非什么？胖子问。

每到周末，我们都会听到车队驶来。尼蒂像军队的侦察兵一样头前带路，我一边擦拭我车厢那油脂模糊的玻璃，一边向外张望。我看到有四五辆黑色的轿车，有的是敞篷车，全都是白壁轮胎，车后尘土飞扬。我正在煤火上煎牛肝，车厢内烟熏雾缭。周末期间，各种晚会在大房子进行得如火如荼时，尼蒂会教我们开车，跟我们解释如何在拐角处转弯，虽然坐在汽车里这没什么差别。

每到周末，泰勒先生总是开着他那辆软顶敞篷的沃克斯豪尔，每次坐在他旁边的女孩都不一样。有时候后座上也会有两三个女孩，还有更多的女孩从其他车上下来，各个都身穿短裙头顶折叠帽。男人们各个穿着宽肩的大衣。他们走进那所大房子，我们可以听到打开香槟塞的声音。

一天晚上，从墨尔本来的车比平时更多，火光前，影影绰绰，人们来回踱步，我们发现尼蒂的护目镜在煤油火把中闪闪发光。一辆卡车停了下来，两名男子肩膀勒着绳子往里面拖钢琴。片刻之后，就传来了爵士音乐的声音，通过带有哈气的窗户，可以看到人们在跳舞，起起伏伏。

天色渐冷，一轮圆月穿过冰冷的树木。我来到外面，盯着行驶的汽车。音乐早已停止。只有几个低中男音试图压过彼此和猫头鹰的嚎叫。我敲了敲胖子那面车厢的墙。吗事，胖子问。他穿着睡衣走出来，吐了一口唾沫。我指指大房子，向他示意。我们蹑手蹑脚地沿着房子边进入院子，爬到了一些树蕨旁边。胖子开始骂街。闭嘴！负鼠尿，他说，然后嗅了嗅他的睡衣。我们蹲下，然后慢慢起身向窗内看去。

男男女女正在闲荡，看上去精疲力竭。大多数人似乎都睡着了。到处都是酒瓶、酒杯，地板上有男式夹克，桌子上有女人的披肩、外套，饼干大小的蛋糕上红色和绿色的樱桃，手袋，很多烟。胖子的鼻子吸溜着什么东西，我示意他别出声。一切都很安静，静得有点可怕。

里面有些人在仰望天花板的木结构。每个人似乎都在等待什么。看起来很像是《沉睡的七姐妹》中的一段情节。然后我听到一丝声响。像是一声叹息。是一只小狗的声音。我和胖子肚皮贴地爬到另一个窗户，慢慢地，慢慢地，我们把头伸过客厅里的低窗台……

有个人影在我们身后的树丛中走动。突然电石灯亮了。那光刺得我们的眼睛疼得像烧了个洞。我们避开光线，看到尼蒂站在那里，一手拿着卷着的报纸，另一手举着枪。

你们这帮家伙要知道，晚上最好别靠近这房子，他说。

好的，先生。

你们没看见什么，是不是?

是的，尼蒂先生。

那就好。如果你们看到什么，到处嚼舌根子，小心，我会亲手把你们的舌头割下来。

然后尼蒂展开报纸弄成一个方块，用手指着念了几个字：

舒适——俊美——力量。克莱斯勒四。

借着光，他用左轮手枪的枪管指着广告。我的神啊。他说，四在地上，然后扭头示意车厢的方向，我们一声不吭地朝回走去。我们听到尼蒂大声朗读，直到深夜。

他使劲撞墙，试图想起似梦似幻的一种东西，他不知道是否该吵醒胖子来证实或否认他们所看到的客厅里的东西。客厅中心，一个金发女孩，红红的小脸，身材娇小，赤身裸体，躺在方石上的一件毛皮大衣上，后面是噼里啪啦燃着的壁炉。昏暗的灯光下，泰勒先生匍匐在地，看上去是在磕头，殷勤得像一名医生。他一件衣服也没脱，甚至还戴着帽子，像在忏悔，他抬头时，他们可以看到他的脸，满脸都是泪水，一言不发，也许他是在笑，头靠后一扬，从一根长针中喷出液体（海洛因）。

他看到了这一切。他还看到，他们在周末外出时，会将那些女孩锁在家中，尼蒂在门外站岗，一会儿之后就会靠着车打盹。胖子为她们感到难过，他能听到她们乞求着要出来，他正在摆弄挂锁时，尼蒂朝他开了一枪，地上泥土四溅。

女人是催命鬼，尼蒂说道。

一年一度的圣诞节来临了。天气燥热。

西北风刮来的都是热浪。你知道接下来一天会变得什么样。日出时分已经热气腾腾，上午10点左右，树木发出树脂、炸药的气味，中午时分，空气中和水中烟雾腾腾，你知道，一旦烟雾到了水中，情况就要变糟。火从西侧升起，不到一小时，火苗开始蔓延。起初是白烟和微弱的光，然后天空一片漆黑，一层厚厚的微微发亮的热气开始升腾，之后开始浓烟滚滚，火焰随后而至，动脉血一样黑红，升腾到百英尺多高。我和胖子急忙跑到水槽边，手中拎着几桶水赶过去，但是当我们到那儿的时候，火焰已经包围住了大房子，我们不得已只有投入水中，幸好没有被活活烫死，我们探头浮出水面，看到尼蒂骑摩托车飞速穿过烟雾。

我的一切都被盗走。时间和地点都恰如其分。那么方便，那么轻而易举；天时与地利。这种感觉就是，如果你想思考，那就得放弃感觉。换句话说，你的感觉是在后来追加上去的，重叠在那个裹着湿毯子跑回大房子的英雄身上。沉浸于思考中，我没有及时地行动。我之后跑到烧得满目疮痍的车厢中去抢救我的书籍，发现烧得不太厉害，只不过边沿被烧焦了而已。由此得出了关于火灾与书籍的经验；书摆放的越紧凑越不容易燃着。但没有书的房子则不尽然。热浪冲进来，然后爆炸。这就是为什么这种记忆是如此易燃，就像书中有太多的空气。正因为如此，我总是把书放在这个木箱中，用一根吊带拴在我的肩膀上，像钢琴搬运工那样在山间行走。人们发现尼蒂的时候，他已经被烧得只剩一个空壳了，身体被压在四脚朝天的摩托车下（呜呼，挎斗中的水泥太重了，骑着下山时坡度太陡，翻车了）。我接替他作为泰勒先生的探子和司机，直到1927年10月26日，有一名出租车司机将肺部中弹的老大送到圣文森医院。

他父亲曾说，没有无缘无故的记忆。如果仅从人类自我塑造，探索未知的领域这一悠久传统中的记忆来看，无所事事的空想会置你于死地，你做白日梦时，巨大的桴树也许会悄悄地落在你身上。

但要想真正了解这一切，你只能亲自踏上征程。

他正是这样开始做的。记忆无法对抗鸦片瘾。他开始抄录德·昆西、柯勒律治、麦考利的文章。将他们复调的和机械化的文字一一解开。当下笔成文的时候，才发现自己的思想是多么的枯竭，多么的缺乏必要的氧气。这点在他去城中再次与马修斯见面时表现得尤为明显。乔治·马修斯得以幸存而且发达了起来。站在他办公室的门口，身穿华丽的马甲，指尖插入那他小小的口袋中。他再也不是什么“乔吉”。

乔治说道，其实，你本该坚持下来。然后邀请他当晚去尝试一下。

马修斯的朋友都是社会名流，什么新闻记者、律师、镇办事员、银行家，等等。达西跟他们格格不入。他已被淘汰。他坐在厨房里，假装是烧火工，试着记起他们的名字。这感觉太糟了。他需要来点鸦片。他注意到他们讲话用冗长的句子，用一种戏剧般的腔调，留下长长的概念，以备随时继续。然而，尽管他们尽量回避关于他的话题，但其实颇有兴致。晚上快散场的时候，有两个新闻记者问起他给黑帮史奎奇·泰勒打工是什么样的时候，还着实让他心动了一下。他们建议让他写点什么。他们自己想要听真实的故事。

他做不到。他神志不清醒。只要他在空白的纸上一下笔，铅笔头就断了。他可以描述、再现、描绘他展览场地的画面，斑点牛在天色下沉时在树下挤作一团的样子。但仅此而已。大部分的时间，他都坐在汽车里阅读报纸。就像尼蒂先生从前那样，在史奎奇出没柏克街妓院的时候，把那些耸人听闻的有关黑帮的消息从报上剪下了。他有几次开车送老大史奎奇到科林伍德，与那里的商人和法官会面。一次，一个非常美丽的女人溜了进来（望风），坐在他身旁，问他要香烟。她紧张地吐了几口烟之后，银行内某人的手就被钉在了柜台上。老大史奎奇还曾经为她写诗，还总是让达西给他检查拼写。

在一年之内，达西·达蒙就从当地银行获得了抵押贷款。马修斯是他的担保人。他现在有朋友了，都是有头有脸的人。他还获得了二十亩连绵起伏的丘陵。那是一个带有粉红色石头壁炉和花岗岩柱子的烧焦了的没人要的凶宅。月高风清的夜晚，当群星闪现的时候，人们说一群身穿白衣，头戴折叠帽的被遗弃的女孩会守候在树林旁，将他带到她们的墓床，举办狐狸精的婚礼。

他每天不停地劳作，抢救好的木材，替换梁柱。他试图回忆原来建筑的确切样式，用的是什么木材，窗户的位置在哪儿等。如果样式可以更具体形象化一点，就好办了。他尽量不去偷工减料，而是掺杂和改变材料形状来打造原始的框架。他的粮食供应非常紧张。他没有肉吃。每个星期六，他去跟别人讨价还价用书换点自已田里没种的蔬菜。他像蚕吐丝一样慢慢耐心地梳理黑帮的故事。小孩子们听得很入迷。但妈妈们却不让孩子们靠近他。有些人对他敬而远之，他们深知如果在法律面前站错了队，就如世界大战归来的残兵弱将一样得承受命运的安排；他们都是暴力的男人。他通过不正当的手段获得了土地，但至少这片土地不是乱石丛生的石质或因植被腐烂而臭恶难闻，也没有任何危险的物质。话说回来，人们都不喜欢郡长和政府。还有人认为他懦弱无能，尽管人们只是在背后议论纷纷。他们看见过他年轻时争吵的样子，醉酒之后的拳头像装满小麦的麻袋一样重。

他拼命地工作。生活沉重而乏味；池塘里没有鲤鱼；一切都有节制。一如往常，头顶着沉重的天空，呼吸着如烟灰般的空气。黄昏时分，他能闻到身后的森林味道，蹲在帐篷外，想着自己能否在冬天雨季之前架起房顶。

之后，那熟悉的魔王，开始呼唤。

天堂的恶魔。

他不再想重燃鸦片之瘾。让他抽吸的不是其自我。

他想追求的是工作美德，在喧闹中不停向前。他想让世人听到。但他在这个美德和那让他心头发痒的念头之间摇摆不定，只要处在消极状态，这种想法就会不请自来。那是上帝的念头，一种非法的信息，犹如突然而悄悄闪现的黄色金合欢花儿一样，团团锦簇数以百万计。他不明白为什么善念让他如此疑虑重重。毕竟，善念有其自然状态，而并非你做什么或不做什么。那是害羞天性，其隐蔽性提供了灵感。他看见过母亲义正词严地敦促工作再工作的行为，然后有一天她终于被累倒了，开始与死亡并无差别的生活。工作不应该是快乐的吗？不应该是一种介于需要与游戏的平衡吗？不应该像金厚头啸鹟或岩石鸟一样在下雨前雀跃吗？蜜雀知道在花丛间徘徊，知道一切都是循环：知识取决于欲望，那种欲望可能是在需要获得满足的时候；满足需求需要依赖于工作；没有工作就没有知识；没有知识就没有蜂蜜。

但飞来飞去并不是工作。那是纯粹的喜悦。

他变得越来越瘦。他跟在蜜蜂后面，捣毁了它们的蜂窝。他现在土豆多的吃不完。他用土豆跟人们交换灯芯，用胡萝卜换石蜡。总是缺乏亮光。

他现在落后了。雨季来临了，可屋顶还是没有盖起来。他大雨时也不停歇，自己着了凉生病了，从老伊哈迈尔处买了更多神秘的配药，一种可以滴在舌头上的滴液。某种力量让他恢复了健康，他的父亲血液里的力量，手臂上的血脉，密密麻麻，就好像路线图一样。他晚上打着灯笼照旧工作，用钉子定好托梁，他懂得堆砌一块一块的石头，老练得如同大教堂的工匠。一直以来，他像牲口一样直接喝着清凉的泉水，水中有股奇怪的味道，弥漫着道路焦油的味道。冬末初春的时候，屋顶修好了，每片木瓦都是他亲手切割成型的。他的庄稼长势喜人，水源充足。他买了一头母牛和小牛。他嗅到了冷冷的南风，在高高的山坡上种植了树篱，能看到他在山坡上种的一排排桉树正在发芽，可以让土壤不那么疏松。他能听见大地安稳下来，大口地呼吸着香气。他无所谓开心还是不开心。

恶魔再次呼唤，烟瘾来了。

现在鸦片酊滴液给他带来了剧痛。他的内心翻江倒海，一阵阵战栗把他带到了悬崖边上，在那里他等待着突发的山体滑坡。放荡；良知；救赎。他是三位一体：罪人、法官和刽子手。这三个人同时占据了他的大脑，迫使他发出尖叫和痛哭。他自言自语道，你的伤是魔鬼的兴奋剂。

来自地狱的猎犬。复仇女神。

然后他返回去继续工作。每次离开都让事情变得更糟。他想干脆离开，什么也不做。一切都是在浪费精力。房子刚建好一半。池塘里都是沼泽泥浆。围栏东倒西歪。马铃薯藤蔓满地都是。他想就此自我了断，但那样太费力，根本不像诗人所说的什么是静谧安逸的死亡。他诅咒上帝。在一阵恐慌之后，就快要爆炸的时候，他躺下了。这个山冈成了休憩的海市蜃楼。他闻到了潮湿的泥土的芳香。招魂的声音缠绕着他。即使是在这样一个坟墓里。死亡叫嚷了数个小时，诱惑，爱抚，欺骗。他侧身感到痛苦。他的左臂不能动弹，捆在了腰间，他变得更加虚弱，招魂的声音更加强烈响亮。他跌跌撞撞地穿过灌木丛回来。他的剪影在夜幕降临的山脊看上去就像是个疯子，一只胳膊晃来晃去不听使唤，没有方向。

山脚下就是那座小小的学校，最近刚刚经过重新装修。郡长想要把它修复一下，重新利用起来。之前那只是个旧的铁皮棚子。现在垒起了稻草墙、铺上了木地板、摆放了小课桌，两个学生可以并排用，他们玩砚台，在铰合盖上用圆锥刻下自己名字的首字母。他们还没有老师。水从山坡滴落到斜斜的屋顶上，落入一个桶中。他坐在山顶，聆听着水的声响。

我的文字是呜咽沸腾的血液。福州寺庙里，黄昏降临，空气凉爽。在我的面前摆着的是茶水和鸦片。当然是由一个年轻的女孩奉上的……这正是某些旅行和航行的妙处……这个过程如梦似幻……她应该正当妙龄，十七八岁的样子，但看起来更显年轻，因为相比北方的姑娘，她们更细皮嫩肉也更娇小。她的眼神如泣如诉，让我浮想联翩，以为她在和我调情。连续几个晚上，她来到我身边，端着烟枪，烟罐，打着灯笼，按部就班地神圣地侍奉我的夜晚，我感觉皇帝也不过如此。她摆好我的拖鞋，按摩我疲惫的双脚，把我的胳膊肘支撑起来，然后在上面加热松香，然后慢慢地把烟枪递给我。我们语言不通，所以只能相互微笑，示意表达愉悦之情。一天晚上，我没有吸食太多罂粟，我从宁静中解脱，被渴望驱使，我的心情有些不平静，内心燃烧着欲望。于是我开始跟随她婆娑的身影，虽然我很清楚她并没有发觉我紧追其后，但还是看到她虚掩着进入女人住处的大门。我不再小心翼翼地跟着。我最好的挡箭牌就是——像我这样的洋鬼子根本看不懂门柱上面的“不得擅自入内”的精致的汉语书法。那些禁止出入的房间显得空荡荡的，但是在她进入的房间有一束光在墙上婆娑。我亲眼看见她走进了隔断，所以当我看到她从另外一个门口出现时几乎不敢相信自己的眼睛。然后又从第三个门口闪现。过了好大一会儿，银铃般咯咯的笑声打破了我的恍惚，我意识到自己不是幻觉，而是看到她有两个姐妹，不对，她们是三胞胎，然后每个人开始为另一个人铺床，脱着衣服如例行公事一样。只到她们脱掉里面的衣服时，我才惊恐地意识到她们既不是女孩，也不是男孩。

这个小东西次日夜晚再次来到了我的房间，那也是我在那儿的最后一夜，一边准备，一边流泪。我心乱如麻，很纠结，但迫切想吸上一口的热望在我的脑海里产生了种种距离，我无法判断何种方式的情感需要权衡，何种需要触摸。这个美丽的东西使我想起一只飞进玻璃窗的鹌鹑。受伤了，但对其命运的幻想并没有破灭。

这就是罂粟对我的影响：我要将之称为“距离的暴政”。这种异域的东西让我自己成了外国人，这样我又成了我自己。

那夜，那三个女孩的确在脑袋上面跳舞。人们可以称之为温暖惬意，因为那时正值隆冬，而天气很暖和，山间微风和煦，把他送入甜美的梦乡。三个女孩身穿哥特式的服饰，戴着折叠式帽子对影成三翩翩起舞，手拉着手将他围在中央。然后她们在他身旁躺下，在薄薄的纱裙下自慰着，寻欢作乐。他观察到她们安静的爱，无法抽身，于是放松地加入其中。

他简直喘不过气来。那轻风和气力带走了他所有的距离，现在他感到极度的兴奋。心中千斤的巨石从悬崖滑落进河中。他必须遏制情绪，不然这一天都过不去。他忽冷忽热。渔船连同它们的苍鹭一起被淹没。他无法起身。他的左侧身体疼痛难忍，但他不能尖叫。他现在就是他母亲曾经的处境。在这山冈上，眼睛凝视着那个小小的学校，在临死之前等待他回到家里。他挣扎了几个钟头，然后筋疲力尽，陷入了睡眠或昏迷。

早晨起来阳光照耀在他身上。风已经停歇，他还活着。他觉得这是一个天大的笑话。这温暖的阳光，这绿草，还有这土壤的力量。如此肯定，这种恍如隔世与他刚刚离开的世界如此之相似，但它看起来却那么清晰，那么令人振奋。如此的宁静。

就在山下，从校舍的门口闪现了一个身影。他能分辨出是一个女人。她看上去似乎很年轻。她轻盈的步伐令他心旷神怡；她笔直地站了一会儿，胳膊下夹着书。然后她拉上门，带上锁，把钥匙放在她连衣裙的口袋里，转身离开，顺着山径向马路走去。有那么片刻，他相信她就是三个舞者之一，将其他两个锁在了里面。不久之后就会有一场大火。他想着那桶水，以及如何将其吊到屋顶之上。他连滚带爬地从山腰下来。攀缘直起身，向里面窥视。双人的小课桌寂寥空荡，黑板被擦得干干净净，书架上堆满了书籍。他能闻到一股清香……丁香花香水的味道。

有那么一天，他会找她谈情说爱。他要挽着她的玉臂，并肩走在路上。他会将她倚在一棵树上，对她细语绵绵。

我买了两匹狗，牧羊犬，牙口都还不算太老。它们很高兴摆脱原来的饲养员。那是个邪恶的老板，呼吸带着恶臭，抛给了我一条链。可怜的狗儿们，脖子上戴着铁丝防护网，身上起了脓疮。它们从生下来就一直被拴着，拴在一个空心的圆木上，那个木头摆在路旁，小路直通他的房子。它们参差不齐的毛发上全是结痂的狗屎。屁股上都是蠕虫。我用一片片的肉逗引着它们回了家。

擦洗之后，它们看上去还不错，我在肉中加了一滴毒药驱走它们身上的蠕虫。蠕虫杀死了，狗活了下来，这是一个好兆头。有一段时间，它们非常懂事安生，懒洋洋地躺着，耷拉着眼皮，用舌头舔着褥疮。但不久它们就开始迷迷糊糊地感觉到一股冒险的味道，嗅出了周围的世界，对一切都感到不信任。我觉得，当时有两条狗陪伴，对我来说就是一种幸福。

伊哈迈尔老头再次经过的时候，我把剩下的黑俄罗斯卖给了他。我跟他说我戒烟了，问他能给我出什么价。他思前想后，最后摇了摇头。

我说，不然就用它换书吧。虽然那是我最后的存货，但我并不难过。再见了，大烟土。再见了，欢乐的舞蹈。再见了，松香。

有一次在墨尔本市政厅，我看见一个小提琴手用类似松香的东西擦他的马尾弓。他的举止带着贵族派头，就像一个伯爵用军刀打开香槟酒瓶的盖子一样。那种姿态让你对自己充满自信，让你感觉非常非常了不起。

他在小柏克街尽头的一家墨尔本古董仓库中发现了一些中国式的大门。至少，他以为那些是中国门。很有可能是日本门，但他和销售员都不敢肯定。门是由大块的柚木凿成，雕刻着花纹，染得通红，带着铁闩锁，门扇看上去很高大上，他势必要买回来，为此不得不卖掉奶牛来补足差价。在一个阴冷的雨天，冰雹袭来，狂风大作，他把它们装在了门框上，那个门面看上去非常漂亮，气势宏伟。他明确了一点，永远不使用这个入口。

游客必须绕道或从后面进来；正如多年前他自己进来时一样，在那漆黑的深夜。这种形式的出入就好像进入洞穴，人们会跌倒，放下武器，毫无防备。如果有入侵者，首先必须有信任。那些不讲礼仪或临时来的人将会被厚重的门拒之门外。任何进入的人，都要依从他的条件。

房子里面很亮堂。金黄的柏树色彩浓郁。他在那个大房间的中央在扁平的石头周围挖凿，建造了一个壁炉，烧煤取火。在屋顶上，他巧妙地设计了烟囱，是那种他在中国见过的样式，用一个高高的竹竿做烟道和挡板。当他合住沙门的时候，整座房子非常敞亮非常开阔，灼热的壁炉里冒出的火苗在光洁的木头上影影绰绰。他能感觉到空气的流动，那种流动带着不同的气质，犹如内心进入了变换的季节。在正前门上，他贴上了一个汉字"婦"。上海的店主告诉他，如果把这个表意文字颠倒着写会为他招来妻子。现在整个房子一应俱全。为此，他花费了两年的时间。房舍就坐落在一片空地上，可以眺望树木繁茂的小山。有一条小溪潺潺流过，而就在他种植的杜鹃花园边，地上冒出了一股天然的清泉。在海拔两千英尺的地方，空气清新令人振奋。冬天降雪丰厚，足以吸引城里人驱车到这里度周末。

曾几何时，当房子落成的时候，邻居们都会送来微薄的礼品表示祝贺，如劈好的木柴，他们自己编织的门垫，自己酿制的果酱。可是这里无人问津，无人造访。

我现在完全能自给自足。我的庄稼收成喜人。小溪里有黑鱼。无所谓喜无所谓悲，我也乐得无人陪伴。在社会中，人都身不由己，快速地讲话，以别样的"人格"展现世人。而当自己创造东西的时候，这种情况就比较少：用稻草和棉花制成的马项圈；木质的马颈轭与项圈拴在一起，还有带动马车载物的皮带是由橡胶轮胎做成的。

每隔几周，我都要佩好马鞍驾车下山到芬特里格利。那里有一家书店。里面光线昏暗，有股发霉的味道，很难站在书架边阅读。我推测这种思路就是不鼓励人们偷懒。那家商店的店主是一个脾气古怪的老女人，总是与当地一名警察喋喋不休。她总是几近疯狂地讨好他。两个人一边聊天，一边盯着我，还咧着嘴大笑。我买了一些一位叫马塞尔·普鲁斯特的法国人所写的书。对我来说，他创作的东西似乎很了不起。全部都是关于寻找逝去的时光，当时他一边蘸着茶水吃蛋糕，一边看着他妈妈给他展示的幻灯片。他一定也着了魔。

一天，我回家的时候，看见两个送货员鬼鬼祟祟，隔着窗户往里看。我发出信号，让狗去问候他们，在最后一刹那才叫它们收手。他们送来的是我订购的标牌，是黄铜制成的，上面写着“蒙巴拉克”。这是一个土著用语，意思是山间的藏身之处。土著部落以前常在这周围取水，因为这里到处都是从地下冒出的山泉。他们生病或受伤的时候，到这里来疗伤，往往成群结队。他们用树木中渗出的树脂来缝合他们撕裂的伤口。伊哈迈尔老头告诉我，成群的墓地就在下面。我曾经去过那黑暗的山谷，那里的树木更高挺，地面很潮湿，岩石长满苔藓，空气沉重忧郁，死去的人蜷缩在自己负鼠皮的大衣里。这是鸟儿都不光顾的地方。“蒙巴拉克”——既是藏身之地又是坟墓所在。在进行观察之后，我对这样的停尸习俗主题进行了记录：

双膝捆在胸前——裹着负鼠皮，用金合欢树皮绳子捆在一起。

尸体的上下是两张树皮。

掩埋深度为地下二英尺深，头部向阳。

从烧焦的骨头开看，如果地面过于坚硬，尸体就在柴堆上火化。

后来我当我申请招待所营业执照时，我被告知，它将被命名为“睾丸之地”。不能啊，先生，一点儿都不沾边。

他从约瑟普·吉姆佩尔那里听说，学校来了一名新教师。不错，2月份新学期开始的时候，会有一位新教师。

他对吉姆佩尔说，我见过她。“招待所所长”，他喜欢这样自称，正在冲洗眼镜，草草地用一条脏毛巾擦干，就是那条他给宠物贵宾犬使用的毛巾。

吉姆佩尔说道，女的？没有人见过她。据我所知，没有女人来这里。新“校长”是个男的。没听说他有老婆。人们说他租下艺术家工作室，租期为一个月。你知道的，就在山下，那个汤姆·罗伯茨的房子。估计他待不了多久。

没准他弄错了。他也不能肯定。老吉姆佩尔消息更为灵通。他一定要敲定这件事。不与人们交往，只读这些圣贤书，让他对现实的社会了解甚少。他一直希望是他曾经见过的那个女人。她是这样一种人，即使在远处看，看起来也是那么平易近人。他想跟她讨论书籍，一个可以引导他读书的人。

当你仔细观察这些锛子粗制的梁柱时，你会发现它们并没有完全卯住，或并非那么平直。这并不是说它们有缺陷。这所房子是纯手工建造，而且保留了人情味。一个用从木材厂拉来的木头，用机器锯成的梁柱建造的房子，就跟我在城市里看到的房子一样，则没有这种鲜活的感觉。其优点是词汇编织出来的：过度的描述，发明的术语。文字的精雕细琢与木头相吻合。但比如当你看到一个榫眼榫的横梁时，一般你最先看到的不一定是密歇根模式的双头斧的工艺结构，也不是伯金肖2号方形杆制造的澳大利亚图案模式的锛子标记。你也听不到木材被压出了汗水声音，也闻不到能治疗关节的烟熏味道。你也不会直接就察觉房子与外面简陋的马车之间的连接，是用空心螺旋钻，铁环螺丝刀和修桶匠的劈板斧锻造而成。马车与马是一体的，这意味着需要大量的铁砧、凿锤、钳子、钉子锤、锉刀和刨子。这一切都伴随着卑微的汗水，风餐露宿，热气腾腾的马粪，而且当你从整体考虑的时候，又像任何复杂的飞行器一样紧致而精准。这种相互依存是非常神圣的。

当使用正确的词语的时候，一切都不像其表面的样子。所以我需要有人来跟我讨论我的阅读问题。就是为了揭开词语与事物之间的深层联系，而不只是留下一堆没有什么重要性的意义，它们之间有亲缘关系需要深挖。我从木材中能看到很多符号；一个长着一对翅膀的女孩，上衫敞开，乌黑的头发用头绳系着，她的身影从树瘤中呼之欲出试图保佑我的勤奋……

细雨纷飞。他驾着一辆很轻很快的单马两轮马车外出了，想去寻找西姆科克斯之前想向贝尔格雷夫卖掉的铜焊石蜡灯，是有调节阀的新奇复杂的那种灯。他独自一人驾驶着他的两轮马车，帽子拉到眼睛处遮挡雨水，看着马蹄后面撩起的泥泞。有人说，这个世上的体验只是一种观点。马蹄的得得声穿过了路旁不知是谁种植的纸皮桦，树皮卷动，弯弯曲曲的羊皮纸。就在前方，有一个雨棚，人们可以在这里躲避风暴，里面还有劈好的木柴。他之所以建造这个雨棚，部分是为了忏悔；算是出于善意所建造的社区服务，为那些在暴风雪中漂泊的人。有时候愚昧的城里人，冬天开车来山间赏雪，他们的车会在雪地里打滑。他以前曾从远处眺望，看到一对对情侣似乎越来越冷，越来越湿，但点不着火。他倒很高兴告诉他们如何往油箱里扔根火柴。

山间招待所如雨后春笋般地涌现。他能听到聚会的人们放声高歌欢笑，就在对面，在檫树那边。但在这片荒野之地，他们不知道如何生存。他注意到这匹马有一个马蹄掌松了，而且让它走起路来有点跌跌撞撞，路面宽的时候好像在踱方步。需要给它的左前腿弄个带防滑铁的马蹄掌。树在风雨中摇曳。他抬起头来，看到从对面来了一个双轮马车，他拉住马，看到了那个姑娘，她戴着手套，手中拿着一个小马鞭。

他对狗的训练很有一套。他从未对它们大吼大叫，从未打过它们。

他这样写道：

狗无论做什么事情都是出于好奇、本能或爱。狗虽然有地盘保护意识，但本性并不恶毒。

总而言之，狗是活在当下的大智者。它完全生活在当下，不悔恨过去，不谋划未来，而是机会与投机主义大师。它对自身并不陌生……最关键的是，它了解我如同了解它自己。

他用一个福克斯牌哨子来招呼它们。

它们进来的时候，疲惫不堪，浑身湿漉漉的，好像追逐过什么东西。他派其中的一个去吉姆佩尔处取东西，他列了个杂货单子卷了卷放入它的项圈。吉姆佩尔的伙计第二天就会开着他那蓝色的道奇卡车把货送到。他往身后堆放一个个杂货箱时，那些狗就围在他周围挡着他的路。之后，他会伸伸懒腰，达西则会递给他一支烟抽。那个小伙计一向不擅长用纸卷烟，总会有烟丝从两头溢出来。那个伙计有时候会说，达蒙先生，两手不停地摆弄着烟丝，您碰过机关枪吗？

没有，小伙子。

我倒是特想试试。老爹说你可以一枪就打倒一整棵树。

他真这么说？

那个伙计，只抽了两口，烟就燃完了，然后在裤子上蹭蹭手，捧着手哈口气，上了他的卡车。达西走过来，贴着窗口说道，小伙子，人们说山上来了个新老师。

嗯啊，达蒙先生。是个中国人。

中国人？

吉姆佩尔的伙计大笑，然后压低了笑声。他也许不懂讲英语。

达西拍拍车顶，说道，如果他是一个老师当然会说英语。那个男孩打着了火，驱车离去。

你们怎么看呢？达西对狗说道。它们正竖着脑袋，随时等待主人发出一个信号去追逐什么。

我当过一段时间的修马蹄的铁匠。总体来说，这个工作还算不错，当然前提是你不要被马踢到或者碾死，而且有时候还得小心翼翼地去对付马的情绪。要知道它们都很喜怒无常。因为做一匹马并不那么好玩，每次有人过来你就得被骑在下面，大汗淋漓地在山上跑上跑下。我认识的很多人都曾经被马踢过或从马背上摔下来过，一些人还丧了命。我觉得多半应该归咎于酒后骑马，当然尽管很多事故都发生在夜间，有时候是马绊倒了或者是在长长的山坡上迷失了方向。然而，不可不提的是，马就是纯粹感到厌烦了，而且就想把骑马人从马背上摔下来。人们纷纷跟我说，马很快就会成为历史，我要学会用机械的东西取而代之，因为那样才会把人们带上山并让他们入住招待所，你所能看到的唯一的小雌马都是坐在四轮车上的等等。这个我说不好。机动汽车会破坏道路，惊吓到马匹。无论如何，我认为我应该把这所房子变成赚钱的工具好让我摆脱债务，不被性情暴烈的马困在马厩的墙角。

所以有一天我问吉姆佩尔的伙计对这所房子有什么看法，他长时间仔细认真地打量了一下，眼睛多半看的是房顶和天空。我弄不懂为什么会有人仰望那里找寻看法。我意识到他不知道该说什么，从他的脸上我看到了那个男孩的看法跟我所想的根本不一样。看到房子的形状看上去并不是那么理想，而且一切似乎看来都不是那么恰到好处，突然间，我感到肚子有些不爽。在山下的卡里斯塔住着一位艺术家。你只要给他一品脱的威士忌，他就会为你画一幅画。我倒是想听听他的意见。

我从未领悟到这一事实，这个地区的大多数人仍然认为我的房子闹鬼。

因为失眠，他晚上开始在山间溜达，不管白天他怎么努力给马修马蹄，到晚上他都睡不着而且异常急躁，他就带着狗在灌木丛中徒步走到很远。有时狗会感到害怕，他会看到远处林间小路上有一丝光亮，狗于是止步不前，绕到他的身后，然后发出轻轻的犬吠声，表示它们什么都不害怕，而仅仅是在潜行追踪，似乎在告诉那莫名的东西它们就在附近。他很清楚，狗类，只对现实的东西感兴趣。他同样也清楚，自己与它们不同，他已经没有能力感觉任何东西。

每到晚上他就变得焦躁不安。有时他会发出不同声音的大叫，脑海中是群魔乱舞的对话。

种种往事浮想联翩：

他在树林中奔跑。

跑到了麦凯尔维太太的家中，坐在她家厨房的角落里使劲拽他裤子的背带。

怎么了，孩子？发生什么事了？

他双脚乱动，蹭来蹭去。他会跑到燃烧殆尽的热热的灰烬前。

跟我说说，孩子，到底发生什么事了？是不是脚烧伤了？跟你说过多少遍了小孩不许靠近火堆玩。

但是那孩子闭口不言。

麦凯尔维一家都说这个孩子有点迟钝。

他是不是又殴打她了？麦凯尔维太太问道。

他整整一晚都待在暖和的厨房里，上面盖着马衣。早上从马厩里偷走了一把战斧，把它插在腰间，但他一直没有看到那个老头子的身影。

一周后，那个老头子出现在小路上，吐得酒气熏天。

滚过来，你这个小杂种！

他又开始跑。那天晚上，他的父母像以前一样在一起，虽然他们并没有说话。他父亲把赫伯特·乔治·威尔斯的书撕了一半生火。一半以上的时间机器都在烈焰之中。普鲁斯特的书就从未遭遇过这种情况。

他醒了，内心如焚。

他来到了工具棚，从一大堆大锤和刨子中找到了一个小玻璃瓶的鸦片酊。之后，他可以再一次独自悄悄地去体味了；那些轻柔安神的东西。

房间的中心花岗岩熠熠发光。他注意到地板砖没有铺好。一阵冷风正从裂缝中往上冒。他感觉到胸部扑腾扑腾地乱跳。他气喘吁吁地吃力地扒开那些板子。用撬棍撬开石头，去挖出下面的土。接着，他一直试图忘掉的往事涌上心头，他走到外面去取他的鹤嘴锄。那个女人。他过去替史奎奇·泰勒开车的时候，有一个女人经常挫指甲，就坐在车的后座上。她说当史奎奇受伤时，侦探猎犬靠近时，他会躲到一个洞穴处隐藏。

在岗岩砖的下面，他挖了一个来小时。

他发现在靠近底部的地方出现了裂口。他已经把木地板搞的一片狼藉，到处是泥土和灰尘。恼羞成怒，鬼使神差，他居然把那个石头撬开了。他本来希望把它拖出去，然后把它滚到墓地处，彻底摆脱掉。他试着搬起它。由于巨大的张力和压力，他一阵头晕眼花。他试图用杠杆撬动它。结果那个除根工具的顶端似乎碰到了什么金属。

他开始在其周围轻轻地挖，把它往外拽。那是个被压得坑坑洼洼的钱箱。钱箱里面有一块油布包着珠宝。黄金手镯、珍珠耳环、古色古香的钻石项链。

感觉这个房子更像是闹鬼了。月光之下，那两条狗也对着向上攀爬的负鼠狂吠。

我没有移开那块石头。我的未来，全部仰仗这块石头了。我来到了墨尔本唐人街。做了桩买卖，把钱存进了银行。我还清了那个伊哈迈尔的债务，他特别开心。然后有一天，我赶马车去了趟书店，看见那个老荡妇还在和那个警长在一起鬼混，我提出，便宜点买走她所有的库存。她说她要好好考虑考虑啊，什么时机不对啊等等。但我跟她说，错过这个村就没这个店了。更别说这个书店几乎鲜有人来光顾，特别是当那个警察总在店里晃悠的时候。最后在警官的旁敲侧击下，我们达成了协议。他们觉得很划算，因为我欣然接受他们的要价。之后他们又为阁楼上大量发霉的老书时不时地让出5元的利。我已经在外面备好了一个运货马车。那警官点了点头，并祝我好运。他知道我每逢周六都会去卖书。他说，社区服务很高尚。很好，干得不错，伙计。

我驾着马车往回返，马显得体力不支，我不得不从车上下来，推着车上山。到午夜时分，我已经按年代顺序将它们摆放到书架上了，我深知这些宝贝绝对是物超所值。根据《书籍收藏简明纲要》，我有两本詹姆斯·博斯维尔的传记和《戈雅作品全集》（第一版的，有点儿磨痕，封面中间被刮掉了，书页稍微有点儿泛黄）。还有中国18世纪女诗人贺双卿的一本袖珍诗集。

我乐不可支，如获至宝。快乐得就像尤金·奥涅金。我拥有了一个王国，一个可以消磨无聊时光的迷人角落。我没有设想到任何后果。约瑟普·吉姆佩尔跟我说纽约街头的一堵墙坍塌了。我认为他指的是中国的长城。他坚持认为这是一件大事。我就在这里记录下来，说不准真的是大事。

他们把铺路面的碎石拉到了蒙巴洛克的岔口处。他能听见他们挥动铲子和大喊大叫的声音。有一天他们还弄来了一个蒸汽压路机，把马吓得惊了。他对这种做法一点也不感冒，但他认为这说不准会招揽游客而他的招待所也就可以启动了。他想弄成跟上海附近的那家酒店的样子，书卷满屋，掩映在绿荫丛中，还有婀娜的女子奉上鸦片和清香的茶水。

当道路修造完工之后，周末的时候，游客乘坐服务车，租来的马，哗啦哗啦的越野车蜂拥而至来到蒙达区。年老色衰的轻佻女子和放荡不羁的中产阶级年轻人。他们花上六便士就可以用面包屑喂小溪中的黑色鱼，并且可以在汤米·伊格尔家蕨类丛后面搂搂抱抱。各类艺术家纷纷前来画这里的树。他不明白这有何意义。人流络绎不绝。

一天，达西的马摔倒了，花了好一段时间才把它正过来，让它重新站起。他看了看马歪斜的牙齿。黑印正在褪去。它再也上不了山了。他也没有再骑过它。之后他买了一辆自行车。

他们称它为安全自行车。一天晚上他骑车出去，从吉姆佩尔处的下坡回来，挂包里装了几瓶啤酒，他一定是碰上了一个坑洼，被甩了出去撞到了树上。当他睁开眼睛时，有一匹马在蹭着他的脸，在另一边，一个年轻的中国女子正在擦着他的额头，他以为出现了幻觉，以为自己回到了中国，他的脉搏跳得像一只青蛙，发现自己在杂草中一副狼狈模样，一个小山村的中国医生对他解释说他生病了。他吃的药丸是用虎鞭做的，而且老虎的宰杀日期也是精挑细选的。这次他肯定是一命呜呼了。跟他的马一样，重新投胎了。那个女子俯身过来，把手放在他额头时，他能感觉到她温暖的气息。那种感觉比天堂还美。我可以买下你吗?

你，他说。

她长发飘飘，乌黑发亮。戴着一副小巧的银耳环。

我的名字叫双慧。

双慧。

一声霹雳。指甲大的雨点打在他的头上。

快点，她说，我扶你起来。她一只胳膊搂着他的腰，身上散发着山茶花的清香。

对不起。他想道歉。他块头很大，而且笨手笨脚。说什么也表达不了他的心声。我真的非常抱歉。一个头脑不清的人，还试图逞强。

不是，你不明白。你没有撞到我。我发现你躺在路上，你刚才发生了意外。

车把已经撞弯了。啤酒从挂包里滚了出来。

这些东西先放着儿吧，我用双轮马车送你回去。

从未见过一个女人如此自若。她一定是从古老佛教尼姑庵里出来的精灵。他摇摇晃晃地爬上了双轮马车。他左半身一直血流不止，之后就又晕了过去。

当我醒来时，太阳正在穿破乌云，我躺在床上，盖着个毛毯，只露着脑袋。时钟滴答作响。除此之外一片寂静。不管怎么说，我一定是回来了。那个女人就是一个奇怪的幽灵。但是鉴于我目前的状况，绝对不能对任何事情想当然。即便真是如此，她也不可能弄得了我，把我拽进屋子，然后弄到床上，就凭她那弱不禁风的样子。我的住处散发着霉味。绝非待客场所。地板上堆着一大堆书，蠹虫到处蠕动。也就是说没人来过这里。但是如果你一定要刨根问底，我就得瞎编。我会说我一切都不记得了。但外面的自行车车把的确是歪的。看啊。挂包也已经被取下来，倒挂在鸡窝的栅栏上。两条牧羊犬拱着我的腿要玩追赶的游戏。不对劲。这里一定有人来过。还整理了这边的东西。我心里感觉好像被入侵了一样。似乎有枪林弹雨穿过了我的头颅。

她把雨伞落在了这里。那是一把小花伞，带蕾丝边的阳伞，折叠着放在角落里。这一发现令他欣喜。他把它撑开，又折叠上，呼吸着她的气息。与他房间的霉味是那么的不同。

雨噼里啪啦地下着，洗擦着房顶。整个房子里有一种躁动不安，一如他的内心世界。自从房子建成以后，他第一次感觉到这种不安，那种不安无法言表。但他现在想起来了，他记得从敏志溪站的经理那雇了一个黑人女孩，让她每周过来做做饭，把肉弄干腌上。有一天，他觉得自己对她特别温柔，寻思着自己是多好的一个男人啊，想法拯救她。他对她越是温柔，她越是主动，所以最后他开始欺骗自己，欺骗她。到事完之后，他感到羞愧难当，为从她身上寻找的那种漫长而虚假的调剂，也为那种空虚落寞的感觉。像往常一样，那种空虚会改变他的情绪。

我拿着雨伞来到卡里斯塔的汤姆·罗伯茨的住所。罗伯茨远在英国。他的房子坐落在一个小山上，有一条小路穿过后面的树林通到一个很大的工作室，上面有一个玻璃天窗，散落着橘红的叶子。现在那个中国校长租住在这里。这个地方很明亮，跟我那边山上的阴影和云雾形成强烈反差，尽管也就几英里的山路之隔。这里风平浪静，万里晴空，一派明信片中的风光。而我猜这就是为什么罗伯茨在此处建房了，因为他是一个著名的画家，所以还种植了一些英国树来反衬周围单一灰色的桉树。我从未使用过这样的颜色。我敲了敲门，但没有人应答。我感到有点失望，我想把雨伞放在门口。我口袋里倒是一直装着木匠用的铅笔头，但是没有纸。我在木制手推车中找到了一片泛黄的叶子在上面留了言。我撑开雨伞，把字条放在了伞骨里面，然后把它紧紧绑好，把它戳在了门口。

天气开始变暖，明亮的天空刺得人睁不开眼睛。巨大的桉树树干上到处都是笑翠鸟，在寻找蛴螬。午后绽放长长的太阳光线显得陈旧不堪。他正在房子的后面开垦恢复一些种植过浆果的土地，修剪那些肆意增长的覆盆子藤条和醋栗灌木丛。他刚刚将水袋挂回到柱子上，就听到了狗叫声。他抬头一看，她侧身坐在马鞍上，骑着她那棕色的小马，差点就要践踏到鲜花上了。哇，小心，克丽斯特尔，她说道。于是立即掉转马头。他紧紧抓住缰绳稳住马。那匹马从唇间对着他吹了口气。他试着不去看骑马的人，但是心里却沾沾自喜。他的心怦怦乱跳。

他的脸上都是汗水，混着泥土，顺着脸庞流下。他轻轻地瞥了她几眼。她比想象中还漂亮……当她梳理头发的时候，动作是慵懒的，从容的，但她看他的方式却很鲁莽，目光显得很紧张。她比他记忆中看起来还年轻，但是她有股成熟的风韵。在他的手下那匹马的马肩隆在瑟瑟发抖。

她说，看起来你恢复得不错，不过好像还是从自行车上摔下来的样子。

哦，我没事，他说。他不喜欢暴露自己的弱点，尤其是对一个女人。要不要从马上下来喝杯茶？

他从来都做不到彬彬有礼，举止高雅。无论他说什么听起来都不太中听。但是只要他施展魅力、开展浪漫、取悦她，他渴望的一切就唾手可得。如何才能做到这一点呢？她迟疑了一下。他应该扶她下马吗？但就在那时，她自己跳下来了，很优雅。骨架瘦小；身体轻盈。她把缰绳拴在铁轨上。她身着骑马裙和外套，看着很拘谨。一直以来，她还没有对他笑一下，这让他更加渴望她的微笑。他注意到她的靴子很朴素而且稍微有点旧了。

我看到你似乎正在寻找妻室。

她指着门上的标志说道。从侧面看，她显得有些深沉悲伤。

他被她的坦率吓了一跳。

你是怎么知道的？哦，对了，我忘了你是中国人。他就这样脱口而出，想都没想这样会不会显得莽撞。

她没有回答，而是大步走到了巨大的红门前。

你不准备开门吗？

哦，对。他试了试，没有打开，然后用肩膀去顶。我基本上没有打开过这个大门。

顺便说一下，她一边说着一边走过他身边，进入了凉爽、树木茂盛的露天生活区，这个字写得不对。你“婦”的右偏旁写错了，应该是“帚”字，而你有点画蛇添足了，让这个字成了“凄”。她接着往后推开大门。不过话说回来，很可能都是一回事，她笑了笑。她终于笑了。她的笑声像银铃般动听。室内一下子蓬荜生辉。

欣赏房子的时候，她变得比较随和。这种木材好美，她说。她举步的时候，骑马裙发出窸窣的声音，手不停地抚摸着薄厚板镶接的墙壁。她滑动两扇法国门，走进了竖折型的偏房，向外面的庭院望去。斑驳的阳光洒在树枝间。她让他感到如此骄傲。

你不害怕这些木料夏天时容易起火吗？

也不一定。我已经在半山腰那儿堆了一垛，远离北风的侵袭。

这是有违中国风水的。这你应该很清楚。

他说，这个我还从未想过。你知道，在澳大利亚，大风和洪水可能危及生命。她再次那样大笑了一声，听上去似乎更像是嘲弄。他是如此陈腐平庸。我更愿意认为这所房子忠实于大地。他对自己的措辞很满意。他喜欢房子的后面，踏踏实实地楔入土壤之中。

她说，澳大利亚人不懂得如何建造房屋。

噢？你来这里多久了？

你叫什么名字？

达西。抱歉，达西·达蒙。

没事的，不用道歉。

我不是在道歉。

那就好。达蒙先生，我从生下来一直在这里。我父亲也是。还有我父亲的前辈。你觉得这很奇怪吗？

不是，不是那个意思。

那就好。我必须承认，我很喜欢这些穿孔的纱窗。

这些是什么……莫非这就是他们所谓的“侧天窗”模式？

我也不知道。这是我自己做的。样式是从一本书中找来的。

你知道，达蒙先生，你可真是一个有天分的人。但你可能自己没有意识到这一点。

叫我达西吧。他搞不懂她是怎样的人。她身上没有丝毫陌生感，当然，除了“长得像”中国人。她长长的睫毛下面，眼睛是淡褐色的。他搞不懂是不是澳大利亚把它们变成了淡褐色。也许是太阳光线吧……但她在带他兜圈子，好像领着一匹小马，先是这边，然后另一边。从房间里走出来。从侧面靠近，从后面的路绕到了前面。甜酸苦辣，五味陈杂。如同他训练他的牧羊犬的方式。他紧随其后。天鹅（双慧）①也是个好听的名字，虽然有点不寻常。

其实真正的名字是双慧。但人们发不出这个音。这是第一次，她显得有点慌乱。脸也有点绯红。

啊！在中国的时候，人们对“大蒙”也搞不清。意思好像是“无知的大傻瓜”。

你去过那儿吗？中国吗？

当然。大家不都去过吗？他觉得他夸张的幼稚可以让她反攻为守，既然他有这个小小的优势。

不是呢，我从未去过。

一次都没有吗？

没有。听着……达西……你的房子到处都是直线。无论哪里都看不到一条曲线。还有那些尖锐的陡峭的山墙。在中国风水来

①Swan原文为“天鹅”之意，本书译为“双慧”根据原型贺双卿而来。

讲是不吉利。它意味着火。

我弄不清楚那是什么感觉。你可以说是傲慢和诱惑的混合物。无论哪一点，本身都不是那么肤浅和廉价。我记得她靠在我家的墙上，被低洼海岸的柏树，衬得非常可爱。她的手指穿过其间，然后转身凝望着我，炯炯有神。我觉得就在那一刻。我们都缄默不语，而是试图弄清楚对方到底在想什么。她一只脚前后摇摆，更衬托出她的杨柳细腰。之后，我们在花园东拉西扯，聊了很多，那里我抬手赶走了吃浆果的鹦鹉，然后她就离开了，说她已经待得太久了，耽误了我太多的活计了。我还在回想她挽起衣裙从马镫上翻身上马，问她何时我们还会再见面的情形。可能我奢望太多了，当我说，我希望很快再见到她的时候，显得有点迫不及待。她对那句话只字未提，而是调转马头，并催促马儿慢跑起来。那天晚上，我又翻出来一罐棕色的树胶，远距离反思这一切，展开冥想，那种反思很美好。

我派一只狗到吉姆佩尔外送订货单，单子就夹在狗的项圈中，但它去了很久才回来。它到处逛游，在暖暖的池水中懒洋洋地闲逛，舌头向外伸着，根本没有到客栈去。这个麻烦主要是因为我未能始终如一。狗必须有一个有趣生动的日常惯例。双慧也是这样说她父亲的学生的。她说，爸爸执拗地想教孩子们学拉丁语，而他总是搞得很乏味。他不久就会退休。下个月我就拿到我的教师资格证了，到时候我会接管学校。

几个小时后那条狗回来了，浑身湿漉漉的，还沾满泥泞。它在戏弄那条母狗，在它身上蹭来蹭去。然后我注意到，有人在它的项圈上插了一朵花。那是一朵沾满泥泞撕裂的山茶花。

他本该多思考一下人与人之间的关系。他真的毫无头绪。社交风雅，礼仪，及其后果。责任和义务。他找了相关的书籍来看。一个居住于丛林的人通常不拘小节，不修边幅。他需要法国文化的熏陶。他开始读马塞尔·普鲁斯特的书籍。他扛着书箱去集市，周末的时候期待她的出现。他想象着双慧的样子。那种昂扬挺拔的身姿，那种为人处世的方式。但却看不到她的任何踪影。

他用红木做了一个小小的针线盒，在上面刻了一个喜鹊在火轮树枝头的图案。涂了一层清漆，用砂纸打磨后，又涂了一层漆。然后他用红纸包上，把它放在他的鞍囊内，骑车下来到了十字路口罗伯茨家所在地。一个老头在一所小屋前的花园中闲庭漫步，他问他，贺家是否还在那工作室居住。那老头儿迷茫地看着他，摇了摇头，随后说道，他们在学校附近找了个地方。他仔细打量了自行车。他喃喃自语道，下来吧。不着急回去吧？接着，他的眼睛疑似亮光闪过。很漂亮的姑娘，嗯，什么？贺博士，他属于老派的中国人，特喜欢散步。每天早餐前都走十来英里。你走之前，想来杯威士忌吗？这个老人家看上去不是很精神。他说，就来一杯。喝一杯，你再走吧。他注意到那屋舍的名字写着“塔利斯曼[1]”。他心急如焚地想蹬车返回山上。他不想下车走路，他不想放弃。

第二个周末，他再次前来，贺家父女欣然地招待了他。贺博士个头瘦小，有点吹毛求疵，身穿一件真丝马甲。他戴着大大的眼镜，让他的眼珠子显得更大。大部分时间，他都眉头紧锁，但

①Talisman这个词也有“护身符”的意思。

对任何一种幽默都高度敏感。

达蒙先生，你说你是一名马医。请赐教，马医到底是做什么的？马医看马治病，还是单纯地给马做马蹄掌？

先生，我只是给它们做马蹄掌。我不是兽医。

那么你是足病医生？

是的，四个马蹄都看。

原来如此！我断言这要比一天到晚看人的脚要健康得多。

先生，那个我还从未做过。

你知道的，中国的女性都缠足。她们现在还在裹脚。达蒙先生，你见多识广，有见过女人裹脚吗？

是的，先生。见识过这种残酷的习俗。

啊哈，没错，很残酷。但文化就是残酷的。紧身胸衣的文化不残酷吗？

我不确信这一切都是文化范畴。

好吧，就算是经济范畴。缠脚的女性都属于上层或“有抱负”的阶级。裹脚事关美德和谦卑，而美德和谦卑是佳缘良配的必要条件。这意味着脚踏绣花鞋，而不是整天站在稻田劳作。这一切都是残酷。为了将来的幸福而压抑现在的欲望是值得的。你造房盖屋不是也很艰难吗？

我猜想是的。

他还不适应这样的谈话。发现这种谈话颇具挑战性。他盘算着这样的念头，他有抱负，因为他有藏书。

达蒙先生，仅猜想是远远不够的。一个人的动机一定不能靠猜测。双慧……达蒙先生快渴死了。

她终于出现了，身穿一条齐膝的短裙和一件开衫羊毛衫，灰色的长筒袜。面带笑容，她的门牙不是很齐，端着茶盘，很开心看到她父亲展开锋芒毕露的谈话，很显然这是家中的老生常谈。她盘腿坐下，往下拽了拽裙子，他听到丝绸的声音，犹如蝉翼。

加奶，两块糖。

达蒙先生，这种茶跟你们喝的不一样。你要知道，如果加了动物制品和糖分，茶就变味了。可怕呀，可怕。让我细说缘由。

达西注意到，她的中指戴着一个银戒指，而且她奉茶的茶杯不带把。他双手接过茶，点点头，模仿中国人的做派。他希望能把事情做得得体。

贺博士对其女儿过早地将茶倒入茶杯显得不耐烦，说道，茶的艺术在于浸泡的时间。茶香要在交谈中慢慢散溢。这是一种社交礼仪。人不是为了独享清净而品茶。但当一个人无人相伴而饮茶的时候，要去想些有情趣的事情，对不对？这是老汤姆·罗伯茨的一贯论调。去梦想但不要沉醉其中。达蒙先生，你在笑，在心里偷偷地笑。跟我说说，你对中国的印象？完完全全的骗人把戏？彻头彻尾的莫名其妙？

不是，我觉得中国很有意思。人们总是盯着我看。

当然，因为你是外国人。就像在这里，人们也是把我当外国人。只不过，我并不是外国人。但是达蒙先生，我们有必要去在乎贫民大众吗？

他的嘴变得像鱼一样。他们是不是称你为白人鬼子？

我不知道。我猜是吧。

啊！你看语言不通其实是一种保护伞。但对我来说却不一样。可恶的民众……

什么？

贺拉斯说。我讨厌凡人大众，将他们从我内心驱逐。茶。我想到了茶。所有的茶都来自一种叫山茶花的植物。茶之所以不同完全取决于发酵。这是“普洱茶”。属于后发酵茶。这个是闻香杯。里面没有茶叶，只留有茶香。对你来说，中国的香气意味着什么？

茶能提神。他不想说是鸦片的香气。他想要说“爱”。爱恨交织。“爱恨交织”……他记得从什么地方读到过这样的说法。

我还以为你要说的是粪便。贺博士从鼻子里挤出一声哼，算是一种笑声。

告诉我，你认为我对中国不忠吗？

我不知道，这重要吗？

哦，很重要，达蒙先生。忠诚非常重要。区别在于它是他人感受到的还是亲身感受到的。

双慧，几乎一言未发，感觉似乎有些不自在，忙于从大水罐里倒热水。

贺博士说，凡人大众总是对这些事情加以裁定。远离他们，达蒙先生。不要为别人而活，但要对别人负责。来，闻闻这个。这是第一泡茶。

达西走后，双慧的心里一直在想他是否还会再来，因为爸爸那边一直出于礼仪不停地邀请他。

达西骑自行车离开后，爸爸对她说，第一泡是最重要的。

第二章　双 慧

茶让我伤感。

这一点我从没有告诉爸爸，因为如果我告诉他，就会摧毁他心中的又一份美好——而他所拥有的已经不多了。

他总是长时间地散步，与其说是为了身体，莫如说是为了精神。对这一点，他并不说破，但我深深地知道它在那里，仿若藏在他心底的一枚尖利的银针。

自然，有些人永远也不会明白这一点，因为这种无形的精神折磨从未困扰过他们。一笑了之。达西·达蒙就不会理解爸爸的这种对待所有的事情都一笑了之的态度。我无意间瞥见过他不解的眼神。他和他那双蓝色的眼睛都充满迷惑。他的头发有点长。他倒是修剪了胡须，但是有一小块儿没有刮净，因此它的脸看起来好像被鸟儿啄了一口似的。我想爸爸也在达西身上寻找某种东西比如大笑或者嘲笑。可是达西有点另类。当爸爸没有找到这种东西的时候，他显得很惊讶。后来的经历证明：这种惊讶未免为时过早。

每逢工作日，我都帮爸爸整理教科书。这些书会借阅给学生，期末再收上来。它们的学名叫抄写本。然而爸爸总是鼓励学生们不仅仅是抄抄写写，要做更多。把你的感觉写下来，他对他们说。写写你的生活。但爸爸对绘画非常严格。只有画得特别好的画，我才接受。他说，如果你画的马不像马，我就不给你分。你能写写马吗？如果你写不出，我为什么要读你的文章呢？爸爸对他的学生们要求严格。当然不是所有的学生欣赏他。他收到的一张画上面画着一个长着龅牙的中国人在吃青蛙。

他们总说我讲故事。用汉语的说法是“大话”。殊不知那只是我用来躲避歧视的盾牌罢了。那种小话，严肃的话，是只有在似乎无关紧要的时刻才能说的。

这个场景不请自来。那件事情发生时我还是个孩子。爸爸从墨尔本刚回本迪戈，正站在厨房的门前，擦去额头上的汗珠。没有换下博士长袍。隔壁的男孩子来问他是否可以开些药品，铅灰色的天空横亘在我们与大门之间，妈妈在咳嗽。我想你也能治她的咳嗽？不，不能。屋子里挤满了叔叔婶婶、堂兄表亲以及朋友们。平地起惊雷，在他的心底也是如此。我不是大夫而是博士。这些以非主动动词结尾、凿到石头里的直直的字母是啥意思呢？他们是有着宠物名的作家们——西塞罗，贺拉斯，卡图卢斯。爸爸戴上他那顶红黄色的宽沿帽子，摄影师端着一个盘子，一声爆炸声，吓得我钻到桌子底下去了。照得不错。墨尔本大学首位获得文学博士——拉丁专业的中国人。他的毕业论文是：《近代史中的反讽和冒犯的矛盾修辞法》。乌龙需要泡两泡才能喝。这一年妈妈去世。这是第一重打击。然后爸爸满以为能找到一个中学教师的工作，但是人家告诉他说他的拉丁文还可以，但英文却不敢恭维。这是第二重打击。他的祖父来自中国南方。他没有权利入籍。没有权利置买自己的地产。离开澳大利亚就不能再回来，如此种种令他悲痛欲绝。他郁闷满怀无处倾吐。整日地站在太阳下，他的皮肤变得前所未有的黑。爱恨交织。第三代澳洲人。他在等待来自西部郊区的一封任命信，好去那里当个小学教师。教师或者牧师。这是最好的选择了。一战之后，教师变得奇缺。进来吧，爸爸。只剩一万四千华人了。

我在花园里跑，在灌木中穿梭，玩着捉迷藏。突然我的脚踝被抓住。是一双强壮的能种莴苣的手。是温叔叔。他把我拖倒，我膝盖着地，他的手伸到我的大腿上。他并非我亲叔叔。他是替“中国之家”来收集捐款的。我那时太小了，不知道爸爸正遭受诈骗。他捐钱，然后收到一个空的红信封。温叔叔放开了我。他会再把我抓住。我看见过他就是这样对付一只鸡的。

痛苦和悲伤接踵而至，爸爸走出去，来到灌木丛，和着雷声，向上天表示感激：非常幸运那天晚上能够活下来。他因为撒尿而从马上下来，之后看见那匹马被雷电击中，先是看见金属般的磷光，接着是爆炸声，马匹倒下，双腿炸飞，肚子里面冒着浓烟。这是个好兆头：说明祖先在庇护他。

和那匹马一样，爸爸也长着白胡子。他买成盒的烟卷，用完之后把盒子给我，让我装我的小纽扣啊桉树果子之类。一个午后，爸爸在椅子上打鼾，风把纱门吹得噼啪作响，一切都变得那么坚硬，我吞咽着那份坚硬。我们通常会热爱自己的童年旧地。我爬上石头篱笆，望着空空的街道，看见大鸟们把坚硬的物件吐出来：厚厚的、黑黑的豆荚。

几年之后，另一座城市，另一所学校，另一个空寂的等待迟来的邮件的午后，爸爸抱着一大抱作业回来修改到深夜。信件来自本迪戈或者中国。他用半卷起来的烟卷指着那些字给我看，用轻柔慈爱的声音读给我听，他的烟卷盒则夹在他的另一只手的中指和无名指中间，他说作为额外作业，我应该把这些汉字抄一遍。这倒是我乐意做的事情，用他的那把猪鬃毛笔还有用石头砚台和水一起研磨出来的黑墨来抄写。我可以抄写成浅色或者深色字帖。有时候写得越深越好，这样人们将来还能够阅读：

> 他们通过了一项法律。必须曾经拥有永久居住地，华人才能进入澳洲。那些离开澳洲的人要想重新进入必须持有1905年以前颁发的重新进入许可证。

当表亲告诉他这个消息时，爸爸怒火万丈。根据这一规定，他的好多亲戚都不符合条件。他们中的许多人甚至讲不好汉语。他们携带家小，去中国度假，然后被告知再也不能返回澳大利亚。爸爸决定给移民局写信。他的信中充满了他们永远也看不懂的句子。他用拉丁文开头：患难见真情。他用火和洪水来做比喻。他没有收到回信。许多来自中国南方的人都永远地离开了澳大利亚。如若不然，这里将成为他们永久的囚禁之地，因为他们心系家乡，愿意选择在中国和澳洲两者之间来来往往。这都是爸爸告诉我的。这里不需要惯犯。

我们又搬家了。

这就是我现在的家。我沿着河边走。潮水从海边涌过来，形成一股劲流，在此汇合，然后河流又重归宁静。我望着在防波堤尽头飞翔的海鸥。渔民们正在用绞车把船吊起。我喜欢大海的汹涌澎湃。也喜欢静谧的河流入口以及风平浪静的港湾。我望着砍伐工人把他们的木头顺流漂下。他们总是喊着号子。其中有一个人从岸的那一边朝我这边看，我马上扭过头去，然而我的身体却感到被紧紧地抓住，在这种紧箍和氤氲之中，挣扎着寻找他的目光，他的赞许。那天晚上我绣着一块茶巾，内心激情澎湃。

此刻，我的记忆一片空白。我在墨尔本大学读现代语言，下课和另两个女生回寝室时，大家讨论到一个问题：班上共有我们三个女生，很引人注意。但我并不想被特殊对待，只想集中精力学习，因为爸爸刚从中国的家乡收到一笔钱，这是我唯一的机会，在贫穷和婚姻之间，我唯一可选的一条路，不敢有任何闪失，因为贫穷和结婚，都非我所愿，虽然许多女孩子会选择婚姻。一劳永逸，改变命运：读书和结婚，犹如鱼和熊掌，不可得兼。

贺拉斯·贺博士在大丹农森林第3265所公立学校教书。他必须严格要求学生，因为他的工资与学生成绩挂钩。每天的早点名成为例行公事。他班级的人数已经在减少了。但是教授那些已经做着成人工作的大男生读书，似乎没什么意义。尤其糟糕的是，他不能因为学生不认真学习而体罚他们。年龄较小的女生都生病了，可能需要被隔离。有的女生不得不在家照看弟妹。小溪汛期时节，几乎所有学生都辍学在家。

尽管贺博士出席任何邀请他参加的活动，但步入中老年以后，他渐渐变得孤寂。时而恬淡寡欲、时而积极进取，时而严以自律，时而陷入绝望。每逢周日的上午，他会给那些每隔一天就因为做工而耽误上学的孩子辅导功课。之后，他就会挎上帆布包，来到露天市场，在那里东转转西转转。他特别喜欢到一个书摊前，那里有个心不在焉的家伙整天不停地自言自语。他记得年轻时在巴黎也见过类似的狂热分子，业余的收藏家，档案管理员，报纸收藏癖。他很讶异这里居然也有这么一位。他没有与之搭讪，否则会难以脱身的。此外，半疯半癫的人说话半真半假，没完没了。简直就是浪费时间。

有一幅画面令我挥之不去。上了大学，我在许多的事情上找到自信：在追求学习成就的过程中，在亨利教授看到在我在拱门下背诵拉辛的时候脸上闪过的笑容上。有时候，当舍友们都外出时，我躺在床上，陷入深度绝望，因为自己涉世不深，还因为真正的学问让人感到羞耻。我身不由己。万般皆下品，唯有读书高。似乎这个世界已经被蒙上了一层面纱，我不得不一点一点撕掉它才能发现自我。

我的德语并不尽如人意。我怀疑菲舍勒教授讨厌我。我深入研究某位哲学家的作品，他的语言总是遮遮掩掩。这是一种情绪语言，在这种情绪中，通过隔阂和寂寞，长期埋葬的事件被赋予了意义。这种浪漫情怀接近恶魔；事实上，一旦当它进入公共视野，所有的界限都被模糊，在这种浓缩的精神里面会产生一种恐怖。在德意志人民的怀抱里，我没有安全感，因为我的存在不属于这样的一种语言族类。

两种生活之间总是有裂缝的：一方面是安稳的生活……乡村，灌木的气味，建筑比较正统，且给人归属感……一方面是混乱的、危险的分分钟都要放弃的生活。双慧的悲痛来源于不甘庸常；她不喜欢关注其他人所关注的诸如现实、家庭、家务琐事。女人们的话题似乎总是离不开这些内容。表面看起来女性是平等的，其实她们的权利在被消减，首先是因为性别，其次是因为种族。双慧发现自己陷入沉思，为此感觉羞耻。仿佛女人偏爱这种低下的地位似的。她追求自己的哲学，那让她更接近于肉体，在忙碌中找回存在的本质。亨利教授注意到了这一点，他厌恶德国哲学。他说她中毒太深。在公共休息室，他提出一种"苦路十四处"的理念，每经过一次苦难，境界就会提升一次。他说，人生旅途的苦难将净化人们放纵的想象，将人们的精神重新引入正途。对此，双慧并没有信服。但是亨利教授让她阅读波德莱尔和兰波，并且宣称：世界上最好的诗人都是努力拂去圣人的光环，而去发掘词语与事物之间原始的、"变态的"交媾关系，这种异教般的恋物癖可以替代伪宗教的神秘性。他说文学需要这种变态而不是宗教。当你面对神秘事物时所产生的感觉就是伤痛的悖论。富含质感的音乐已经渗透到了你的骨髓。同时你因为不能理解而产生羞愧的感觉，不理解只是你的错觉罢了，然而你可以仅凭言语就达到高潮——正如圣人会在祈祷中昏厥，圣徒也会进入涅槃，唱着歌儿圆寂。刺激肉欲的文字，亵渎宗教的语言可能会致使一个人入狱或被处决。真正的英雄是那些把活着当作受苦的艺术家。读一读萨德侯爵吧，然后告诉我你的读后感。他的著作尚未译成英文。

她在怀疑，他是不是疯了。

如果他说那些话的时候自然一些不那么武断就好了。但是亨利教授蓄着一副很有权威的胡须，一天下午，在他卡尔顿的家中，在他豪华的琥珀色调的起居室里，她允许他使用古老的仪式，对她实行了治疗：她跪在那里，他扮演牧师。她为他洗脚。她能听到外面雨中汽车驶过发出的嗞嗞声。亨利教授喃喃地讲述着古老的希腊人，大意是凡是哲学，都需要启迪。师徒传承。把自己投身于真实的生活，他告诉她。拥抱病态的芸芸众生。

如此这般的教育使得她更加小心翼翼。她得出结论：所谓哲学，不过是被压抑的虚张声势；男性生理高潮之后的情绪激动罢了。除此之外，就是每日的寻常生活。对于基督再临，第二次再来的激动，都会慢慢消退。这是一种玄学的欺骗。一种高尚的伪善。

知道自己可能会因为想象而遭受囚禁，因为本能而招致处死，她会以自己的方式来面对现实中的满目疮痍。

那个周末我回家时既焦虑又急躁，害怕被爸爸看出端倪。我感觉那时好像是被催眠了，头发像被闪电击到，教授双膝跪倒，浑身瘫软无力，像婴儿，或者一只小狗，似乎没有任何杂念或思想。你为何一直拽头发？爸爸问道。我的女儿有什么苦恼吗？没有，爸爸。然后他用自己被烟熏的手指漫不经心地抚了抚我的头，顺手把手中的报纸扔到外面的走廊上。

感觉到有个人一直爱我很重要。

贺博士接到了教育局的一封信。因为经济危机，也就是人们现在所称的经济大萧条，学生人数越来越少了。因为这个原因，一些学校不得不关门，除非学校的校长能够保证学生人数。贺博士在学校召集了一个会议。大约有十个女人参加。有些人看起来脸色很差。大多数都咳嗽不停。因为使用木炭大多数脸色漆黑。她们只想知道自己的孩子最少需要上几天学，剩下的日子好在家里干活。校长无心也无力说服或者强迫这些人。第二天只来了几个学生，衣衫褴褛，因为沿着小溪在阴冷的雨中行走而全身湿透。学校的屋顶漏雨了。贺博士一上午在炉子边给孩子们讲故事。这已经成了他吸引这几个孩子出勤的一种方式。他提到了凯撒大帝，汉尼拔和他的大象，还有埃涅阿斯。学生们并没有听得如痴如醉，但至少他们还算暖和。

上课的时候，他就吃些残羹剩饭，要么就从床底下掏出一个罐头盒，吃里面的饼干渣渣。有时听着墙壁间传来的老鼠声，他甚至懒得下床。他在日记中写道：抑抑扬，扬抑扬，长长长格，长短长长格，五音节音步，像个话务员发电报似地敲出韵律和节奏。他正罹患严重的抑郁症。他在树林中散步，对碰见的每个人都快活地打招呼，然而回到家里，他却想死。他上床睡觉。一天，双慧在家，他招手让她来到书桌前。从一堆报纸底下，他抽出一个小账本。他说，这个账本是我唯一没有看过的文件。但是你可以看得出，我们家就要破败了。

起初我十分生气。让我震惊的是，教育局已经停发了他的工资。我想写信抗议……爸爸不同意。我不明白他为什么反对写信。对他来说，那台黑色的大打字机就是他的工具，不断地敲打笔记，而打字也总能使他安静下来。与往常一样，一半的战争是针对自己的。但这次他逆来顺受了。我嚷道，他们怎么可以说停你的工资就停呢，在屋子里来回地跺着脚，房子也随之摇晃起来。然后爸爸才说，他已经很久没去上课了。为什么，爸爸，为什么？你爱你的学生啊。因为，他摇摇头，他们说除非出勤人数增加，否则我就得无限期停课。他们在学校开了会，不允许我参加。似乎是某种爱国协会。我争辩说，学校不是政治集会的场所。他们不同意我的说法。所以我被赶了出来。什么？爸爸，你是说他们动粗了？两个彪形大汉把我架出来了。倒没有别的，就是两个人用手压着我的双肩。爸爸把他的脸埋在拉丁课本里。我知道，这些他羞于启齿。我不知道该对他说些什么。无论说什么都是雪上加霜。此刻，只有在卡图卢斯和西纳中，他才有安全感。

尽管父亲反对，我还是辍学了。起初他抗议，说可以从一个表亲那里借到一笔款子，说大学可是最不该放弃的事情。但我知道那个表亲并不存在，既然如此，与我们的赤贫相比，其他的都是小事一桩。我说我可以用一年的时间帮他重组学校，恢复出勤率。他反问：你有何把握能做到这一点呢？他从眼镜上方瞄我，开始冷嘲热讽。也许你可以花钱雇他们来上课。我说，总之，我有办法。

她恨透了父亲生活中的孤寂。自从他的那些亲友们大批离开澳洲回中国后，他的河流就已经干涸了。再没有噪音，再没有喧哗，再没有人讲汉语。没有人来串门或者来过周末，打麻将，或者给他们带来酱油和生姜。那些菜农，尽管没有获准自由保有的土地，却收成喜人，过去常常推着满满的独轮车来送蔬菜，边走边吆喝。作为回报，贺博士总是给他们招揽点生意，或者教他们的孩子学习英文或者汉语。那些擅长做箱子和橱柜的木工，被雇来做书柜。现在他们都走了，铁锤的敲打声，叽叽喳喳的谈话声，大家一起吃饭的场面，还有他曾经享受过的尊重，统统不见了。现在，他站在街口，穿着不紧绷也不宽大的衣服，排队等着领取免费的饼干碎块儿，而队伍中都是一群逮兔子睡桥洞的穷汉。他站在队伍中间，但并不与他们为伍。这无关他的学历或者皮肤，至少他乐意这么想。不是，不同之处在于他焦躁，痛苦，满腔怒火，是源于其他人所显示出的巨大的不争与可悲。在其他任何国家，处于这种境地的人们早就拿起武器，反抗压迫者了。但这里呈现的却是自我牺牲，一种压抑的激情，每个人心中深藏一种受苦受难的英勇气概。革命从未出现在他们的脑海中，因为他们从不思考。他们会在远方的战壕抗争，但绝不是在这里。他们所能做的就是打老婆。真正需要的是一种英雄情结。爸爸在队伍中前前后后地穿梭提问各种问题。人们都认为他是个疯子。他轻抚着下巴，眼镜由于汗水变得模糊不清。不要卑躬屈膝，他慷慨陈词。这些既得利益者干得确实不错。他搬出了维布伦，黑格尔，马克思。一些人开始注意他。另外一些人则嘲笑说：你的猴子呢，约翰尼？最后，一名身材魁梧的警察走过来，抓住他的衣领，把他丢到了河里。长官，您之所以侵犯我，是出于自我仇恨。

贺博士叫嚷道，头上满是浮萍和河中的浮垢。

他想到过割腕自尽。摆脱这个世界吧，这片麻木而无情的荒漠，这个干涸而蒙昧的分水岭。他路过一家名叫威尔士亲王的酒吧。病态的罗慕路斯，他自言自语道。对那夹杂着尿与呕吐物的气味眉头紧蹙。楼上阳台站着一位浓妆的妇人，在他的头顶抖褥子。他一直走啊走啊，心中的痛楚终于平息下来。他很庆幸自己没有采取极端的措施。他还有个女儿可以彼此照料。最关键的是不能让女儿看到他的绝望。他必须抑制这种绝望，就像那些领饼干渣的人一样。把它藏在褥子底下。他自己，也已经变得麻木，像一块饼干屑。

问题在于，爸爸对于自己的观点并不相信。他的阅读量相当惊人，用一块铅笔头在书本的空白处做满了密密麻麻的注释。但他会大声地评论说奥古斯都打败了大多数社会学理论大师。他把理论付诸行动。读一读吉本有关国家服务的理论。马克思，列宁，他们都使用“社会”这个词，但他们真正想表述的含义却是奴隶制。

我的父亲，那个罗马皇帝，每天步行二十英里来对抗抑郁。他挥舞着手杖，其实就是一个他雕刻着鳞片和龙头的一块板条。我是双慧，他的助手，教授杀手。然后这个达西·达蒙闯入了我们的生活，无意识地、极其偶然地，带着满身的酒气和雨水。他躺在床上，我打量着他，他的私处松弛而浓密，整个东西看上去像一个肉铺。对他刻意的体贴或者温柔，我并不喜欢。我需要强烈；需要他的追逐；需要他的不屈不挠以及他尝试之后的挫败。

但我并不存在。男人们盯着我看的时候，我不存在，因为我已经飘忽在外。现实无法让我认清自己。只能证明他们是如何看待我的：我是中国人。我讲英语。如果光线适合，我可以控制自己，虽不美丽但魅力十足：也许在我把眼睛睁得大大的时候，或者当我斜着眼睛的时候，看时机而定。当我站得直直的、在爸爸那个日式澡盆里洗澡的时候（那其实是个五英尺深、三英尺直径的一个大酒桶），或者当我把自己浸入洒满玫瑰花瓣和香皂泡沫的水中的时候，那种即将淹死的颤抖，那时候我最接近自我。

我在树上挂无数面小镜子。看看它们是怎么攫取阳光的！它们只是掩饰，但并不反射世界；只是一丝丝色彩罢了；初潮。当我把这些镜子放到一起，我看到了我自己：支离破碎，但对影成双。这种双重性证实了这个世界。学院里的女孩子总是用手捂嘴窃窃私语。是一种证实。我法语考了第一。又是一种证实。三人成虎。一次是命运，两次则是定数。他们说这是因为种族。淫荡的种族；诚实的白人国家。

他第二次来访是由于爸爸的邀请。爸爸出去散步的时候遇见了达西。他正在挤牛奶，提着两大桶牛奶来往于院子和小棚子之间。爸爸开始了他例行的分析。没有寒暄问候。从不讨论天气。没有惯用的“你好吗？”，养羊人和养牛人总是合不来，他说。你觉得原因是什么？达西回答说这是牧场的问题。羊群吃草见根。哈！爸爸说，我的同胞就是养羊人。达西抬头看了他一眼，点了点头，摘下帽子。我们中国人1852年来到这个国家，爸爸说。起初是签订契约，在大牧羊场顶替罪犯。金子已经被淘完了。

达西过来吃饭的时候没有戴帽子。他的身影在门口若隐若现，用手指梳理那像潮湿的干草般的头发。他的两颊刮得不干净，冒出几撮金色的胡须。正餐在正午开始。爸爸做了一只鸡，加了生姜、大蒜和卤汁。达西狼吞虎咽，虽然他试图保持优雅，双手捧着茶杯饮茶，那是他印象中中国人的品茶方式。我不时从他的眼神中看到一丝温情，也留意到他对我的用心，但这一切他都做得不露痕迹。这使他更加迷人。就好似他的房子里面。那里有关心，有爱，我很高兴经历这些。对我来说，失之交臂将遗憾终生。经历这些我是多么幸运啊。最难得的，那里有一种宁静的气氛，有某种距离，而我本能地知道这些是多么重要。

在我办公室的窗外，一架喷气式飞机冲破云层，留下飞机拉线，双慧的日记到这一天戛然而止，只留下斑斓的蓝色墨迹。在接近书脊的空白处，她玩笑般地压了一片没写字的小树叶。这些笔记的多处空白撩起了我的兴致。达西是怎么说的？

达西

好吧，也罢。没有任何关系是单向的。总有一些未知的因素深深地左右着结局。这是我时常问自己的问题：我能想象它的结局吗？

双慧带我走进了她的生活。

离开她家的时候，鉴于我的旅行经历和勤苦劳作，我感觉自己是个有趣而且通达人情的人，好像我是这个聚会的中心人物，对我的成就，她和她的老爸都艳羡不已。我稍加佐料，让他们知道我并非愚昧无知，也并非来自穷乡僻壤，但同时也让他们感觉我已经发生了巨大的变化，而且已经浪子回头。我觉得对此，那个老伙计贺还是比较满意的。

然而，在我离开之后，我恨不得当时一枪打死自己。都是讲话惹的祸。我一说话就露怯。

双慧真是美丽无双。像一只鹌鹑般敏感。提到种族时会有受伤的表情。看到她是如此难过，有一段时间我绝口不提这个词。我明白自己个性野蛮，缺乏技巧，不够浪漫，不会逗笑，也欠缺文雅的调侃。但我推测，大学已经让她对这一切都司空见惯。后来，我们绕过了小屋，踏上了通往小溪的路。她在树上挂了一排排的小镜子。我问原因，是因为它们可以吓走鸟儿？是的，她答道。就是这个意思。不让鹦鹉来吃杏仁。

我就是一只桃红鹦鹉。在我的浴室，我对着镜子重复她的话。你知道如果我们结婚，移民局会召集我们问话吗？

双慧

他是个修房盖屋的男人，如同我的亲戚们过去常说的那样。然而这是一所死气沉沉的房子，这是一所秘密的房子，一个参观者无法窥视的房子。虽然很迷人，但对我而言却并非吉兆。爸爸假装很喜欢他。我了解这种假装。这似乎是一种责任，因为他认为达西闯入了他的生活，闯入了我们的生活，但是欢迎友善的闯入者是一种风俗，对中国人而言，殷勤好客是一种文化。从这个意义上讲，他们两个人都深为困扰。

书籍。他们两人互借书籍。达西有权享用爸爸的书房。即使对我，爸爸也没有这般开放过。为了考取初级教育文凭，我每周进城一次，到公共的收费图书馆借书。自从修了铁路，来往不像以前那么困难了。我申请在爸爸任职的学校当助教，那时他也就刚刚过去半年左右，我立刻被录用了并进入试用期。

我正在吸引越来越多的学生。我不强迫他们把作业本打格画线，而是教给他们如何省掉这些条条框框。我让他们使用剪贴簿，他们可以收集树叶，压制干花，或者画各式各样的涂鸦，写上自己的感想。我还告诉他们，要不是他们，我可能早被教育局解雇了，所以他们可以在有人来检查时，递交一份整齐的、写满字的习字本，那样我就有救了。这个计划无须花费很多时间。能和老师一起合谋，学生们很兴奋。它成了一份共同责任。通过这种方式，那些衣不蔽体的孩子们学会了写诗歌，虽然有错拼，不规整，但是有声有色，散发着芬芳，带着他们幼年生活中的哀伤，是他们的亲身经历。

达西

我可以看出她对待工作十分认真。我从未见过如此敬业的教师。通常我拜访的时候，都是爸爸接待我，招呼我下盘棋。整个学期，我很少见到双慧本人。这种相思似乎左右着我，我的意思是，我工作时开始分心，锤子砸到大拇指，炉火烧了我的臂肘，或者被缰绳绊倒。马儿们也能感觉到，它们趁我心神不定时占我的便宜。它们转身轻咬我的大腿，或者把我推倒在围栏上，我脚步稍慢，马蹄就踏在我的脚面上。

我有些魂不守舍。

我已经不再是完整的自己，一部分已经被她夺走。当见到她时，我忘记了她有如此的微笑、如此曼妙的身材，我忘记了她有如此的眼睛，当爸爸躺在椅子里打鼾，她从厨房里往外探头的时候，我分明看见一个树叶包裹的年轻的新娘。今天她穿了一袭优雅的黑色衣裙。我第一次意识到离别之苦。我那羞涩的，心痛的感觉消失了。只想粗暴地亲吻她，粗暴地将她抱上床，不等脱掉她的丝绸衣裙就跟她做爱。但这只是片刻的想法。我也想懂一些文雅的性爱技巧，也知道没有这些，双慧是不会轻易就范的。但这种东西怎么好向别人请教呢。她让我心力交瘁。在这场战争中，我注定不是赢家。

双慧

我们俩独处时，气氛总有点尴尬。他少言寡语。初时很迷人，但经不住时间的考验。这才是真正的挑战。另一方面，学生们的清新活泼总让他显得相形见绌。他动作缓慢笨拙，非常孔武有力。但那是一股蛮劲儿。我肯定，他的熊抱非常有力，但应该有出人意料的温柔。然而，这种感觉远不及林间小路上清晨的阳光，或者学生们因争着给我抱书而发出的愉悦的吵闹声。

达西

为什么总要有战争？

为什么在战事进展中我自己是如此的迟缓呢？我读了一本描写宫廷爱情的书，宫廷之爱中，女人无情，遥不可及的女人，一如永无实现的渴望。

我不能打扰爸爸无辜的鼾声。

然而双慧是皇族，乔装改扮。她戴着面具，也只有戴着面具时她才会同意与笨拙的我共舞。有时候，这个就成了玩笑的借口。你是个农民，她会说，只考虑农民的事情。你是什么意思？我问道。她谦逊地垂下眼帘。她在装腔作势。有时候她又飞扬跋扈，对我说喜欢看我在她家院子里工作，为他们劈劈柴，修修篱笆，或者把伸到屋外的棕色桉树上的一颗大树枝修剪一番。我真心希望她在愿望满足之后可以给我一些希望或是一些奖赏。可她只是双手交叉胸前，侧目而视往后扬起她的头发。我给她拿了一瓶朗姆酒，她就收下了整个瓶子。我怀疑她真的很喜欢饮烈酒。

大多时候，她都是心不在焉或者沉默不语的。她可真是难猜的谜。

双慧

我吻了他，第一次。那是一个纯洁的吻。一只狐狸从树丛中冲出来，我俩穿过灌木丛去追赶它，它后来又原路折回，几乎钻到了我的大腿间，达西赶过来，从后面揪住了我的腰吓唬我，我开始尖叫大笑，就是在这种尖叫和笑声中，我转过头，轻吻了他的面颊。

达西

她说她是个修路铁粉。她说，在这个深山里，最好的事就是拥有改良的公路。这样人们可以来这里的招待所度周末，还会有饭店和一些小小的恋爱角。她说只要众人齐心合力，就能实现目标。她抓着我的手，我拉着她翻过一个倒地的树干爬上高高的山脊。从那里我们俯视山谷，眺望大海。

我意乱情迷。她是我全部的存在。亲吻时，我完全被她溶化，当我们彼此松开时，我有时嘴里会含着她的头发。正是学校放假的日子，我们时常来到山脊，任何人接近都逃不过我们的视线。目前我们还停留在接吻阶段，没有新的突破。这方面我是新手，尽管我心中蠢蠢欲动，但我拿不准火候也不知如何进入到下一步。我心怀内疚，翻江倒海。她的嘴巴和舌头无比主动，对此，我很讶异，这个时候我就变成另外一个人，窥伺天使长与撒旦一起坠入脚下的山谷。

双慧

反反复复，只是原地打转，不会有任何进展，但我又不便对他直说。我俩开着他的新克莱斯勒车来回兜风。一天下午，我们去影院看电影，他曾把手放在我膝盖上。影片中珍·哈露身着姬斯托斯式胸罩以及码垛尔式紧身胸衣。我不允许他把手往上移，但当我看到珍·哈露躺在她的敞篷车上时，我倒是希望在暗中他的手会向上摸搓，另一只闲着的手捂住我急促的呻吟。中场休息时，他摸摸索索地掏出一根香烟。我不喜欢他抽烟，闻到烟味我容易咳嗽和感冒。他不会圆通，不会谈天，也不会像亨利教授一样给我买丝袜和鲜花。但亨利教授是有着双重面孔的人。我吻他时，一切都分崩离析，他变成了……一只……青蛙。

但我觉得，达西是单重人格的人。他性格坦荡，不似他的房子那般神神秘秘。他对我说，他彻底陶醉于我的汪洋之中。他说，只要能让他在港湾停留，他愿意为我赴汤蹈火。我从他身上看到了自己，但仅仅是义务的映像。我把自己看作他房子的入侵者。这种局面必须改变。

爸爸说：他人不错。你要越过他的粗糙看本质。他那么卖力地工作。他的所作所为全是为了你，因为一个男人必须有目标。当然，这点你现在还不理解，这一点我可以从他的脸上看出来，渴望一条直线，就如铅垂线一般直顺。

她想到了线另一端的丰满的麻雀。不久它就会腾飞，然后骤然急转垂直降落到地面。

转年夏天，他们举行了婚礼。那些沾满泥巴的女同学摇身变成了小花童，头戴花冠，面颊在凉风中显得绯红。对这桩联姻，贺博士不知道自己是否在自欺欺人。她的女儿将衣食无忧。达西是个好人，他不停地一遍一遍地对自己说。他注视着达西从通道那端走来，高顶丝质礼帽，身着燕尾服。突然，他想到了钱。饼干盒里已经一无所有了。想想吧，他对双慧说，有可能你嫁的还不如他呢。在这种时候，我们不得不委曲求全。他的良知搅扰着他，直到凌晨。他起身下床，对着瓷便器撒尿。然后他向那个谎言屈服了，因为他听双慧说她觉得自己怀孕了。听闻此消息，他感到特别难过，特别震惊，这也太快了，他不知该如何对她表达这种感觉。他觉得怎么也应该有点节制吧。但是女人的事终归是女人的事。

他曾教导她：好女人分为三种。一种是贞女，丈夫死后终身不嫁。一种是烈女，自杀殉情。一种是英勇的殉道者，那种在社会或国家动乱时死去或牺牲的女人。如果你记住这些，你就会了解孔夫子的婚姻准则。我并非期望你遵守这些清规戒律。但你要知道你所拥有的权利而不要在婚姻中失去它们。

爸爸已经预知了一切。

除了结婚，没有其他途径了。这是最理想的结局。他们看起来还很相爱，达西有房子，有些钱，还从爪哇岛、日本等地带回礼物：一副象牙棋子；一个柚木箱子，带着无数个小小的抽屉，里面装着舶来的茶叶。两个月之后，双慧告诉爸爸她没有怀孕，她自己也欢欣异常。她没有说谎。医生提到一个叫“并发症”的术语。她感到如此高兴，部分是因为如释重负。

那年冬天，达西的房子井然有序：厨房整洁了，地板也扫得干干净净，他的枪放在火炉边，狗就在旁边睡觉。双慧继续在那所小学校教书，达西成为整个地区的马医，他甚至开始了其他的生意，在村子附近修理自行车。虽然他恨透了修路，但却学会了修汽车。他总说没人能阻挡前进的步伐。他们银行里有存款。双慧乐不可支。学校的人也都喜爱她。有个邮递员把寄给孩子家中的信送往校舍好让学生们捎回家，他也爱上了双慧。她总是热切地期盼着来信。这些信件来自中国、美国的亲戚，也有的来自很远的地方比如乌拉圭。信件构成了她的世界：就像是从遥远的树上飘然而至的片片落叶。

之后，到了雨季。这么说吧：关于这段时间的文字记录很少。但只需看看这个账簿上面撕下的纸页即知：达西已经未雨绸缪，积攒不少钱了。

这是心灵的安全港湾吗？这个天赐良缘，这份保障真的能将沉闷拒之门外吗？他们正在“试探性地了解对方”——从陌生到熟悉：对对方身体的渴望了解；当盲目迷惑的激情消退成例行公事之后的疏离感。嗯，是的，性爱成了一种责任。达西知道，她心中另有所思。高潮时刻，她总是心不在焉，她经常说，她在时装屋，在百货商场，对旁观者会有莫名冲动。她时常梦见自己身处巴黎。他因此不满。他自身的快乐也被打了折扣，仿佛他是在利用她，也因为同样的原因，他就得承受她的淡然。

他们基本不了解对方的心思。没有凭直觉而产生的那种两个人心底世界的深层对话。稍微触动轻轻的一层窗户纸，就可能引发雷鼓般的警告，听起来悠远。然而，对有些人而言，只有经历伤痛或者事情过后才能如梦初醒。

她如此热衷冒险。稍沾一滴酒，就足以引发一场野火，引起所有陌生人的侧目。似乎总有一种挑衅的需要，这亲身的挑战冒险到底有没有尽头。她总在挑战底线，清澈的目光，挖苦的笑容，接着爆发胡言乱语：本质上来说，舌头的发作。头晕、目眩、晕厥、震惊，全部都是密码书写。震耳欲聋了，震惊了。她很放浪。上衣领口总是开得很低。当她娇羞满面时，实在让人欲罢不能。他还不知道她的精神崩溃，她需要自己静静地待上几天，如她自己所说，独自一人闭关修炼。这就是日常生活的平庸之处。她感受到的，不是厌恶，不是伤感，而是对于混乱局面的预感。——她需要这份预感，而别人正是利用了她的这种需要。

> 他让她在卧室里跳舞，身穿中国丝绸睡衣，手持香扇，脸上化了妆，光亮得像一枚李子，有时，她会从身后的衣柜里抽出一把手枪，瞄准他，他会说：嘿，别对准我，玩闹也不行。但不晓得她是闹着玩儿还是真的。她会把枪举起，对他说，“还钱，不然我就把你钉在墙上”，她眼露凶光；是的，如果她愿意，她会翻脸不认人，瞬间变成一个婊子……她们从小学会的本事，一切都在生死之间。他见过中国人面对灾难时的微笑，以及听到笑话时的蹙眉。他判断不出她何时是在嘲笑他。

他的预感恰恰与混乱相反。

结婚时，他就想他终于变成了一个好人，一个有道德的人，要把自己的房子收拾得井井有条。善良，诚实，正直，现在对他而言，这些比任何时候都要触手可及。他甚至想到了子孙满堂，把这当作不引人注意的、暗暗的、卑微的幸福。但与双慧的初夜之后，他几乎立即知道她这盘特别的菜，不是他能咽得下的。他曾想过对一切都大权在握。他开始对她另眼相看，拥有四分之一的欧洲长相。他真是遇到了另类。

也许这能解释为何他下面的日记言辞是如此的激烈。

达西

起初的几个礼拜，我时常和她做爱。我总是匆匆赶回家中，不管她是在批改作业，还是在花园里种花，我都急切地找到她，把她推到木头墙边或者红柳桉树走廊上，她下身润湿，发出幽咽的声音。这个具有无比杀伤力的女人，此刻就臣服于我的支配之下。但事情每况愈下。她变得倦怠、风骚，时常穿着暴露，坐在外廊的太阳底下。不管我表达异议、愤怒或是欲望，她都是面无表情。她似乎魂不守舍。有一个周六，在光天化日之下，她斜倚在围栏上，撩起裙子，双腿为我岔开，像个娼妓一样，当我在她身后颤抖的时候，我听见吉姆佩尔的伙计在山脊上发动卡车的声音，看到她在笑。那天早上她叫了外卖。不到中午，整个村子就传得沸沸扬扬了。

第二天，我开车到吉姆佩尔处。我看到那个伙计正在从后车厢往外搬箱子，我把他揪过来狠狠地按到锡罐堆积的墙上，发出震耳欲聋的声音。我压低声问他在山脊上看到了什么，他像个婴孩儿般哭起来，什么也没有，他说，我冲狐狸打口哨来着。他那张傻愣的脸让我相信了他，我告诉他一有风吹草动，马上过来向我汇报。当然，达蒙先生，他呜咽着回答。我真想把他的嘴巴打掉。他长着一对扇风耳。两只眼睛看着非常涣散。我最后饶了他。

她说周末愿意开车去城里。我们花了好多钱租了个旅馆。有轨电车让她兴奋。那带响声的小铃铛，她说，让她想到幽暗小巷黑帮接头的墙角，靠着墙壁大日一番。她觉得我的过去很刺激。她穿一件黑色、无带、透明的裙子，稍微高雅的酒店是会把我们扫地出门的。我越是生气，她越是容易就范，任我为所欲为。两三个星期之后，在我进入她身体的时候，就有了某种熟悉的暴力：我在干中国。

双慧

两三个星期之后，我才肯定一件事：他很暴力。不爱发火，但是会因为强烈的压抑而颤抖。在他感觉十分舒服和有安全感的时候才明显，才会爆发。有时仅仅因为我穿了一件漂亮裙子，那种我根据巴黎时装杂志的款式自制的裙子。我可能正在花园里种花，他会在后面进入我的身体，动作特别粗暴。丝毫没有浪漫可言。他没有激起我的性欲。随着这种情况越来越多，我开始思考：作为个女人，它的真正含义是什么？是否意味着总是受到网罗？由于对家的渴望，对持家的渴望，对鸟巢的渴望，对兽窝的渴望，对巢穴，鸽房的渴望？是否意味着所有的一切都在伺机而动和造物之初的依恋？在男人的冰冷法则中冷淡下去？想到这些，我不寒而栗。

我决定邀请我大学时代的朋友来家小聚，听听他们的看法。芭芭拉和珍妮特带着她们的男友汤米和乔克来了。我们一起嗨翻了天。他们对我的婚姻生活觉得不可思议。我们轮流朗读流行小说，嘲笑那里面描写的悲戚的色情，以及粗俗的委婉语，直到笑出眼泪。但是当我重归孤独，我分不出哪些感觉是书本上的，哪些是真实的感受。我感觉自己爱上了某种希望。我想让这种希望来左右我。然而这种感觉过几天就消失了。爱，它结束得如此之快，让我感到无所适从。

不过，有一件事是肯定的。我不可能终日为达西洗涮酸臭的工装，并且扮演一个农家良妇，特别是当我有许多其他的事情要做的时候……那么多充满希望的工作。

最后一行……

这里至少有两条线索：别忘了她大部分时间都在照料她的父亲，自从她幼年丧母之后，爸爸就一直依赖她。她是家中的独女，唯一的女儿。然后要面对父亲的衰老，他的危机。他不能工作；他吃饼干渣；他变得清心寡欲而又坚韧如皮，还为自己心怀蔑视而沾沾自喜。他会说，命运对他不公平。社会和政府都跟他作对。他花大把的时间跟一只小猫对话，用拉丁语，还给猫取名为尼禄[①]。照料变得越来越艰难。

鉴于她的状况，第二条线索或许更重要：她有充满希望的工作要做。至于这个工作是什么，我们只能从事后才渐渐明了。

达蒙·达西名声远扬：一个拥有正当生意的诚实的手艺人。他甚至想把这个称号涂到一个广告牌上。近日来，郡里的职员开始在汽车里跟他打招呼，并把车子停到到这里让他调发动机。这年年底达西拿到了家庭招待所的营业执照。他给它命名为“藏书阁”；我的书迷。全都是为她。他的诚实，他的脚踏实地。白种人的天命就是做文明的守护者。

达西

每个小屋都另辟一些小径通向隐蔽的秘密花园。把大客厅作为大堂和阅览室，L形状的侧翼区域将为我们自己所用。她非常热心，开始计划室内设计并核算成本。我说，我申请的贷款够用，她不如辞去教职工作，帮着管理这个项目。好啊！她兴奋地说，

①古罗马暴君——译者注。

双手搭在我的肩上。我没料到她答应得如此爽快。你不想念学生们吗？我问她。不会的，她说，我有这么多其他的工作要做。

我信奉体力劳动。房舍修建得越来越成型，每间都融入了不同的元素，个性突出，但我做得越多，我就越怀疑我老婆在疏远我。我看得很清楚，即使是对于看上去她兴趣浓厚的事情，她也并不依恋。由此推断，她并非像我想的那样依恋我。我们刚刚新婚数月，婚礼当天的情形依然记忆犹新，所以那时我也不介意，她的大学校友回到山上跟我们待在一起，他们带着书籍和香槟，在经年自学之后，我也能融入朗读之中，并且引经据典，这可是任何体力劳动者都做不到的，对此他们都非常吃惊。

是的，这些都是压力。我没时间陪他们在山上转悠，所以催促双慧带他们看看山峦和湖泊。然后，当我孤身一人，当我专注于房舍工作时，我能感到我渴望更宁静以及更高的见识。

这些天，我躺在某个房舍的长沙发椅上，点上灯，搅拌糖蜜，我开始看得越来越清楚。非常之清楚。

双慧

他是个好人，地地道道的好人——默默地在那儿一直修建小屋，一有时间就种树，种那些他存放在小棚里的树苗——料理他的牲口——天生的当家的。但有时，他目光呆滞，我不知他在想什么。拜托别这样。哦，我知道他工作很辛苦，我怀疑他拿自己出气；别这样，伙计。我不喜欢被别人牵着鼻子走，也不喜欢到处闲荡！我记得结婚那天你就这样。海伦在哪儿？我打赌，她肯定躲在教堂后面写诗。是吗，海伦？差点把我骗到了。总是乱涂乱写，如此认真。不，我没写。连日记也不写。想象一下，如果让人发现了那些东西。不会的，如果我写，我会只写给自己看。那个野蛮的托尼，总是往自己的紧身裤里面塞个香蕉或者别的什么。海伦，你可以试试我的婚纱……当你意识到婚纱的整个意义，你就会明白，衣服包裹的东西才是最重要的……白色外衣里面的东西，处女膜，绣着月季花的面纱以及香槟色的丝绸纱带又是另外一回事……婚礼之前，在踏上婚姻殿堂之前，女人可以被单身汉扒光衣服，当他们所有的幻想都一览无余的时候，他们在新娘身上种下种子，同时等待迎亲车队的到来，然后，经年之后，当事情再也隐瞒不住的时候，她会将真相告诉自己的丈夫。而她丈夫早知道所有的男人都想夺取新娘的贞洁，而他们自己不得不在新婚前夜找妓女对付对付，但他们无法设想这种背叛，这种浓浓的醋意，定时的曝光，丈夫会管妻子叫夺命花痴，她会争辩说自己尚未结婚……所以你看，通过这些设计，她不得不把自己高高挂起，好像触到电网一般……

双慧需要有人做伴。她需要多彩的灯光，音乐，交谈。谈话高于一切。亨利教授称之为言语色情狂。没有一个周末是空闲的，既然她不再教书，她的朋友在工作日也来家里，像学生一样和她共度美好时光，他们或闲逛，或吸烟，或写作，或讨论。达西躲在自己的房舍里面，并不参与其中。他说她的朋友们华而不实。但他很欢迎贺博士的造访。他俩会坐下来，下下棋，对于其他人，他俩都有些不屑一顾。双慧愿意把他俩都想象成父亲。她能蒙骗一个，但是蒙骗不了另一个。爸爸说，常常跟年轻人相处很好，他们的愚拙使我们显得智慧。他心知肚明达西配不上自己的女儿。他的女儿太文雅，与这种生活格格不入。她在悬铃木树叶上练习书法。只有他才能察觉她的内心世界，无意间散落在此处彼处，越是沉默，就越是意味深长。

达西

我看她就是个孩子。到现在我才发现她根本不成熟。对于分内的工作，她总是漫不经心。最终她也会做，但不是我想要的那种方式。我告诉她不要把那个锡皮桶解开，好让它在井底里漂着，她根本不听，几周过后，绳子烂了，水桶沉到井底，我还得下到井底把它捞上来。我告诉她洗澡时不要用那么多的水，可这个女人肆意浪费太多的水，满地都是水涡，把地板都泡塌了。她的狐朋狗友们把烟屁股插到花盆里，香槟酒塞子随手扔在小路上。我在一个新建的房舍里搭建了自己的睡榻，用工作来使自己与他们隔绝。每次等她朋友走了，我才下山。她正躺在床上读书，我这一边也堆满了书。听见鸟叫了吗？我试图打破沉默。她摇摇头。早上起来，她和我一起在北山坡种树。

双慧

他笑着跟我玩“这是什么鸟儿啊”的游戏的时候，我说，别忘了，我也出生在这里呀。但你根本不是我们的一员，他说。他坚持问，那你说这是什么鸟儿，我一旦说错了，他就很得意。借玩笑来攻击我。他会说，只是玩笑啦，就像房客到来你玩消失一样。

我敢肯定他认为我没有尽心工作，没有尽职尽责。他对工作的欲望只适合他本人。他不工作时我才工作。我有自己的时间，自己的工作，而他只有一个轨道。他的轨道是重复的、直线性的。与此同时，他和邻近山上的切尼以及他老婆成了朋友，那个肥婆时常牢骚满腹。他带他们来家喝酒，可是当他发现冰箱里没有啤酒，只有细细的白酒瓶子时，他就乱骂。他咒骂我，我也跟他对喊。我不习惯别人跟我这样讲话。肥婆子看起来很尴尬。她可能在想：这个中国娘们连给爷们理家都不会。她们都一样，脸上带着高傲的笑，满肚子的阴谋诡计。他们在那里大笑，我则上床读书。我听见那个肥婆子说：我觉得她可能，有点儿鞋子底里（歇斯底里）……

拜托，我很好。

今夜世界各地
月亮尖叫叹息
堕落女人的
歇斯底里的子宫

她的想象力极其丰富，而只有在虚构中，她才能了解自己。花了很长时间以及很大的勇气才让她面对这个现实：如此一来，她的生活会更加艰难。独处一室，她在一片大的金黄的美国梧桐树叶上，用毛笔写了以上的诗句。叶子是学生们夹在练习本中的，她拿起叶片，凑近灯光，研究它的叶脉网。即便骷髅也自有它的活力。在巴黎，此时人们应该是去参加聚会，走在光秃秃的树下。骨瘦如柴的女人聚集在平台上，任天空飘落的雪花从她们的指尖滑落，肩胛骨在外裸露着。教堂的钟声此起彼伏，成队的汽车驶向塞纳河左岸的蒙帕纳斯。这是她的想象。她几乎闻到了咖啡的香味儿。

不仅是想象而已，而且还有这种渴望，渴望再回到熟悉的街道，她知道前世她曾去过那里。她极其渴望被赶出家门。这样她的白日梦是可感知的。比如有一次，她虚构了一个叫杰罗姆的人。当时，她被带出了自己的房间，他在圣叙尔皮斯的文艺咖啡馆门口发现了她，主动要送她回宾馆。当谈到那晚咖啡馆讨论的书籍，那些衣冠不整的诗人认为他们佩戴宽领带会显得更有范儿时，杰罗姆，一个喜欢幻想的戏剧生，突然对她说，他爱上她了，并开始挽起她的手臂，穿过圣日耳曼宽宽的林荫大道，走上桥到河对岸，充满嫉妒地对她宣布，你，在你看似伪装的评价之上，是无耻，只有强壮的手，才会控制你的肉欲……你闻到夜晚的冷淡，看见诗人们跟了过来……当你回到宾馆时，他站在门口。下身肿胀，阳物异乎寻常地大，裤子都撑破了。你允许他进入房间，否则会被门房看见，把你扫地出门。当他谈及男人是如何像贪婪的鲨鱼以你为食，用根绳索勒住据为己有，将你拉上大街庄严地游行，巴黎老艺术家们与年轻貌美的妻子都那么做，你坐在他的大腿上，大胆地用你的呻吟让他沉默下来。就在这时，追赶的诗人破门而入，他们抓住你的手腕，扯掉你的裙子，带你穿过大厅，穿过宾馆的其他门，所有的男男女女都开始展开想象，摸摸索索，因心跳加速而发出呻吟并呜咽直至深夜，将他们的控制权紧紧地拴在紧绷的臀部。与此同时，一个接一个得到满足，从前面，从后面，从下面，从上面，从侧面，翻来覆去，上下颠倒，你的杏仁眼不由得睁大……你听到杰罗姆的惊叫声，回忆起他长满胡须的脸就在她面前，贪婪地吸吮她的双唇，他的阳物在她的内衣里面滑动，好奇地发现她并非真的为他而存在，原来一切只是一场梦。但她可能为街上遇见的四重唱女孩儿苏醒过来，她们看见她披头散发、迷迷糊糊、茫然失措、无家可归。她们将她带回圣拉扎尔附近的一座大仓库中的躲藏处再一次脱下她的衣服……

达西

这绝对不是我的想象。

你很可能会说这是“幻觉”，但它们很接近真相。她给了我灵感……我的幻觉也属于她。

我发现了她的日记和日志。写在叶子上。很用心地混在色情廉价恐怖小说里面。现在的问题是：为什么它们是用汉语写的？她自己说她几乎说不准汉语，不曾去过中国，但她坚持用汉语写。这都是代码，你瞧。我把其中的一捆树叶诗拿到唐人街。在墨尔本唐人街有一个卖茶和药品的商店，也出售从鲨鱼、老虎和大象身上收集的东西。有一个职员当班。我来往买卖，与他相熟，我让他翻译了一两页。他摇了摇头。他说对他来说这些诗太高深了。他说这就像阅读鲨鱼之矛（莎士比亚）。但他一边用铅笔挖耳朵，一边得出结论说，里面有很多有料的内容。少儿不宜，说罢他咯咯地笑了起来。

我需要让自己冷静。我需要让自己冷静下来。回到家我就上山了，点上了烟枪。双慧没在家。大约一个小时后，我就开始打盹，梦游到了长江的上游，在蓝色的峭壁和无云的天空之下。双慧在我旁边，赤身裸体。我想用灰色毯子遮住她，以躲避渔民们窥探的眼神。但她却对他们招手，活生生一个妖女，她的嘴巴半张，牙齿闪闪发光，眼神妩媚。渔民对此光景总是难以把控。因为他们永远不知道他们网里会捞到什么。

她发现我拿着烟枪，乱捣她的日记。很震惊，她坐在床上，开始哭了起来。都是我的错，她说。我不知道为什么我们会走到这一步。

我讲得很慢，很清楚。鸦片，我说，已经成为我的老朋友。之后的痛苦已经成为我的能量。

我对她十分慷慨。

她更加自责。我还以为……她说，然后突然停止，侧过脸去。我能看到眼泪滴落到她的衣裙上。我以为我能让你快乐，因为你看起来总是很悲伤，但我失败了。她越是自责，我越享受。越想把我的心意之刀插进她的伤口。一切都非常明确，也十分明智。

她变得越来越焦躁不安。

就好像她追求混乱以结束她所说的失败。她对她的朋友说，她不是和尚或尼姑，因为她们的精神寄托在别处。她也不是一个苦行僧，沉迷于下午的茶会，花费一周来收拾房子，擦亮瓷器，只为了短暂的八卦闲谈。这不是她的生活。她陪达西去他的熟人家参加晚宴，那些人不是乡村记者、买卖人，就是浆果种植者（各个都发现她有异国情调，像是来自巴黎的彩色玻璃或明信片），但都让她感到枯燥，他们也无法掩饰他们的偏见。女人们总是最后就餐，吃最小份的羊肉和不太新鲜的生菜叶子。男人们喝啤酒，女人在推三阻四后说来一点香蒂酒吧。在东方，亲爱的，我想你们吃不到太多的肉吧。双慧会尽可能以一种礼貌的方式回答说，在东方，人们觉得羊肉太腥臊。

她公开地和一些上了年纪的男人眉来眼去。

许多个夜晚，达西坐在床边说：你想激怒我，对吧？你想让我揍你。双慧会微笑一下，点燃一根香烟。你？你根本没在我考虑范围之内。

哗啦一声，他猛地将梳妆台上的东西扫在地上，然后抄起一把锤子砸向她的镜子。再不会有人来这个家庭宾馆了，她说。她没有害怕。她发现混乱越来越刺激。世界本身正在陷入疯狂。爸爸从来没有动过她一根指头。如果情况变得更糟了，她会回到爸爸那里。

报纸上报道，意大利军队已占领了亚的斯亚贝巴，西班牙的内战爆发了。她说到，随手放下报纸，也许是鸦片让他崩溃，将事态扩大，中间夹杂着对世界大事的恐惧……他说与她做爱时，肚子疼得要命。她躺在床上，头发在枕头上散开。那么也许你应该就此打住。

俩人都觉得他们像小孩子过家家。经过许多次讨论，他们一致认为，以后说话时最常用的应该是"妥协"二字。他们阅读有关心理和身体治疗的书籍。保持身体灵活，心理才会健康。神经类补品治疗神经衰弱、失眠和消化不良。阿司匹林类药片治疗慢性头痛和神经痛。

你知道吗，达西说，知识越多越反动，它将一个优秀的人摧残成平庸之辈。他的骨气，他的毅力告诉他在这种混浊中，痛苦是最好不过的了。为了活得明白，他觉得他必须回归苦难。他出门工作，风雨无阻。而这对双慧而言，正中下怀。她去墨尔本看电影，在朋友那儿过夜。她看《邦蒂号哗变之后》（又名《叛舰喋血记》），《顽皮的玛丽埃塔》，《风雨血痕》。她看了三遍《金刚》。观影提示中说："影片紧张激烈，不适合神经质人群。非公演影片。"双慧对之窃笑不已。

双慧猜想，在制作出这部电影时，导演对这只大猩猩一定是早已成竹在胸。她对女主角费伊·雷深深着迷：她的受虐狂，她疯狂的动作，她对这只虚构的大猩猩的屈服。她恨自己为何如此喜欢这部电影。

她学会了弹钢琴。她乐感极强。都是因为那些年听爸爸的唱片的缘故。她演奏《中规中矩》，嘴角叼着香烟。牧师问她礼拜日是否能为他弹奏风琴。我很愿意，她说，但是我得先练习练习……你们那个风琴（器官）[①]好大。正当牧师以为自己快要得手的时候，他老婆勒令禁止她来小教堂了。

一百首自慰诗

一个女人幽会她的秘密情人

为什么我打破了祭祀的容器

她的诗韵总是充斥着狂热的兴奋：不端的性行为。

没有其他方式来描述其进程：聆听风声，动动手指聊以自慰，棕色的双腿夹着白桦树，感受温暖的阳光洒落在她赤裸的胸脯上，大吼大叫。追求这种快乐的是一个什么样的女人呢？

双慧

我一下子就病倒了。

幽灵在我的脑子里盘旋。我郁郁寡欢。不再诗情迸发。达西不愿去请医生。他说都是心病，也许他是对的。他就是病因。他对发烧发热一窍不通，他请来了那个背着旅行袋的阿富汗伊哈

①在英文中词organ既有“风琴”又有“器官”之意。

迈尔老头给我拔火罐。那老头苍老的手在我身上摸摸索索。他双手搓搓硬币，上面粘上蜡烛头，再把它放到我后背上。他点着蜡烛，拿一个圆玻璃罐扣在上面，让血渗出来。我的脸被蒙着，不让阿富汗国王看到。我的身体却要迸发。

这次她怀孕了。身材倒是没变。如果不仔细看，你根本看不出她有孕在身。达西一开始也不了解实情。他正在为两件事沾沾自喜：宾馆的落成和第一批客人们的到来。这是一个五口之家，孩子们住一个小屋，父母住在另一个小屋。一个游牧之家。达西看见妻子因此而改变。她与孩子们在一起很快乐，爱看他们玩儿。在拥挤的城市他们可不能这样玩耍。他以为他为她的疾病找到了完美的药方：代理社交活动；代理孩子；代理家长。有趣的是母性本能竟可以转化一个人的本性。他雇了一个厨子和一个侍女。老婆即奴仆。

但夫妻关系每况愈下。他们经常不说话……对于怀孕，她心事重重，为之担忧。而他对荣升父亲一无所知，也有些沮丧……这个即将出生的孩子已经窃走了他的灵魂。他看到她在这种诞生中慢慢死去，那个曾让他心荡神摇的人现在变得如此死气沉沉，无精打采。至少这个孩子会明白父亲在这个人兽世界中已经竭尽全力去做个好人。这个想法尚令他感到骄傲。

爸爸来祝贺他们。在中国人们一般都备上礼品。孩子被视若珍宝，因为承载着文明。爸爸对双慧说，她即将成为一个母亲，一个母亲依法有权对孩子实施最高控制权，一个母亲可以使丈夫对妻子的控制变得无效。双慧对此充满希望。她喜欢这份关注。她喜欢权力。并不是说，达西曾打过她。从未。但无论如何，他有这个权力。暴力可能一触即发。爸爸带来了猪鬃的毛笔和一块中国墨，一个木制的书桌，一些漆笔盒，竹子笔筒。都是文房四宝类。

春天来了，当喜鹊盘旋在人们头顶，大声地敲击鸟喙时，宝宝出生了，很健康。粗野的麦格雷戈夫人在那里接生。你们中国女人都是小骨盆，她评论道。我可不咋喜欢。麦格雷戈夫人的手不像老伊哈迈尔的那般温柔。生的是个女孩儿。他们叫她潘妮，佩内洛普的昵称，那位奥德修斯忠实的妻子。但爸爸知道佩内洛普不是一个忠实的妻子。她是潘妮的母亲，被单身汉们脱得精光，被他们每个人占有。

孩子病歪歪的。三天两头生病。双慧快被逼疯了。当地的医生是一位脾气暴躁的格拉斯哥人，信奉达尔文的优胜劣汰说。他说，孩子在这里比在中国生存的机会更大。双慧说她从没打算带潘妮回中国。孩子总是哽咽，哭闹。达西搬到另一个卧室。他指责她不够“女人”。一个真正的女人知道如何处理生病的孩子，他言之凿凿。有时他用洋泾浜语抱怨，似乎这样就能让她更容易明白自己的失败。我的夫人她来自堆肥山，粪堆，你明白吗?她不明白为什么自己要忍受这些夹枪带棒的话语。她只知道她需要使用能够忠实表达自己的中文，在这些符号里找到自己的一席之地。有时用更激进的汉字——草书表达自己，字里行间显示出她的表里不一。她的爱在他处，她爱诗歌，而非家庭。她的眼光是交错的和双刃的，她善于制造视觉诙谐。坏孩子潘妮，她写道。她的冒牌孩子会发现她的内心。发现她黑暗、隐藏的根部催生出华丽的叶片，它们直冲云霄，靠的不是营养而是厚积薄发。

她的生命来自隐秘的情感（而非达西所说“我的夫人她来自堆肥山”）。但用洋泾浜语说这些话对达西没有任何作用。所有这些“浪费精力”的事正变得越来越少。现在没有必要了。她已经绝望了。她望着在周围漫步、野餐、喝酒的一对对伴侣们，记不起来自己是否曾经恋爱过。是否自己曾充满喜悦而非深深的焦虑?

她想把自己的眼界放低。她订了一些女性杂志。也想成为持家型女性，在咳嗽的孩子身旁，她重拾旧业，做起裁缝。她把自己的裙装改的更为男性些，她想开快车，在众人面前跳舞。她有驾照。在城里，几乎在每一个角落，她都被警察拦住。他们想检查她的驾照。他们靠在车窗前，斜眼盯着她的胸部。有时他们根本不说话，仅仅把胳膊肘支在车顶，与过往的行人开玩笑。然后他们敲敲玻璃窗，摆摆手让她走人。

如果我能讲
一种不带感情的语言
用粗鄙的舌头说话
活泼的形式讲述
冷得像星星的知识。
昨天我扒掉一块树皮
从一棵深爱的树上。
昨天是你；昨天是爱；
但在昨天我被扒光。

达西没有让新生儿打扰他的生活。他继续工作。他驱车转遍乡下寻找稀有书籍。已然拥有自己的信息网络。他驾着那辆克莱斯勒，把偌大的牧羊场上所有的书架都搜寻遍了。他是一个文艺复兴之人，他不读书。他对一本书的判断在于它的年限、感觉和气味。买到物美价廉的书籍他就运回家。招待所的图书馆越来越气派，桃木书柜里装满了金色的书卷。一个新的指示牌竖起来了。还制作了明信片：

我的藏书阁
周末度假屋
珍本书库
林中漫步及阅读
欢迎垂询

那天早上是晴朗的，然而天气多变，乌云向东疾驰，很快密布天空。树干和树叶上仍然挂着晶莹的雨滴，脚下略有些滑，然而这却是少有的让双慧感到振奋和激动的一天。

孩子睡着了。达西不在家，双慧打算去学校那边走走。路上她采了一些金合欢。回来时她绕道而行，经过一片白桦林，它们银白色的树干亭亭站立。她很想收集一些树叶和树皮——树的外皮，好在上面写诗。树林很宁和，很静谧，除了狗儿偶尔的喘息声，它们跑前跑后的蹦跳追赶声，它们的每一个动静都让她狂躁。可是每一片叶子后面都藏有一些伪装的男孩儿。她突然看到他们都会被杀死。他们的歌声如此不可抵挡，以致她闭上了眼睛聆听。桦树被血染红，滴到金合欢花上。

对于自己的紧张，她是知道的。她像父亲那样步行了很远。

她轻快地走着。父亲告诉她走路不要像女人，那样你走不了多远，爸爸说。二十英里简直是小菜一碟。她没有这么大精力。是从地下冒出来的一股力量。垂死的孩子们为她歌唱。不久他们就变成大树了。她觉得自己是他们的一员，被赋予了一种语言，可以分享他们的秘密，她几乎断定她的老我即将爆发。

她穿过更多的白桦林。橘色的叶片在闪闪发光，仿佛昭示着什么。她穿过一个又一个林子，很快，它们变得越来越多，越来越密，越来越深。我从前与现在不同，她对自己说，经过一棵又一棵树，因为我忘记了真实的自己。我是许多不同的自己，只有经历过去，我才成为现在。她有些怀疑如果她曾经的生活让她再次经历的话，她现在的生活才合乎情理。她凝视着她穿过的树丛。与第一次经过它们身旁的她相比，她已经大不一样了。她不想再往前，走到树林的那一端了。她离开小路，坐到一棵桦树下。地上铺满了落叶和树皮，窣窣作响。穿过时光的隧道，她看到，多少人被屠杀。她可以听到影院后面放映机的声响。她看到一只琴鸟在小径上昂首阔步，模仿着不知什么鸟儿的叫声。它的眼睛很大。也在打量她。你打量我，但又逃离我。百万的死者，在千山万水之外用反光的、空虚的、呆滞的眼神打量着她。她回应他们以爱的眼神，但是他们逃离了。她多么希望他们看到她在风中为他们摇摆啊！她前后摇摆，后背靠到被风压弯的树干上。她多么想吸引他们回来，那些墨黑的眼睛，回到她的生活让它们闪闪发光！生活和发光。然而，他们都逃避她狂野的、看破红尘的目光。要是她没有再次经过白桦林，她或许会救赎死者，拯救他们冷漠的目光。不是这样吗？这种假设使她显得无助。事情还没有发生。仅仅是一种可能。身子紧贴到树上，克制着，被动地，她经历到某种奇妙的偷情的快乐。她回应着，喘息着。一波又一波的高潮。当她放弃时，她却被爱了。似乎蓄意地，她杀了她爱的东西。虽然悲剧，却简明扼要。

重新恢复常态，此时此刻，她真想就这样死了，一了百了。魔鬼已被释放。她感到了力量。她听到一只鸟叫，似乎像教练的鞭子。她觉得自己晕倒了，或者睡着了。从前她也有过类似的梦游。她记不清时间是怎样过去的以及自己身处何地。死后，她从一个倒下的树干上摘下一片叶子。锯齿叶缘，多孔，像一个汉字，完全可以自我满足。一个密码。她的坟墓。一个墓穴。她醒来了，掌心有一片红色的叶子，一只狗躺在她身边。是诗歌使我成了这个样子的；向我重现一个无用的叙事死亡。这把她带到了混乱的边缘。只有在通向高潮的途中她才会感到真实地活着。显然，这一点也是达西跟好几个人提到过的（尽管很谨慎，杰拉尔丁·麦格雷戈夫人也在回忆录里写到了这一点。她管这叫为诗而狂）。达西憎恶这一点，憎恶双慧如此沉迷自我。他说她过度迷恋身体，而且放纵这种本能的冲动，以及这种精神错乱。然而，她只为他牺牲，因她发现了，她可以吸引他离开鸦片的折磨，接近释放，只有这样他才活着。如果只有她自己感到内疚，这不公平。她尤其意识到这是自己的责任，要使他戒掉鸦片，即使知道这样做的后果是使他远离自己也得去做。他也这么说。我不想被阿猫引诱戒掉毒瘾。当然，他指的是撒娇，但无论如何，她听了都受伤。想到她也有弱点，他为此激动。甚至给她治病的克雷吉本医生，那位骑车旅行的年轻大夫都说这个女人不寻常。克雷吉本医生让她渴望更有教养的人；她可以断定医生是个神秘的人，为她检查时，他的手很温柔。她向他倾诉她如何憎恨这种生活，在聚餐会上劳神费力，周旋在肥胖而又大嗓门的女人中间，后者在餐桌间逡巡，毫不避讳地中伤某人或者议论发型、身材和皮肤，天哪，她甚至不敢去厕所，她被网罗，双重地，甚至三重地被包围。

她自己的焦虑变成了另外一种形式：她变得越来越像人们在背后叫她的：婊子。她接受这个耻辱，是想借此换得更多的个人自由，所以她并未打算自我辩护。然而这种流言让达西很警惕。他的名声可是取决于她呢。既然现在孩子都有了，就得更加谨慎、更顾脸面了。

日子就这样过下来了。可以说达西婚后就仿佛举行了某种弃绝孤寂的仪式，很享受他在社区新获取的好名声。他越来越渗入这个新的大家庭，对于中国的记忆及其不同，他渐渐遗忘，她也帮助他。他越来越不隐藏自己，她知道了他更多的过去，包括一些糟糕的经历，她也学会了不过问他的经济收入。他来来往往，有许多的联系人，他收集图书，检验它们的题跋和凹版印刷。但凡有空余时间，他就种树。他长时间开车，跑步健身，参加地区竞走比赛，当选为越野赛跑俱乐部主席。地方报纸上引用他的话，诸如“好路迎贵客，宾朋四方来”。他成为一个修路爱好者，乡间公路当局以他为样板，来提升他们的品位，这对宾馆行业也大有裨益。警察应该全副武装，他对记者发表如此高论。因为服务车或者长途大巴车经过时，会遇到大石头神秘地从山坡滚落下来。国家正处于萧条时期，可能会爆发阶级斗争。

对达西而言，事情越来越明朗化了：这个国家必须动员起来，反对外国人，必须极度注意保证选择性繁殖。达西在白卫军会议上如此详述，这是联邦运动的精要之处。他印刷小册子，上面写着：梧桐要配金凤凰，种植树木如此，最终的种族繁殖也一样，必须保持优等种族的独特性和优良之处。你这些话是什么意思？某天早晨在他吭哧吭哧穿鞋的时候她问他。那个，如果我们淘汰掉中国人最糟粕的部分，我们就可以收获他们最精华的足智多谋。只是开玩笑啦，他说。所有的都是玩笑，都是涮人的。她想达西肯定是从潘妮的金色卷发上看到了他自己血统的优良之处。也因为这个原因，她的老公会如此有把握地认为血统混杂即是缺点。他种植桦树，桦树是他的长项。它们不是杂种，它们细弱的根茎在风中摇曳，因为数目众多而保全了自己。

她从未觉得自己离他如此遥远，离自己的生活如此遥远。

该回去了。狗儿们早就没影儿了。它们只对达西忠诚。光线变得出奇的柔软。

她在一棵烧毁的桉树上捡到了一些木炭。

我的女儿
今秋我二十八岁
你一直酣睡
从永恒直到现在
像一首诗对自己
毫不知情混乱地长大
在别人的目光之下
他们会叫你美人

清晨的音乐
雪中的黑鸟
直至你的初潮
成为女人

走进房子时她并没有发现烟雾。麦格雷戈夫人今天应该来的，女佣不在家。麦格雷戈夫人今天应该来的，她大声地说。但是没有人应答。屋里没有人。麦格雷戈夫人？石板地面又冷又硬。根本没有人。孩子还在静静地睡着。没有咳嗽声，花岗石旁没有烟，没有哭声。除了她自己，屋里没有人。小潘妮浑身冰冷青紫。发生了什么可怕的事。她尖叫起来，摩挲孩子，上下摇晃她。她抱着孩子冲出屋子，尖声叫着。狗儿们围着她转来转去，惊愕不已。他们只对没见过的陌生人叫，发出莫名其妙的咆哮。她颤抖的手指拨动键盘，里面传来接线员的声音，喂，是那个住在招待所的中国女人，她听见他们在线的那一端互相议论。急诊。叫克雷吉本医生。

一切归咎于她对树木的无知。如果她知道它们的不同，她就不会那么着迷了。是因为不注意细节而导致了悲剧。她叫不出事物的名字。这使得她晕头转向。使她忘记了时间。克雷吉本医生想做个尸体解剖。他的眼神冷酷毫无怜悯。这个女人看起来精神失常，疯女人长长的黑发上面沾满树叶和树皮。他让她待在原地，自己给她的丈夫打电话。男人到齐后，他会宣布这个消息。她嚎啕着倒在地上。村子里的女人们来了。麦格雷戈夫人去哪儿了？今天不是我当班，亲爱的。汤森夫人，米勒夫人，多德森夫人都来了，帮着医生往胳膊上给她打了一针镇静剂。他找到血管很费劲。她皮包骨头，血管总是滑动。第一次世界大战时他们使用这玩意儿，他边说边从一根大长针里喷挤一些液体。她几乎看不清他的牙齿。针注射进去了。村子里的女人们为他鼓掌。她失去知觉。她努力想飞。但越来越笨重。慢慢地安静下来。想说的话一句也没有出口。

达西是第二天早晨回来的。他什么也没说，疲惫的脸上写满了悲伤和恐惧。最可怕的，还是愤怒。他低声地和女人们说话。她们为他沏茶。他没有进她的房间，也没有在门外和她说话。那天晚上，他上山去了一间屋舍，她看到他屋舍里的灯整晚都亮着。早上她看到他往小溪里面扔石子。她不明白为何他没哭。许多天，他的眼神都是冰冷的。

人们议论纷纷，大多是她自己说的。她自己也承认，她有时失去控制。她听到自己说也可能她那天是带着潘妮的。她坚持说自己把她丢到了树旁。等她醒了，她就变成了一片树叶，一个汉字。是什么字来着？她不知道。客厅的人们低声议论，对这种说法，男人支持，女人同意，大家意见一致。再没有见到克雷吉本医生，但是一个蓄着胡须的专家来为她注射更多的无色液体。她感到身体发胀，骨头发软，感觉自己快停止呼吸了。他们建议她应该去离城里近点的地方，有助于恢复身体。

双慧

纸窗户后面，音乐渐渐消退。这就是爱的伤口：目击者站在外面，发表证词。他们记录呻吟，低语，呼吸和低声呻吟。夜晚他们把门锁上。

症状已经有一段时间了。感觉像在海底下沉，这几年似乎有崩溃的趋势，不能正常组织句子，他们说。船体进洞，在下方滑动，上方有光线，每次吃了药片，光线更亮些，但空气总是更稀薄。早上仿佛有人在练小提琴，让我发疯，脑子里面树状的神经膨胀得像个血栓，下午5点，我从露台上被带走，仿佛教堂屋顶的滴水嘴兽，被常年的雨雪风霜洗刷成了硫磺色，所有的胡思乱想都被针管吸走了。

使劲儿地擦。擦掉了才能重生，这么暗淡的灯光，这些小小的死亡。我的相册拒绝承载死亡。仅仅在昨天，明信片上还可见灰色的天空中闪过两三个挥之不去的夏天，看不到沙滩上的女人。我认出戴着尿不湿的病友们，在沙滩的远方，一段孤独的铁轨脱落的锈迹。死亡就如同这段生锈的铁轨。

我把这些偷偷摸摸的涂鸦保存在一个木箱里：札记和积存的丝绸、缎、双绉，二十八种不同风格的日常衣服裁剪法，如何使用俏皮话儿反击，我父亲的开销，他打了格子的纸张，一长串对妻子，妾和配偶的称呼。

爸爸每周都来探望。从他戴的眼镜也很容易认出他来，他腰上系着一条毛巾，现在几乎是个圣人，已经赌输了过去，预测了未来。

夜晚会有一个女人来看我，有时会带来一个野餐盒。这种待遇使我感动得落泪。到了夜晚，她有时脱了衣服躺在我身边，我用简单的想法感动她，逐字逐句地，沿着城市的街道，乘着缓慢的车辆，在她的腿和臀部之间以及冰冷的凝视之间。她喜欢显示，喜欢行驶时汽车门发出的慵懒的声音。早上她将会消失，我慢慢叠起盘子，开始辛苦的一天。我看起来像行尸走肉。我低矮的浴室镜子以最亲切的语言尖叫着描述我的脸：荡妇。准是一个回文构词法写错的别的什么字。快乐原则在舞厅的上空灯光中上演。失职的母亲。这句话倒没什么玄机。因为达西的证明，他们已经对我下了定论。在前戏和后戏中，我变幻着姿势，前后摇摆，第十亿次的高潮。星星的点名册已经将我抹除，我将不再闪烁。望远镜里什么也看不到，永恒把所有的人都变成了动物。

我现在好多了。

在公车上他们翻阅报纸，反过来调过去，尤其对边缝描写的新闻饶有兴趣，残酷的世界自有其运行法则。你可以看到人们的眼睛在幻象和残酷的现实面前同样地闪耀。至于我吗？我只是剪贴报纸，想闹明白时不时地轰然倒塌的雪崩般的昏厥，像个瘫痪病人那样走不了路……每天乘救护车驶向菲利普港湾放风。这里不像多佛海滩，也没有悬崖，这里只有鹅卵石，你把它们从一只口袋转移到另一只口袋。我……你。如果你够幸运，海浪冲进你的脑子，你就可以长睡不醒了。

过了许久达西才来。他谈到他的收藏；世界各地都有订单。他也很多地谈到他对骑车的热爱。他是个有闲的人。

我从阳台上看骑自行车的人，满头的乱发，头上顶着皮制的茶杯和茶托保持平衡，在那里有火焰爆发，烧毛的气味伴随着唱诗班的歌声。在城市里，有两种选择变得很清楚：我要么出院要么跳楼。

我交了一个朋友叫露丝·布莱克。我俩变得形影不离。她有两个孩子，大学学过俄语。她喜欢游泳，在圣基尔达海滩教我自由泳。我把脸隐藏在水里，感觉很舒服。弄得救生员冲进来救我。露丝在《家》和《女性周刊》上发表文章。我们阅读彼此的诗歌。达西不喜欢她，因为她是犹太人，但我认为真正的原因是他从来都没有喜欢过我的朋友。他发觉他们对他的地位产生威胁。医生说我最好回家。我的朋友们把我治好了。这段时间我过得不错。这一点我很清楚。

家再不似从前。她知道，一个人回归时，家就再也不一样了。它从来也不是真正幸福的港湾，是个一想起来就让人难过的地方。达西重新进行了装修。他把那个花岗岩巨石从起居室里挪走了。那曾经也不过是个可怕的摆设，但给人恐怖的感觉倒十分真切。在黑暗中，她时常被它笨重的形状吓一大跳，好像洞穴里的一个罩着裹尸布的驼背，影子在墙上忽隐忽现。现如今取而代之的是一个真正的壁炉，上方有铜色的罩子。

最重要的是，虽然有嘈杂的鸟鸣，这地方的寂然无声仍然具有毁灭性。达西仁慈的举动明显是做出来的。他也在努力，但他既不说一些有价值的话，也不做一些宽慰人的举动。他觉得他才是需要安慰的那个人。他把医生的尸体解剖报告随意地丢在了餐桌上。她不想碰它，但是从侧边也读到一部分。上面说孩子潘妮死于呼吸困难。他们认为病因是先天性的肺病。睡眠时随时都有发生这种危险的可能。

所以说不是她的错。睡眠时随时都有可能。如果不是我的错，那么我为何遭到如此多的指责？为什么被送到疗养院？报告并没有提及指责，然而，它也没提及清白。有一种可能的假设是她当时可以把孩子抱起来，避免这个悲剧。但谁又说得清呢？他们的手指，仿佛锋利的松树针，齐齐地、尖利地指向她。达西几乎不说话。他以花岗岩般的沉默来掩饰愤怒。他倚在小屋的墙上，划着路西法火柴，把它们一根根扔到马口铁罐里去。

为什么你总是指控我呢?

因为你不是个好母亲。你压根就不该做母亲。

她来到那片白桦林，发现他已经砍倒了所有的桦树。她欲哭无泪，但心里面有某种东西破裂了。只有一些粗短的木桩露出地面，仿佛一张偌大的截肢患者的病床。砍下的树木已经被整齐地摞起来，准备晒干当柴烧。血红色的天空下，伤疤被热气掩盖，大地被烤焦。她曾经坐过的地方，蚂蚁已经堆起了小山。鸟儿们唱起了新歌，时而激烈，时而甜美，直至声嘶力竭，仿若把她的自我分割成几块儿，每一块儿都有它特殊的苦难。她里面有一两次的悸动。

她挣扎着。

努力抓住当下。

山脚下，原生植物在恣意蔓延，发出声响。她可以听得到它们倒下或者生长或者互相缠绕的声音，以及在根部，不断地发出巨大的隆隆的腐化声。

过了好几个礼拜达西才让她知道潘妮被埋的地方。是爸爸告诉她的。爸爸周末来他们这儿住，一天早上他说，再也不要问孩子埋在哪儿了。是我们决定把她埋在山下的，那是个绝对安静的地方。离这儿很近。离小溪也很近。奥林达小溪。

她摇了摇头。哦，不，她说，不。

爸爸肯定是记错了。她注意到爸爸最近正失去方向感。即便引经据典，爸爸也会出错。

但是爸爸坚持要亲自带她去。这不是一个安静的地方。她曾经去过此地，也听说过死人，死去的土著人，听到他们从树上，在洞穴里，树皮寿衣的下面发出哭泣。坟地坐落在蓬勃的潮湿的草地下一块潮湿黑暗的泥泞之地。爸爸指给她看。有一块儿巨大的花岗岩石来做标示。达西用自己的双手把起居室里的石头挪到这儿了，爸爸告诉她。这简直就是普罗米修斯呀。爸爸看起来失常了。她尖叫起来。

孩子咳嗽了一声。

她用手堵住嘴巴。

穿越远方。

达西

她时常发作，需要一个男人来控制她。虽然我得承认经过医院疗养，她已经好多了。的确好多了。药物使得她比平时嗜睡，那也是意料之中的事。她实在是个安逸的女人。对此我们也爱莫能助。她在树叶上写中国诗，然后把树叶压在书页里；一个幼稚的举动。她这么做很讨人喜欢，但是沉溺其中，则未免太过了！显得有些疯狂。为此牺牲自己的生活已属不可理喻；为此毁坏他人的生活则属不可原谅。我所建造的才是可以理喻的，比如这个房屋，这种尊敬，这种和平的民主。我为什么要把它们都拱手相送呢？

对于墓地上的石头，我们引发了争论。她管那叫下流①，而我称其为我丢失的宝藏的标志。我说，黑人们把死掉的小孩儿用鼠

①赋予石头以文化含义——译者注。

皮裹上，把他们用树皮卷起来，直接塞到空空的树洞里。他们才不为死去的孩子哀悼。这是一种生存方式。

至于我，我愿为那个亲爱的生命付出所有。

到此为止，收集的资料里又出现了空白。他们是否复婚以及是否和好如初，我们不得而知。然而，其中的暴力可以从撕破的宣纸以及扯坏的书页看出端倪。封皮倒是毫发无损，漂亮的摩洛哥，杂色小牛皮面，尼日尔，都完好如初。我们完全可以假设把这些撕坏的人并非怒不可遏，也没有用那么大的力气。也许是双慧自己，对自己写的诗充满绝望，从而崩溃的时候；或者性欲过剩，精力无处发泄，从而自慰的时候。她已经从那个疗养院的无菌室，皮带，以及皮下注射中学到了功课，生存会让你变得狡猾。她已经成为一条变色龙。

显而易见，要么生存要么毁灭，但她不会以他们期望的方式来悼亡。这种内心的力量，源自她称之为可怕的负荷。

她疯狂地想要飞。

我之所以知道这些情愫，是因为我在仔细搜罗这些档案、古旧书商、古董店、宾馆图书馆以及书仓时，能够发现更多的信息。时不时地，我会发现双慧的树叶诗。这就是她所说的可怕的负荷。她把它们夹到其他人的书页中：莱斯利·查特里斯，G.K.切斯特顿，达希尔·哈米特，埃勒里·奎因，贝托尔特·布莱希特，杰克·伍德福德，卡洛琳·基恩，圣埃克絮佩里，杰克·伦敦，赛珍珠，费斯·鲍德温。她最喜欢低俗小说。对于上层社会和女流氓，好心的娼妇和道德缺失的伪善者之间的比较，她乐此不疲：

她的家谱读起来像《人物年鉴》。长得如同她戴着手套的手臂，裙裾下面的身体饥渴难耐，然而我告诉你，这个婊子冷得像个冰柜。“你在写我”，她对我说，用她上了油的指甲把我帽檐上的记者证弹了弹，“我要用一把手枪来校对你的句号”。

客人们会发现一片树叶。上面写着汉字。有好事者甚至把它“译”了出来：

我需要一个漂亮的双慧
来红润我
苍白而又黯淡
的面颊
在她的双乳之间
我可以数出
五枚雀斑再加上
一系列其他数字……
我是一个好会计
阅读色情还是单据
甚至是俏皮话……
我都不苟言笑……

树叶，几乎断裂开来的树叶，变成了另一条迂回之路。看看她是如何扮演贤妻这个角色的，为了准备午餐而剪贴了许多种食谱，镶着金边的菜单。这里有一份招待所的内容说明书，是设计在淡紫色的彩纸上的。但内容却乏善可陈。没有奇思妙想，没有发掘现代文明的热情，没有急切的改变之心。她被驯服了。人们告诉达西她应该有人陪伴，当然不是大学时的故友，而是新的更加成熟的朋友。露丝·布莱克带着孩子来拜访。这样很好。他们玩度假人玩的游戏。露丝在一次竞走赛中打败了他。他并未认真比赛，但到最后却大口喘气，假装不想输得太惨。露丝建议双慧应该参加学习。她说她的诗歌既不是毒素，也不是药品，而是令她生存的方式罢了。达西对这个充满自信、黑色眼睛的女人不知如何是好。她是谁，竟来告诉他关于他老婆的事？然而她技高一筹：她比他更了解双慧。物以类聚，疯子扎堆。他同意了。

这之后不久露丝会说：我跟他上床了，双慧。我该怎么办呢？

达西

谁知道她在忙什么呢。你只是在她好了的时候才见到她。除了我，没有人能够见到她的全部。认识她的人对她的了解也不过一鳞半爪罢了。

我告诉她我参加了陆军预备役。如果英国宣战，我们又会卷入战争。我说，周末我会需要你在家。我去参加基本培训。把一只手枪拆得七零八落。胳膊上挂着枪攀爬绳子，有时正爬，有时反爬。带着滑稽的软帽而不是头盔。把我的军队排成菱形方阵，派出两名童子军上前线。向阳光长官汇报我的位置。让机枪手走在高地以便应对埋伏。挖个坑，把雨披当被子睡在里面，孩子，永远不要把手枪丢在外面。我那可笑的军服里还有拉稀的巴巴。如此寒冷，手指都冻僵了。醒醒吧，醒醒吧，双手不再僵硬了。那个混账下士让我心烦。总有一天我会打碎他那张脸。我可是从山里来的，小子，我知道丛林规则。他也会像我们一样挖厕所。早晨我们进行尿尿比赛，看谁尿的时间最长。不能滴出来，哆嗦超过两下就算犯规。晚上我们举行野外打靶。我代表军士组荣获枪法比赛神射手称号。上尉召见了我。他的牌桌上纸张杂陈，呼吸中带有酒气。告诉我，恶魔[1]，他问道，你是如何成为神射手的？我不是什么神射手，长官，我如此回答。那么，你如何赢了比赛？你作弊了吗？没有，长官。然后上尉说，我们认为也许你能担当一些特殊的职务。我不明白您的意思，长官。当然了，恶魔。他摇摇晃晃地站起身，抓着我的胳膊把我拉到外面。全团都去野营拉练了。我们觉得你最好转到警犬组，他说。营地里十分安静，他几乎是低语着对我说这话，看着我，他戳着我的胸脯，你对狗狗们要做的第一件事儿是清理它们的便便。

如何知晓一首诗的重点所在？

不知道。如果它有主题，那么它会自我揭示。如若不然，它就不足挂齿。但重点是它会自我揭示。

写诗不必太有主观意识？

不必有意为之。你只需倾听，等待，便足够。

没有流浪的感觉，也能写出好诗吗？

这个问题一提出，孤独之意已被破坏。孤独之意，不可言说，可说者，非孤独也。

---

①戴蒙的错误发音——译者注。

双慧和露丝在墨尔本上夜校。双慧学得很吃力，很缓慢，她学习如何加强诗歌体验，以便文字从体验中倾泻而出，而非相反。她的老师是一位叫作戴维森的先生，鼓励双慧写诗要严谨、惜时、充满力量。课堂上，他极其强调观察。你必须把你所看到的细节抛到一边，直至只剩下一丝微光。学习像个半盲的人那样观察。

戴维森先生长得很帅，留着小胡子。双慧在他面前很紧张。为了他，尽力纠正自己。悲伤似乎笼罩着他。他坐在那里，带着苏格拉底般的超凡脱俗，陷入沉思之中，没有人知道他在想什么。有时候，他把他的拉布拉多犬带到教室，对它也温柔地讲话，他柔和的话语，仿佛有看得见闻得着的魔力。有时他的老婆也一起来，长相俊俏，超级自信，言语刻薄。双慧和露丝对她既恐惧又嫉妒，以致她在的时候说不出话来。露丝的反应是咯咯地笑个不停。她们拉下裙裾，双腿交叉，做淑女状，实际却坐立不安。之后她们会去简或琼的寓所，一起喝得烂醉如泥。

双慧

有一天戴维森先生没来上课。给他代课的是一位霍夫曼先生。霍夫曼先生了无情趣，她们在底下不是咯咯地笑就是趁他不注意时彼此做鬼脸。他推崇大白话。简单地表达，他会说，然而我说我们都是疯子，没有简单这么一说，说简单那只能是假的。突然之间我们都变得太不成熟以致做不了诗人，霍夫曼先生很沮丧。他拿出一张报纸，百无聊赖地翻来翻去。他说戴维森先生有可疑的关系。他引用国防部长的话说——“如果，你不顾自己的无知，却来质疑我们的政策的话，我们只能断定你的不忠”。霍夫曼先生清了清嗓子说，这要靠我们自己去判断。露丝和我互相看了看，站起来离开了教室。五六个人跟出来了。在山上我提议说我们自习。在饮酒狂人俱乐部，那里有大量的酒水和书籍。

回到过去的时光。一直是这样，日积月累，一触即发。但与此同时，她在交朋友，比如帕尔莫斯夫妇，后者鼓励她进行写作，他们是在荒蛮之地行进的夫妻文学十字军。不久他们便默契地只在周末达西不在的时候造访。双慧负责招待所的房间预订，但是如果来的作家多了，她就得拒绝那些付费的客人。但毕竟他们还没有富裕到不需要钱的地步。我觉得这就是她的树叶日记被撕毁的时候，被她自己或者别人撕坏了。

她长时间地打电话。使用山下的乡村自动转换线路。再没有人监听她了。达西即使从其他城市打给她，也很难接通。干线不通。他以缄默来深埋愤怒。她在煲电话，是的，之后在花园里咯咯笑着啜饮鸡尾酒，是的，也许周六的晚上，她还会放任自己，与人调情，现在没有内疚感了，内疚的石块儿已被挪开，取而代之的，是无精打采，怒不可遏，黑黑的眼睛里充满疲倦，因为烟酒而导致的缠缠绵绵的咳嗽。露丝试图好言相劝：你太兴奋了，才会如此疲劳。

在空中，玫瑰鹦鹉不停地在树间飞来飞去，她可以看到它们在上面往下看她，她想，即使它们飞行时看起来很有安全感，它们的日子其实并不好过。

客人们来来往往。招待所渐渐有了名气，都知道它既有人气又有活力。人们来的原因是因为他们知道这是一个为作家提供酒水的地方。他们举办舞会，弹琴歌唱，庆祝生日，玩字谜游戏，酩酊大醉。婚礼是最糟糕的，总有一两个通奸事件发生，接下来会是拳头相向，瓶子乱飞。她耐心地应付这一切。忧郁渐渐被幽默所取代。她说她情不自禁，她的披肩从裸露的肩膀上滑落。他们都会再次光临。他们喜欢她。我的书屋终于再次步入正轨了。

达西

她不设防时会酒后失德，比如会站在那里，穿得过于暴露，穿着透明的睡衣，而里面不穿内衣，她这样当然很好看，而且给人惊艳之感，因为平时她会把自己掩饰得很端庄。但是在这种情况下，某种恶魔开始进入，她穿得很少，开始在偌大的阳台上，众目睽睽之下，以桃木栏杆作支撑，表演芭蕾。如果只是表演给我一个人看，我还是蛮欣赏的，而且这使我充满正能量；我出去工作，心里憧憬着到了晚上，她为我一个人宽衣解带，在光影中跳舞，在晚风的温热中倚在同一副栏杆上，双手背在身后，因为努力表演而使连裤丝袜被汗水打湿，这所有的一切曾经让我如醉如痴。然而现在，我不知为何对自己的空虚失落有如此强烈的反应。让我再去赢得她的芳心，还不如让我去死。她为别人而表演对我而言既痛苦又难过，而我又不能表现出来，只好从当地的某家店中找一个放浪的女人，耍耍性子，骂上几句，然后做些这类女人已经习以为常的事情，找到自己的位置，复归平静，事后，她以一种符合我的无知的方式来宽慰我。

男人渴慕成为英雄。我一直试图使自己更外向一些，对于即将到来的战争变得强硬而冷漠。这种训练并不陌生。十年之前，我已经习惯墨尔本监狱的臭气。现在军队以相似的方式使我获得自由。有自律才有自由。让我们纵览一下她的不忠行为。

某个周六的晚上我从阿德莱德开车回来，把车停到离主屋较远的地方。那一晚天很热，窗子大开着，新安的纱窗刚好可以屏蔽我。她坐在客厅上，身穿红色绸缎睡衣，两条腿一前一后叉开。看不清另一个人的脸，他背对着我，高背的皮椅使他看起来很小，那是我最喜欢的阅读椅。听不见声音。知了叫得震耳。夕阳已经西沉，两个人笼罩在紫色和淡紫色的光影中。我可以看见双慧身后摆了书的楼梯，石板的台阶，铜色的水壶，被我藏了树胶的中式花瓶。这是我的私人地盘，我曾在此挥动着梦想之杖，指点江山。一旦敞开对外，我的隐私不再，地盘也拱手相让。也许我应该高兴自己的老婆有人倾慕。这就是热情好客，热情好客的深层含义是文化：络绎不绝的陌生客以及张开双臂的主人。所以我的局外身份纯属自作自受，双慧也心甘情愿地对宾客敞开。这都谈不上欺骗。有甜有苦。就像烟枪。就像中国。

达西的欺骗和自我欺骗与日俱增。很难说他的痛里面有没有快乐的成分。他低下头，把世界推向痛苦的方向，并且极力把随之而来的灾难与现实相联系。现在她的朋友或客人（他这样称呼他们）一来，他就有意地避开。但每一次他的怀疑也随之加增，对于人与人之间的亲疏更恶意猜度。对他来说，感觉已经变得无聊。他倒空自己。头脑不再多思，身体服从命令，不需要思考。而另一方面，双慧渴望经历智慧人生，这就是被达西错以为是那个华而不实的（他这样写的）浅薄的背叛，这让他感到刺激。他在夜里悄悄溜出去，在她的房间外逗留，让窗子开着，好能听到她狂喜的叫喊，但他听到的是自己心脏的破裂声和沉重的跳动声，间或伴随一声叹息，她只是不停地写，直到深夜。

爸爸

公元7世纪，那个未开化的牧人也是第一个英语乡土诗人凯德蒙，在约克郡的惠特比城聚会。诺曼底人谈吐优雅，演讲抑扬顿挫，他不习惯这种场合。他们轮番喝酒。彼此相传竖琴。每个接到竖琴的客人都要唱歌。凯德蒙不会唱歌。除了给羊唱的歌，下流的妓院小调，他一首歌也不会。竖琴就要传到他的手里。他还是想不起任何歌来。人们开始鼓掌、欢呼。这时，一阵风把窗扉吹得怦怦作响。凯德蒙站起来，假装去固定窗扉，借机跳到外面。他逃到马厩，在稻草上睡着了。在梦中，一个陌生人出现，并吩咐他唱*万物之始*。凯德蒙发现自己会说方言，然后吟诵出最深刻的诗句，都是用当地方言吟诵的。它听起来是这样的：

> 唉哦唉哦唉哦
> 我在山间集市
> 被一阵喧闹所扰
> 听到不合拍的音符
> 林间的美人们
> 坐在我身上
> 开始歌唱
> 嗨百合，嗨玫瑰，嗨雏菊
> 我醉卧花丛中

凯德蒙醒了，把他的梦告诉了长官，他被打发到一个修道院，在那里度过余生，终生都在把圣经翻译为方言诗歌。这工作对首位激进的英语诗人而言再合适不过。人尽其才。他自己并没有创作什么。

双慧

达西变为激进的爱国分子。用手拿东西吃，用袖子擦嘴巴。有很长时间我并没有注意到他粗俗的举止。当他屈尊降贵出席宴会时，他的举止像一个农民，对于我们的动机和理论，他质疑并嘲笑。他最喜欢的一句话是“什么什么”。有一次他举杯祝愿希特勒说，一场很棒的战役即将打响。他总是喜欢穿军装，说话时咕咕哝哝，我听着像军事术语和部落行话。他想要搭建一个枪架。我说如果他敢，我就搬回去和爸爸一起住。露丝说他对枪上瘾了。但我知道，达西这个人充满矛盾。只有在矛盾中他才能对抗我们。我们是他的暴力。

尽管说得如此气壮，我其实并没有退路。我不能再做小学老师了；一个长胡须、穿裤子、骑马来学校的老姑娘替代了我的位置。我也不能靠爸爸生活。他自己一无所有，靠微薄的养老金度日。所以我只能做一个客人，被困在招待所，接受一个爱国者的资助，而这个人，每天都与我渐行渐远，精神上和日常上。

因此我写作。写作总是在绝望的边缘，不是因为作者愿意如此，而是因为这样你才能免于自杀。写作是一种证明你自己活着的方式。就如爸爸说的那样。

明天你会再次死
在爱的深潭，

再也不会浮上水面，
以此否定你会再死
直到明天。

亲爱的达蒙夫人：

感谢你不吝赐稿。抱歉我们不能刊发您的诗歌。但我们会赠您一份我杂志的免费期刊以表谢意。

您诚挚的……

一条小鱼，被抓住，又被放掉；再次被抓。她指的是她的诗。不是她本人。当然更不是爱情。

一经翻译，原味尽失。

书稿空白处的字迹显示她的孩子已经去世半年，整整半年，她愤怒，紧张，有自杀倾向，孤立无援。看看这些歪歪扭扭的墨迹，这些濒死的笔画。她难免对婴儿粗野，也许太粗野了。生活破坏了美好的感情。爸爸曾对她说，与作家混在一起不会有利于她的康复。他是对的。与作家和艺术家的混居只会激发病态。圣言的复仇是无情的，爸爸说。

她的方言是错误的。她不是凯德蒙。如果她能去一所修女院就好了。

招待所的工作越来越多地落在了她的身上。达西为了他所谓的“国家责任”而舍弃了所有的家庭责任。他不再孤独。爸爸告诉她，一个不孤独的男人是不会有冒险的想法的。达西把他的战友带回家，希望他们能像客人一样被款待。他们整夜在地板上打扑克，喝酒，呕吐。灯光下他们似乎成了生姜人，耳朵里长出头发，工装裤里冒出小麦芽，互称对方为“燕麦”，兴奋地互相取笑，傻笑，吵闹，吐痰，身体散发着令人作呕的羊膻味和氨水味。

她有几次生病，呼吸道感染，潮湿的环境令病情雪上加霜。与五十英里之外的墨尔本相比，这些山丘的年降雨量是它的两倍。达西种了这么多树，所以现在房子里白天也没有太多的阳光。冬天经常下雪，她常常冒雪出去，喜欢闻雪的香味。达西不太说话。除非他不得不说。甚至当双慧发烧时，他也强迫她开车去买啤酒——他在忙着弄发电机。她为客人们洗衣服，擦洗木地板，打扫泥泞的厨房，浆洗和熨烫衣服。她工作的时候，深深知道这是拜达西所赐。他的“苦难”转向了内心，变成了对她的惩罚。她艰于呼吸。她从热烘烘的洗衣房里逃出来，向树林跑去。她看了看树干的阳面，在那里发现了真菌。达西无法表达自己的情绪。如果他说出来就好了。但是她不知道他是怎么敞开自己的——在遇到她之前——他完全是一个人，盖着他的房子。到处是紫丁香，紫色的花瓣散落在林间小路。在他的一生中，有短暂的时光，他完全自我隔离。大自然已经赐予他独特的语言。她抓起几把花瓣，张开手让它们滑下去。然后她停止思绪，不再想关于达西的事。她放下了。让往事从指间流淌消逝吧。自然的本质不是光明正大的参与就会显露出来的。你永远看不到地底下是什么，比如那种根部的对称。她是否必须停止深入研究，必须在他身上，为他，而迷失自己呢？成为一个不会思索的存在？没有思索，就会有利用，残暴，摩擦。寒冷的阴影越来越深。长满苔藓的小溪在一团混乱之下颤抖不已。

他的暴力……有一次争吵之后他差点在厨房勒死她，如果不是麦格雷戈夫人及时赶来并把他拽走的话。村里的女人们都说达西太过分了。她们说她的小身板不太可能做那种事。她们并不理解“小身板”。没有人知道她究竟做了什么。太多自命不凡的损友。都不是一个圈子的。她们认为人是分三六九等的。

双慧什么都没跟爸爸说。但他从她红肿的眼睛和悲伤的表情中也可以看出端倪。她一切尽收眼底，但只字未提。她的眼神能够吞下世界。有时看她的眼神仿佛灾难一触即发。只要它仍然鼓吹符号或偶像，这个国家将永远不会超越历史，爸爸对尼禄猫说。团结百姓，需要其他方法比如热情好客。你得闭起眼睛视而不见。这个国家因为简单化而萎缩；它把人们拘囿固化，刨根问底。它使人们形销骨立。

那只猫已经失明。它没看见一只噪钟鹊，那个投机分子，趁机偷走了它的肉碎。

美丽的春天终于来临。山间薄雾迷茫，雾茫茫的天空之下，梧桐树正在发芽抽叶。杜鹃花闪耀着深红色，珊瑚色和洋红色的光，还有陶醉于发酵的浆果之间的鹦鹉，俯冲而下，扑向厚重的树冠之下迷离的树荫之中。受压迫性咳嗽折磨的双慧，站在山脚下大口呼吸，感到一丝淡淡的快乐。自从所谓的桦树之梦那天起，她就再也没有经历过如此的心悸，当然所谓的梦也被以后发生的事情所永远玷污了。她舒展手臂，呼吸新鲜空气，爬上通往小屋的小径，臂上搭着干净的亚麻床单。这是个周一。客人们都离开了。她快步走在木台阶上，突然被一个男人挡住了去路。他身材魁梧，遮住了阳光。她没有惊慌，笑了笑，打算从他身边绕过去， 但是他用一条腿支撑着花圃边缘的一条红胶板，堵在路上。她可以看到他的绿袜子和他的颜色不一的鞋子。他呼吸急促，当她以手遮眼，仔细打量他的时候，她看到了一张粗糙、红润的脸，胡乱刮过的面颊，眼睛周围有很深的皱纹。他戴着一顶软呢帽，穿一件大号的翻领西装。他在笑。

达西·达蒙，他开口道，你肯定是他老婆。

他呼出来的气味很糟糕。

他在家吗？

她摇了摇头，马上意识到自己应该说谎。说谎是对付男人的唯一办法。他什么也没说，然后让她过去了。她看到远处还有另外一个人，一个小一点儿的家伙，戴着一顶扁平的帽子，穿一件皮大衣。有一刹那她认为他们可能是健康检查人员甚或是警察。你们找达西做什么？她问。他们没有回答。只是彼此会心一笑。她拿着床单走进一间小屋，把它放在未收拾的床上。她应该在身后锁上门的。大翻领出现在门廊上。我们是达西的朋友，他说。哦，她说，忙着换下床单，同时迅速将一个用过的避孕套塞在床单里，把打好的一卷床单放在门边的地板上，赫然发现那双深浅不一的鞋子。他把床单推到一边。你是军人吗？她问道，试图掩饰自己的恐慌。可以这么说，大个男人正在赶一只苍蝇，恐怕是这个季节的第一只。她说，我们工作日不开门。哦，我们不是来住宿的，对吧，皮特？软呢帽说着，用一只手摘掉帽子，他的手像铲子，小指上戴了一枚黑宝石戒指。她弄平床上的皱褶，拍打整理好枕头。如果她离窗户近些，她可以跳出去。不远的地方炊烟袅袅，仿佛触手可及。她注意到一些树开始落叶。她转过身，发现狡猾的小个子在房间里。如果你不介意的话，她说，我该晾衣服了。我只是个女佣。漂亮的小女佣，皮特说，还有像你这样的人吗？大翻领笑了，露出了一颗金牙。漂亮的姑娘千千万，他说。唯有你最不寻常，他突然间严肃起来，皱着眉头。在她反应过来之前，她被重重地从后面击中，跪倒在地，小屋在摇晃，她有些晕眩。剧烈的疼痛，她以为自己还在童年的花园，躲避温叔叔而逃跑，撞到了表哥，两人头撞到一起，先是耳朵发痒，然后是一股强大的疼痛传遍全身。深浅不一的鞋子踩在她手上。粗壮的手扼住她的喉咙。她被扔到床上。她的第一个感觉是床单快被撕裂，事实上是她自己要被撕裂，软呢帽的帽檐儿已经扎到她的眼睛，那个男人骑在她身上，迫使她的双腿分开，用戒指刺进她的下身，一下，又一下，她试图尖叫，他们又一次袭击了她——她不明白他们何以如此恨她——袭击之后，他们又扇她耳光，下手很重，血从她的鼻子流出滴到新亚麻床单上。有一段时间她昏过去了，倒是一种幸运的解脱。当她醒过来时，感觉到疼痛，呕吐到台阶上，他们走了。一只铃鸟叫着，好像电话在响。她试图站起来，让自己靠在大门柱上。凉爽的空气帮了忙。她把水罐里剩下的水倒在脖子上，把枕头套换了，又把亚麻床单抻平。全神贯注。她跌跌撞撞地回到了房子里，打开门，把狗放出来。它们没有吠叫。每个面前都有一大块肉。头歪向一边，爪子抓着骨头，啃得正来劲儿，只用一只眼睛斜睨着她。她去了工具棚查看一下。她不是害怕。只想确认。她已经不再害怕，即使她的头后面肿了一个大包，即使她的鼻子还在流血，即使她很熟悉这份平静下的异常，她的恍惚，冷静。有一个医学术语可以描述她：奔跑性癫痫。发病之后漫无目的地游走。这时她开始写作。她已经变得刚强。内心深处，从某一刻，也许是在墓地，轻声的抽泣被琴鸟窥听模仿之后。她在达西的烟具旁发现了她的画笔。信马由缰地画了几笔。是一只琴鸟。你在这里很安全，她说。不用害怕死亡。在这里很安全。躲在文字里。自给自足；躲在坟墓里。

她听到身后有动静，转过身来。大翻领站在黑暗的角落中。他正在调整自己。她看到他在挖草捆附近的泥土。洞挖的不大。他在笑。他逼近她，她开始后退。既然我们已经很亲密了，他说，告诉我达西把它藏哪儿了。她没说话。他走近前来，一只手放到画笔旁边的凳子上。别跟我们耍心眼儿，他说。说时迟那时快，她抽出一把达西叠瓦用的斧头，左手握住它，他没有注意那只手，她拿起斧头，没头没脑地劈下去，没用多大劲儿，把他的小手指整齐地切掉了。有片刻他面色苍白，当血液从断手中喷出来的时候，他后退了几步开始大声嚎叫，这时，她拿着这把双刃斧头从后面追着他，他逃跑了。狡猾的皮特发动了车，也许是担心达西回来了，大翻领以令人惊奇的敏捷，跳上车关上门，当他们开车逃走的时候，她看到他用手捂着一个湿透的手帕，挡风玻璃后面那张脸极其苍白，这时，吉姆佩尔的儿子开着道奇车从另一条路赶过来，他猛踩刹车，卡车的后侧剐蹭到旁边一辆打滑的黑色汽车，后者继续摇摇晃晃地开走了，玻璃碎块和变形的金属片在尘土中盘旋、滚落。

达西下周回来的时候，一切都复归正常。她没有告诉他这件事，只是说有两个说认识他的人来造访。她看到他忧心忡忡的样子，手指不断地抓着军服的裤线。他问她他们长什么样子，她很高兴地向他描述每一个细节，细致到他似乎有点害怕，更多的是担心。如果她没有那么准确——她的想象力在细节方面是无敌的——他是不会相信的，他不知道该信多少。无论如何，他都不会站在她这一方。他们可能是开女主人的玩笑开得太过了。你总是给人错误的暗示，他会说。纯属恶作剧。是她挑的头，她挑起的恶作剧，并煽风点火。她需要时她的大学朋友们在哪里呢？她甚至没有告诉他其中一只狗吃了草以后吐出一块黑宝石的戒指。

这件事发生以后，达西又走了，她有些恐慌。她从一个房间跑到一个房间，无法平息内心的焦虑和艰难的呼吸。每个房间都使她害怕。她只好跑到外面，向寒冷的明月诉说她已经死了，现在活着的不再是她自己。

此刻，狗在吠叫。她从小屋门旁的吊钩上抓下一把缰绳，拖着它向外走。她挥舞着缰绳，掠过松树，松针刺痛了她的胳膊。她来到小溪旁。死者的坟墓敞开；他们躺在那里，张开双臂，向她呼唤。她爬过去。因为太用劲而手臂颤抖。死者已经从坟墓中释放出来。当他们张开双臂时，骨头发出爆裂声。她爬得越来越高，越来越高。一只乌黑的猫头鹰悄无声息地掠过。没有人听到他们的哭声。她把缰绳绑在熟悉的树枝上。她哭了，没有人听到。马缰绳在她的脖子上叮当作响，闻起来有马的味道，反刍的草和被汗浸过的皮革气味。她告诉他们她来了。她将摆脱此生的羁绊；但是这样的时刻她已经经历过，她已经死过了，她已经不再有感觉了。她双脚离地。身子没被带出多远，只在树枝底部落地了，一只脚被扭着了。她现在明白，这种痛苦是一种警告。她记得树枝与死人的骨头一起嘎嘎作响。坟墓关闭了。对事物的自然规律失望，死去的人再也不会和她说这样的话了。

双慧

1938年。白人入侵已经有一百五十年的历史了。在贝尔格雷夫村子里放映的新闻短片里，土著人被从悉尼警察局释放出来，重现库克船长的登陆过程。他们在海滩上到处跑，看上去吓坏了。电影院里没有人对这一事件有记忆。悉尼离这里很远。他们拖着靴子在锯末上走。新闻短片使他们保持着与时俱进。发现澳大利亚。他们当然现在已经发现了。电影时断时续。这些小失误是历史给我们的教训，明智的人也都知道历史本身充满了过失和缝隙。有时候也会相反：我不确定是否真的经历过那些发生在我身上的暴力事件。我的生活就像电影，在我身边放映。

在电影院，空白的屏幕让我想起了我疼痛的脚踝，以及没来的月经。

电影结束时，人们会在户外四处点起灯笼。他们需要在森林中找到回家和上山的路。我知道我的路。不用灯我也能找到它。我乘末班车去城里住到露丝家。但是我迷路了。彻底地迷失了。我根本记不起电影都讲了什么。

她开始了她所谓的一系列死亡谈话。很难说这些到底是严重的精神错乱，还是她写作的素材。然而她的朋友露丝·布莱克可以证明她措辞背后令人恐怖的心理。她没有叙述强奸案，只是说她的房间的宽度正好是她外面巨大的桉树的宽度。当她躺在露丝的床上时，她记得被压碎的感觉。她对露丝说，树木毫无征兆地就倒下了。有时，有爆裂声，有时是鹦鹉的尖叫声。她说死亡只是她所经历的事情的延续，病情的恶化，在愤怒中如此低估它有一种罪恶的快感，让死亡发生，好享受事后存在的内疚之感。

在城里散步时，她听到了电报线在风里发出的嗡嗡声。她能听到信息传递的声音。他们问她对恢复、对简单地只做一个幸存者是否感到满意。她对着一个过路人的脸，大声地发问。死去的佩内洛普没有回答。这似乎是多余的。她的选择是马上离开，尽快地，离开这个愚蠢的舞台。直到现在，她还没有想起吉姆佩尔的儿子——他自己有名字——她记得是丹——是如何偷偷记挂她的；她并没有想太多，她是多么需要它，需要那种温柔的力量；当他下车之后询问发生了什么的那一刻，她倒进了他的怀抱。然后，就像在一匹旋转的木马上，死亡倏忽而至。跳下公交车。露丝不得不抑制住她。没有必要告诉任何人这一切。一想到回家，她就做噩梦。

因此她去了科林斯街，在一家古董收藏店的楼上，她预约了一位严厉的医生，他桌上有宝石，他给她注射了一针，深深地扎到她的心里。她说她不确定父亲是谁。两天后她去复诊，医生戳戳这儿，探探那儿，要她付更多的钱。她给他一枚澳宝戒指，被他送去做鉴定。几个小时，她躺在一张硬沙发上等待消息，听着护士的鞋在油毡地板上发出吱吱的声音。他们给她戴上面罩。她告诉自己不要怕，但她轻声地尖叫，之后便昏了过去。医生苦笑着给她手术，热热的鲜血喷到他的前臂上倾泻而下。露丝把她带回了自己的公寓照料，用热毛巾敷，给她许多药片。整整两天她不是发烧就是不省人事。两天之后，她坚强而又执着地再次回家了。

达西几乎没有注意到她。他正忙着建一条砾石路，带有铁门和电灯。你不应该光顾着玩得开心，他边嚼着满口的羊肉边说。战争迫在眉睫。他喜欢用这个词，以致重复了两次。一触即发。你应该履行你的职责。她想知道她的职责是什么。一个真正的中国女人应该知道她的职责所在，他说。一点儿半点儿咳嗽，你就成天躺在床上，他说。这在中国真是闻所未闻。你肯定是继承了你母亲。你看起来很糟糕。

就在那一刻她回到了自己的房间，捡起了她的一捆又一捆的树叶，小心翼翼地把它们撕成小块。她满打算把它们烧掉，但是她又一次昏倒了。母亲是谁?

一个黄褐色的下午在积垢的海滩上
她看到她母亲的血
从一根有根的管子里抽出——
黏性的液体，有着深红色镶边的
黑色，
喷入一大片珊瑚的海洋。

她是字母表里的阿尔法。一个没人知道如何发音的字母。但她敢肯定一件事。她再也不会允许自己被他人阅读了。

第三章 贾思帕

一辆黑色的敞篷车驶来。

它正顺着蜿蜒的柏油路开过来。在这山间，从未见过如此气派的敞篷车。有伸缩自若的前照灯，直通发动机的镀铬排气管，和一个大型弧状安全杠。车身超宽，不能自如地转急弯，从平地进入峡谷时，白壁轮胎压过的小碎石四处横飞。山谷下面，深蕨类植物攀缘而上，阳伞状植物在风中绽放——他熟练迅速地在一个小小皮革笔记本中勾画出它们。车的后斗到处都是书。他一直在读一本书。那是一本袖珍书，大小就像他们在悉尼试图兜售给他的《圣经》一般大，当时他乘坐私人水上飞机在玫瑰湾附近登陆。他还没踏上摇摇晃晃的防波堤，一对男女就走上前来，跟他讲要警惕末日灾难。他说，去它的吧，《圣经》也不能拯救这个世界，它只能预测末日！他就是这般我行我素。他可没时间浪费在拖你后腿的人，拖国家后腿的人。在悉尼待了两个星期，什么玩意儿，简直空虚一片。他们最近建了一座桥，车流细细寥寥。他听说这里可能有袋鼠。昏昏欲睡的街道空空荡荡，尤其是在周末。流浪汉在公厕旁懒洋洋地吃着东西。下水道发出恶臭。见鬼，他想，就算有战争来临，你们也不会知道。这地方都是白人。他问私人助理马克斯对此怎么看。马克斯说，有色人种都在保留区，他很快就明白了。

在环形码头，他们看着装卸工人从板条箱中取出贾斯帕提前从波士顿发来的汽车。马克斯用皮条捆住临时车牌，在开车前往墨尔本的路上，他们终于看到袋鼠在火车旁边跳跃。马克斯说，这里的城镇看上去跟密西西比河三角洲的差不多。这两个陌生人很扎眼，所到之处人们都瞪着眼睛盯着看。马克斯还算泰然。

贾斯帕叹了口气，打开了他正在看那本薄书。书名很惊人：《书的爆炸》。故事并不那么诱人。是一本关于超自然的书，读者一打开它，就会瞬时消失。其把戏是里面的文字让事物出现，而不是消失。这就是书的爆炸，是文字的幻象，见解也不独到，当然，如果思考存在本身是否是一个修辞手法，那就另当别论了。我思故我在；我不思，故我不在。难以苟同。他对马克斯说，把你的手指伸到火中，我（烧）痛故我在。

他联想到：这就好比有些女人，她们让事情出现，然后让你消失。即使你的手指正被烧痛。女人啊。

贾斯帕看了看手表。多长时间了？他密切地窥视着小溪和峡谷。他几次让马克斯把车停下来，研究他看到的下面的东西。事故留下的金属和腐烂的木头，与马缨丹和野草一起蔓生。

他们拐了个弯，沿着一条土路往森林深处开去，树枝不停地划过车子的两边。后面的轮子在泥泞的斜坡上打转。他们来到了一片空地。天空时而有白云飘过，时而一片湛蓝。有两个人站在空地上，看着他们开上来。一个身材高大。他的搭档，胖嘟嘟，红脸蛋儿。贾斯帕从车上下来——他身穿细条纹西装，脖子系着一条红色阔领带。他们向他点点头。他本来想要握手，然后改变了主意，把手放回了衣袋中。马克斯从车上下来，他们两个从未见过块头这么高大的人。达西对胖子西蒙斯说，这黑人块头真大。大家都假装没听见。马克斯身穿深色西装，和一件深红色的背心。他没有系领带，而是夹着一个类似鞋带一样的绳子，上面有牛骨。他并没有试图握手，只是盯着他们，走到后面的行李厢，取出了一把斧头。他脱去了外衣，露出了刺眼的白色衬衫，卷起了袖子，抬头看了看天空，用大拇指轻轻滑过斧头的刃边试试其是否锋利，朝树林走去。他仰头看看天空、目测了一下树的高度，从口袋里掏出一根绳子测量树围。他继续向前走，又选了另一棵树，往手上吐了口唾沫。咣。他砍了十下，就十下。那颗山毛榉树撞到了其他树上，倒在了地上。树叶、鸟儿和盲负鼠四散而逃。达西佩服之至，只是砍了十下，就十下。他本来想说点什么，但却转而对贾斯帕：欢迎来到白桦林。贾斯帕说，谢谢。这些都是山毛榉，不是桦树，没看到桦树。达西说，别急，你会看到的。我之前是白桦林的主人。贾斯帕说，噢，原来如此。我是贾斯帕·A.赞林，建筑设计师。这是我的手下马克斯韦尔。他们互相点头致意，但马克斯正忙着砍掉树干上的树枝。达西说，这是弗雷德·西蒙斯。我们把偏僻的牧场卖给了尼科尔斯先生。他们站在那看着伐倒的树。

房子要盖很大吗？

那是自然。像大厦一样大。像旅馆一样大。

那需要大量笔直的木材，桦木最好。

不用。用的是钢筋混凝土，还有石头和玻璃。

那你们刚刚砍的这棵树，是室内用的？做窗框？做楼梯？

哦，不不。我的飞机需要一个底座。

贾斯帕是谁？我查阅了1938年《名人录》。听起来像是一只猫头鹰般的老学究。

赞林·贾斯帕·亚当：建筑师、作家、飞行家；1904年6月8日生于威斯康星州密尔沃基市；父母约瑟夫和瑞秋（皮尔庞特·摩根）·赞林；1931年与艾曼纽·弗莱雷结婚；子女：安娜·雷切尔，哈利·约瑟夫。1926年以优异成绩获得普林斯顿大学学士学位；1929年在芝加哥大学获博士学位。1931年就职于阿德勒和沙利文协会；1933年成为斯普林格林东塔里埃森研究员；建筑设计作品：荷兰贝尔拉格学院，纽约圣马克大楼项目，伦敦雅各布斯与布莱恩特中心，佛罗里达州莱克兰佛罗里达南方大学。首席设计师：上海辛格大厦，上海翼航运保险大厦。著作：《建筑中的艺术》（1932年），《螺旋与宝塔》（1934年），《情色博物馆》（1936年），众多期刊、书籍等的供稿人。史密森纳研究院主席；3A信托人；国家美术馆董事会成员；丹尼尔·古根海姆基金主席；国家航空业咨询委员会1933年南极空中探险队成员；泛美航空公司水上飞机中国区主管；1934年~1935年中国昆明空军协会飞行教练；美国广告联合会；办公室：赞林普拉特鲍尔斯，建筑事务所华盛顿特区第7街200号。

这只是概略。

在整个波士顿安静的贵族沙龙里，人们都在窃窃私语。他们说，贾斯帕没有什么来头，赞林家族是暴发户。贾斯帕整天忙于出生入死的飞行特技，几乎很少在家。人们想不到他有妻儿。在他的墓碑上会撰写这样的墓志铭“英年早逝”。贾斯帕无时无刻不在赶时间。据飞机上的乘务员说，他在飞机方向盘前阅读，穿行云端的时候吃自助餐，在中国诗或萨德侯爵的建筑作品上做批注。

拖拉机缓缓地拖原木到招待所，他们跟在后面。马克斯在拼命地敲击着方向盘，南腔北调地吹着口哨着。贾斯帕透过车窗望着“我的藏书阁”，说道，不错。相当漂亮。十年前，他把建筑蓝图寄给了这里的代理人，所代理的是一个名叫约瑟夫·莱斯利·西奥多·泰勒的人。其实，后者是个下三烂的骗子。他们从来没有支付过一分钱。十年前，他对这种事情也就不了了之了，那时，他刚刚大学毕业。现在的公司需要有担保人。尼科尔斯一家给他留下了深刻的印象。他们看上去很诚恳朴实，他们自称是墨尔本守旧派，属于世袭贵族，钱路来得地道。他们想要在乡间建个叫作“白桦林”的别墅。他们想建在山上，于是就从达西·达蒙那里购买了二十英亩相对平坦的地面。他们想要请世界上最优秀的建筑师，但弗兰克·劳埃德·赖特不愿意来澳大利亚。所以贾斯帕·A. 赞林就来到了这里。他要设计一所三层二十四个房间的楼房，带电影院，还有直通塔楼的电梯，可以俯瞰广阔的地面景观，一个机械罩套在混凝土外墙上，用来清洁巨大的景观窗，另外还有一个观赏湖和一个五英亩的兰花苗圃。

达西说，这里之前曾是一片笔直高大的白桦林。

那些白桦林后来怎样了？

达西没有回答。

贾斯帕注意到，那个叫达蒙的家伙总是吞吞吐吐，说半句话，让人难以捉摸。达西问他是否想要一杯啤酒。我猜你不会碰巧有威士忌和苏打水吧？达西说，当然有。贾斯帕想这还差不多。然后他开始想别的事情，他在纽约的一个设计，大楼坐落于五座像阳伞一样的不同高度的塔楼。他坐在低矮的休息室，望着窗外正在觅食的鹦鹉。巨大的玫瑰舷窗，没错，就是它了。五彩缤纷的色彩点燃了他的内心。

贾斯帕

似乎无法摆脱自己惯有的激情，一种对爱情的渴望。那种感觉不分昼夜，如干柴等待烈火，像一根通往世界末日的导火线。我让马克斯开车送我去了后面的海滩，东侧那边，那里的海浪汹涌，女人强壮，我在海滩小屋里懒洋洋地躺了几天，仰望灰色的天空，看着白色的浪花，海鸥掠过捕鱼。可怜的马克斯，日夜思念着新奥尔良。他说那是有色人种的唯一去处，说的时候嘴角还挂着微笑。在这里他处处受限。在悉尼，海关和移民官员为了他的临时入境许可证害我们等了两个小时。马克斯韦尔·韦特，“黑人男仆”，他们是这样记录的。马克斯注视着绵延的荒芜的沙丘面无表情地说，我本应该说“奴隶”了。

每天早晨，无论是细雨纷飞还是阳光明媚，我都沉入波涛，随波逐浪。也许有一天我会被大海冲走，但我那又有什么关系。每天，我会发现自己被浪冲到不同的海滩，有时在岩石间，惊讶地发现死亡是多么的容易，同时也发现，不想死也可自我拯救。随波逐流反而能保全自己。你渴望和平，对生活宣战，而生活却命你活下去。

艾米讨厌我整天不着家。只有每次答应给艾米、安娜、小乔伊礼物才能安抚她们。她们身上都流淌着阿根廷的血液，内心充满激情，她们会挣扎，不停地与情感纠缠，通过双手和表情来释放。我爱她们所有的人，但这种燃烧是一种不同的爱。我也不知道为什么。漂亮的妻子，乖顺的孩子。在“伪满洲国”上空，我与一个讨厌的中国菜鸟驾驶着一架雄鹰75战斗机，我朝一个日本鬼子笨重的内尔轰炸机开火，看见他被炸飞，感觉到一种爱欲的兴奋。我回忆在云南跟一个年轻的中国女人的一夜情。一切都在异样延续。一切都设置了定时引爆。

有记录表明，他曾去过那里。事实上，这里有一张薪酬表，上面显示他作为教导员月薪是400美元，而且他的学生每击落一架日本飞机，他能得到500美元的奖金。中国飞行员一塌糊涂。贾斯帕离开之前决定，他要戒酒，不再对蒋夫人意乱情迷。中国用P-40s代替其老掉牙的双翼机。蒋夫人送给他一架飞机作为礼物。他带她从上空浏览了中国被轰炸最厉害的城市，他发现她对爱情与战争也同样非常兴奋。

几年前他和艾曼纽（孩子们在寄宿学校）在塞纳河畔租了一套公寓，他们开着窗户做爱，而与此同时，酒鬼或者是艺术家在下面吵闹，水面上的灯光在天花板上映出道道波纹。他记得儿时在麦迪逊也是映着同样的波光。那时他卧病在床，他的父亲回到家里，在巨大的房子中传来可怕的争吵声，咆哮声喊叫声吓得女佣们抱头鼠窜。他母亲含泪说道：你给我记住，我是皮尔庞特·摩根家的人。他父亲答道：不错，那我还是赞林家的人呢！

当这个国家一片混乱充斥着外来政客时，我们还住在宫殿里。胡扯，他母亲说。犹太人才住在宫殿里！天方夜谭。你们一路来到了布鲁克林！他父亲：看看你。我从没想到你是个反犹太分子，而且居然就在这个家中。你这个家伙！就是农夫怀里的毒蝎！然后他母亲尖叫道：看看你自己。你甚至连英语都说不好。这个词是“毒蛇”。他父亲大声喊道：去他的毒蝎，毒蛇，你说你的毒蛇，我说我的毒蝎，都是泼出去的水，溢出的奶。

是的，那光就如同巴黎的光。相思之光。那种光似乎在说他想要去别的地方。在一家咖啡馆，他跟玛丽—乔塞特在一起，她的脚趾不停地在他的裤腿滑来滑去，问他是否是单身。他说，“我时而是单身，时而不是”。

然后还有珍妮·杜瓦尔，她不停地用低沉的声音说，她想要被插入，“插入我吧”，她爱上了他，看看从她美丽的脸颊淌下的眼泪。雪花石膏上布满了乌黑的条纹，公交车靠烧煤运行；那年的姑娘比任何时候都更漂亮，她们站在后面的月台上不停地抛飞吻。共产党人在时尚区街道上游行。

还有在法兰西热辣夜总会的爵士乐，在“夜总会”里，汗流满面的服务员给你撂下一杯啤酒，但随之而来还奉上一张卷着的纸和一些深色的叶子，他快速地吸吮着，节奏乐器组也在肆无忌惮地吸着烟。那个吉普赛吉他手，人们叫他迪亚戈，嘴角总是叼着吉坦尼斯香烟……你仔细观察，会发现那个家伙左手只有两根手指在按键，所以到低音区，他得用大拇指来弹奏。“闪电三指”，这是法国人对他的叫法。在他那大号的马卡费利吉他上弹出的颤音就像皮亚夫。他那美丽的黑白混血妻子纳圭妮就在他的脚边，看起来像波德莱尔的情妇。他……就是在那里他遇见了那个皮肤黝黑的纳圭妮，她问的第一个问题就是，他是否有人陪伴。其实，所有人都在跳跃摇摆，迪亚戈弹奏着吉他像挥舞着刀剑，他的吉他发出刺耳的尖叫声，哭泣声。当贾斯帕和纳圭妮一起走回家的时候，他说他随时准备为她从桥上跳下去，只要她开口，他就会从艺术之桥跳到一艘普通驳船上，但纳圭妮说，他除了摔断一条腿外将一无所获。

贾斯帕和艾曼纽开飞车走遍了全法国。艾米说他不是在驾驶，而是被驱使。他们发生了三次事故，其中一次相当严重。艾米被送往了里昂的一家医院，治疗股骨骨折。他说，他需要跳舞，于是穿着他的帆布鞋在医院的病房里蹦蹦擦擦。她说，好了，你走吧，自己去乐队找几个人找乐子吧。她不打算跟着他了，让他见鬼去吧，她一边说着，一边用自己的梳子朝他砸过去，结果墙上留下了很深的印记。

他没有这样做。他让一个叫马克斯韦尔·韦特的司机开一辆戴姆勒把她悄悄地送回了巴黎。这个司机是他在隆格尚普赛马会上从一个同事手中挖走的。他运气很好。他说，运气是关键。从出生时运气就与他相伴，一直到今天，所以他无怨无悔。他还说，如果让他的生命从头来过，他还会一如既往，因为他每时每刻他都在变成自己。他说，倒霉的事情不长眼睛，可能发生在任何人身上，就是为爱而受苦。庆幸的是，他从未受过这样的苦。他在隆格尚普赛马会上赌赢了，买了三箱子威士忌装在了卡车上。与此同时，艾曼纽还在生闷气，他走出来，坐在车前面，与马克斯在光明之城的蒙哲路一路豪饮。

每逢星期二，他都去停尸房，坐在走廊上，看着人们拖着从河里打捞的尸体。自杀的人、流浪汉、落水的儿童。塞纳河的水流湍急。他在河中游过一次泳，几乎被水浪冲到了阿尔玛桥下面的深水位标记雕像那里。在莫尔格街，他往自己的手帕拍了点儿薰衣草。紫色和白色的僵尸僵硬地躺在大理石板上，莲座状的水花从上面冒出。他把这些素描下来，一个老头坐在身边大声地向死者忏悔他的罪过。

巴黎之后，是中国。首先是上海，河面上到处都是尸体，虽然他看到更多的是猫狗随尸体一起漂过。日本人包围了他们，到处都是间谍。他在茶会上跳舞，参加赛马，出席鸡尾酒会。那里基本没什么美国姑娘。他在上海是为了设计最高的塔楼，一座可与上海光电大楼相媲美的建筑。委托他的是一个由黑帮和殖民者组成的财团，这些人个头矮小钱包鼓胀。他们来到公寓，打扑克牌，听爵士乐，发表他们的建筑观点——那种建筑不出一个礼拜就会倒塌。其中有一个阔绰的葡萄牙人，建议在午夜举行人力车赛跑，拉到他的别墅，穿着开衫小褂的车夫拉着车沿着南京路全速奔跑冲刺，每辆车上拉着一名妓女。次日早晨，满屋子都是银色的礼服，中国姑娘，香槟瓶子中间是凌乱的头发和内衣裤。他径直走到办公室，他的秘书约翰·利弗莫尔说道，他到处都能闻到女人的气息，带着那种典型的英国人刚愎自用的口吻。

现在他又到了澳大利亚。他正在洗涤身上的女人味道。他不停地游泳，跑步，对自己的身体感觉良好。他和马克斯在山上租了一间小屋。他们把所有的草图资料都拿出来与一家建筑公司安排动工的日期，虽然似乎日期并没有固定下来——这里还是旧社会，人们做事的方式非常不同，在这里时间不是金钱——所以有大量的消极怠工，错误的开始和设备故障。但这里有大量的志愿劳工，他们不介意赤手空拳地建造宏伟大厦。他可以看到达西·达蒙一直在密切地观察这里的一举一动，所以他问达西是否想要参与建造，达西耸了耸肩说，他有建造经验，但没有时间。山间到处都是猎兔人，有的人吃负鼠。达西是某个叫作什么“区域爱国委员会”的组织者。汗血与土壤交织，艰苦的工作换来丰收。他是浆果种植的顾问。贾斯帕给他提供了丰厚的薪酬。

贾斯帕花了不到一个月时间就看完了所有需要看的东西，他驱车到穷乡僻壤，给山区的桉树矮林和白桉树拍照。但面对他的工作时，他丝毫不含糊。他亲自测试混凝土，检查沙子的质量。那悬空的露台需要承受巨大的压力，在中央的巨石核心要伸出三层。在一个坡道上，土壤很松软，所以他领来了一个石匠来确保石头可以在现场切割，灰泥结合的地方缓缓地嵌入一层层斜坡。贾斯帕对石头怀有神圣之心。石头摸起来很纯洁，他想要自己的设计和建造都保持纯洁，使每件东西都与自然相映成趣。在嵌入之前，他抱了抱那些琢石，根据人体的维度来测量那些石块。他往后退了几步，身上的马甲和法兰绒裤子沾满了泥土。他在不同的位置摆放玻璃面板，让它们能够捕捉太阳却能遮挡光线，他研究阴影投落的地方。他想要整个结构带有人类情感和审美的痕迹。光，如情绪一样，必须流动。他把草图稿铺在科德敞篷车的阀盖上，马克斯装上了手摇留声机，于是《老虎拉格泰姆》的爵士乐就响彻了整个森林。居住区的面积要五十英尺长，直接延伸到露台上，焦点是一个巨型的石壁炉，其炉膛是一个巨石，也是整栋房子的中心，他在笔记中这样写道。在壁炉周围，沿墙处要嵌入打磨过的石材地板做基座。建筑外围在上水泥的时候要用脚手架包围起来，因此，需要认真监督建筑工的操作。事实证明，达蒙是个领导有方的工头。但是在打地基和竖起外围的四个月中，达西·达蒙不让贾斯帕靠近他的招待所。贾斯帕认为这个距离恰到好处，所以欣然接受。但他能嗅出附近某处隐藏着一个谜团。他推测，在这个国家，什么东西都得来不易。不，他一定要扳倒这些瘦骨嶙峋的树底下盘根错节的树根。

贾斯帕

一天下午，我们正在拼命重置一个窗间壁。达西和几个工人正在山坡上铲除灌木丛，在雾中你能听出他们的声音。我们听到一架飞机从头顶飞过。天气阴沉多云，我记得对马克斯说，那是个双引擎飞机，听起来像道格拉斯DC-2。我对那种飞机很熟悉。除此之外我们都没有多想，只有……我不知道为什么，我想起了在中国的时光：上面撒着糖的蛋糕，玫瑰花蕾吊袜带，红红的嘴唇，用姑娘的名字——识别飞机机型，强迫我的学员以此增强记忆——只不过他们需要用中文记住，只要同音词就够了，他们做这个要比实际飞行更拿手。飞机的统计数字：机长：61'6''翼展：85'0''；飞行范围：1000英里；最大重量：起飞时为21000磅；飞行限度：20600英尺。

发动机的噪声现在越来越响。在雾中穿行，悸动，山体在抖动。太低了！我大喊道。往上拉！我不禁与那架飞机同步，用力加速，往后拉着肩膀，准备上拉。然后突然间，传来一阵撕裂和尖锐刺耳的声音，那个该死的东西撞到了离我们不远的山体上。我们听到砰的一声，爆炸了，颇似响雷，紧接着是撕裂的回声。

鸟儿们瞬间停止了鸣叫。我们是最先到达事发地点的，在大火和浓烟之间，在透过浓雾的叫喊声中，但我们无能为力。热气腾腾，我们滑下不到五十码，就被火辣辣的烟灼得喘不过气来。当我们几分钟后爬到下面的时候，只发现了支离破碎的身体，一个冒着烟的头颅，扭曲燃烧的金属、鞋子和文件。那些纸张飞来飞去，大多完好无损。我在中国的时候，注意到了这一现象。无论是爆炸还是飞机失事，纸张总能幸存下来。我蹲在地上，就在扭曲的身体旁边，把手指放在动脉上寻找脉搏，这些纸张飞卷到我的靴子边，有一本几乎空白的日记，崭新的，在一张有横线的纸上，有人用潦草的笔迹写着三个字母JAZ，很显然是要写JAZZ（爵士乐），但在飞机坠毁前却离奇地拼出了我名字的首字母。

这可能是一个不祥的预兆，我感到极为不安。然后我想到奥斯卡·王尔德曾经说过，命运过于残忍，不屑发出预兆。

飞机失事后的大火肆虐，蔓延到了低矮的灌木丛。大火一路蔓延直奔公路而且越过公路继续蔓延。当地消防部门派来了两辆消防车。由于他们过于担心飞机失事，在大雾中迷失了方向，居然忘了灭火。贾斯帕在低坡上租住的小屋陷入火海之中。他们设法营救他的设计蓝图，但他大部分的东西都葬身火海。飞机失事让一切看起来都那么微不足道。马克斯的东西完好无损，因为他的东西都在汽车里。马克斯说，轻装上阵，逃开一切易燃品，特别是十字架。达西不得不为他们提供住宿。

贾斯帕

当然我也听到过有关他妻子的传闻。她的名声不好，被人称为荡妇。在一个小地方，狭隘头脑的丰富想象力不可高估。所以你可以想见，我预想着她是一个带棱角的女人，我交往过那些有棱角的女人，她们都经历过大量的磨炼，所以即使是平滑的东西看起来仍然坚硬无比。某个瘦小的女人；某个因抽烟而声音沙哑的女人；或那种训练有素的往后甩头发的女人；某个步态考究的女人；某个把手指搭在你前臂上的女人。某个精通事故的女人。还有单纯的女人，所有女人都有的那种单纯。只不过看她如何卖弄它。你懂的。某个了解如何游戏而且能精准地掌握时机的女人，对待你像对待孩子一样。

双慧跟她们不是一类。

我是在波德莱尔的生日（4月9日）那天搬家的，搬到了山顶上的那间小屋，也就意味着每天晚上要长途跋涉到山顶，稍微一踉跄，就让我想起了住在蒙马特的时光，不同的是，这里只有树木陪伴，负鼠弄出好像是有痰吐不出来的各种声响。它们在我门口的脚垫上用黑色的尿液标记了它们的通道。这间小屋太过狭小，马克斯决定睡在车里。不管怎么说，这是他自己的选择；他说，这就是跟牧童睡他的马旁一样，那是他存在的唯一的意义。

双慧？好吧，你本来会期待看到一个穿着红色礼服的女人，发髻高高盘起，珠光宝气或诸如此类；我记得那些名妓都身穿“长衫”，对她们来说卖淫是关于合作，而不是享乐。从饭店打电话找应召女郎只需要三块钱，饭店会派车去接她们，你听到她们来的时候充满了淫浪的声音，饭店变得寂静无声，翘首等待着昂贵丝绸发出窸窸窣窣的声音。对于互惠原则有严格的规定，“感情”，情操；每个人必须得当面介绍；每个人都必须登记在册。如果得宠就会变成私有财产。但不幸的，在经济困难时期，这一切对外国人都变得太过容易。

不，我到了一周左右都没见到双慧。我在吉姆佩尔的饭店吃饭，有时去海滩或城里游玩。建设进展缓慢。每个阶段都有其问题。不久我就渴望简单的国际风格的无菌盒了。好吧，你可以说，涉及双慧的每个阶段也都是一个复杂的问题。

一天早晨，她一身黑衣出现在我的门外，黑色的毛衣，黑色的休闲裤，她的脸被风刮得很红润。她看上去兴高采烈。与其说她美丽，不如说她有趣……你了解那种女人，直逼某些人的心灵深处。在她不留意的时候，我使劲地盯着她看，然后她好像注意到了这种侵犯，她会睁大眼睛直直地凝视我，不愠不怒，充满好奇，感觉到一种挑战。当然，我会转头看向别处，看着她就是一种冒险。

我们起初几乎一言未发，所以就像任何的建设工作，在空谈与实干之间存在差距，抽象和可视化形成实质挖掘的第一阶段。关键是，双慧貌似很纯洁无瑕。对我来说，这是头号惊喜。但她并不消极被动。因为一天，当我们谈到建筑工作时，她说混凝土不可以取代白桦树；当然，她说的没错。

二号惊喜。

一天早晨，我从山上下来，没有沿着山路走。一边走，一边踢着树叶，从那些低矮的小屋里的一间窗户里看到她坐在桌旁，背对着我，从敞开的门向外看去。这次，她又身穿黑色衣裙。她一直在写什么，用毛笔。中国式的握笔姿势，手腕向上抬起。当我再次回望的时候，看见她关上了窗户，拉上了窗帘。那天晚上，她敲了敲门，请求谅解，带来了一瓶威士忌和一小袋杏仁。她说，我注意到，你一直在谷仓里看书……这比在酒吧喝朗姆酒要好得多。她停下来，喘了口气，发出轻轻的叹息。我能看到她已经稍微有些醉意了，她事先背过了这个开场白。她说，小时候喜欢剥开杏仁，把它们摆成一行一行的，光看着却不吃。然后她问我是否曾去过巴黎。我说，当然，我在那儿住了好几年。她再次叹了口气，说哪儿都没去过。她向后梳理了一下头发，皱起了眉头。

在那瞬间让她如此撩人的是她对自身美貌浑然不觉的样子。

然后她询问了我对波德莱尔或阿波利奈尔的看法，并且说她有时候倒着读书，阅读中文的方式，从右到左，从上到下。她看着我，笑了笑，这使我感到不安，就好像她一直在阅读我一直在写的东西，现在正在写的旅行日记，其实已经过去，用的都是晦涩难懂的格言，藏头诗，和字谜。她在阅读我前前后后的思想。她用她手指剥开杏仁，把杏仁给我吃。她说，那些你可以倒着读的书籍，无论从隐喻方面还是记忆中，都遭到了诅咒。那怎么可能？我问道。她说，好吧。她坐在床边上，我突然看到了她迷人的双手和双脚，脚上套着一双薄薄的拖鞋（她把双脚并在一起）。到底写作的激情是什么？她说，我的意思是“心脏”，说到此处，她把一只手放在胸前，狂热。她说……除了是对回忆的再创造，和一种永远都不够好的回归还能是什么？此时，她轻轻向后甩了甩头发，我注意到她的眼睛周围化了淡妆，与夜色，杏仁，和精巧的拖鞋非常搭调。

我想象着中国的戏曲。

我说，我不明白。我用惯用的伎俩在逗她，如同我对待别的女人一样，假装感兴趣，让自己变成傻瓜迁就她。她问道，请你告诉我，如果你了解有一个故事，仅仅一个故事而已，就比如《小红帽》吧，你会买那本书并一直把它带在身边吗？不，因为这个故事已经讲完。细节变成了累赘，商品已经用尽。你了解这个故事，所以抛开写作。不对，你会想要你不能完全掌控的东西，一些既没有完结也不是寓言的东西，既不说教也非实用的东西，一些可以在你的眼前分崩离析的东西。你会愿意去获取和保留那些你每次打开都困扰你的东西，一些爆炸成碎片的东西，因为你永远不可能知道它的全部，而它就在那里，未来消失于其起源之中。然后你会回归，跟所有人一样，回归到其缓慢揭示的诅咒之中。向后，向前，上上下下。

正如我所说的。又一个惊喜。

有什么东西在贾斯帕心中悄然而生，他起初很不确定他是如何就范的。总是这样：惊鸿一瞥，嘴唇微翘，鼻翼扇动。而这一切加起来对他都不算什么。就是在那时，他会着手进行几何连接，简化样式，“规划”心理等方法来自我娱乐，来取代那种捕获、蛊惑、投降的想法。但真正着迷的是他本人。通常他对自己一直都信心满满，而当没有或有很少得到回应的时候，当然这种情况很少，他第一反应是感到恼火，对马克斯大声说，那是“她的”损失，然后继续我行我素。

他已经练就了金刚不坏之身，仅仅是痴迷而已。他很快就预见那种失望，那种微妙的由被动到主动的权利转移。他感觉到，短暂的美丽深入他的内心，恰恰是因为美丽的转瞬即逝，就像一种特定的气味可以加快他的心跳，然后就结束，完结了。

但现在所发生的事情让他六神无主。他的生活，一直是身体的运动，现在游泳成了一种心理的悲怆。他多么渴望石头啊！他多么渴望那柔和反射的光啊！还有那无缝玻璃！但那种转瞬即逝感迟迟不肯离去，无处不在的温柔，在脚手架的木板之间，在最顽强的爬山虎藤蔓之间，不同的情感愈发炽热。他将这一切视为寻常。这种不同寻常从未发生在他的个人生活中，不像他在巴黎“装饰艺术与现代工业国际博览会”中看到的人造大理石栏杆。但现在这种非凡的东西在悄然升起，这令他觉得很不愉快。这可能意味着他的工作将会受到影响，质量大打折扣，这还从没发生过。种种迹象表明如此。他用压模板嵌入墙体的石膏负鼠和考拉瞪着他似乎在谴责他。他想起了她的眼睛，感觉四肢像融化了一般。他去了施工现场，帮助铲了几铲子沙子。他的胳膊和双手在颤抖。

他的澳大利亚合作伙伴哈利说，在罗斯–特雷弗宾馆总是有各种集会和晚餐聚会，建议他们在那里为建筑系毕业生举行年度晚宴。哈利说，餐厅本身就像一个小的舞厅，而今年澳大利亚建筑设计学院只有约二十名学生。哈利在美国待的时间有点长了，他的元音都开始变调了。他说，他们可以把拉尔夫·沃克从纽约邀请来，他现在正在澳大利亚建筑设计学院访问，还可以邀请哈利的好朋友文德利希。还有少年天才马库斯·巴洛。贾斯帕认为这个主意不错。但女人和妻子们呢？那当然不能少，哈利说。他的那种微笑心照不宣：我们可不想让它索然无味，对不对？贾斯帕提议做个幻灯片，放映正在建造当中的“白桦林”。达西·达蒙可以作为特邀嘉宾来讲述这片土地的历史。

于是澳大利亚建筑设计学院晚餐如期举行。贾思帕感觉领带太紧了。他在没完没了的相互介绍时喝了太多的酒，那种内心独白他一向控制得很好，而此时却要喷涌而出，以一种令人尴尬的方式，谈论幻想和建筑。与此同时，为了掩饰其不耐烦，他将含情脉脉的目光投放在毕业生的女友们和教职员工的妻子们身上，结果却引发了意想不到的兴趣，那些女人把手放在他的前臂表明心意，让他参与谈话，而他心猿意马，根本不知所云，他在适当的时刻点点头，不停地微笑，显得有点过头。她们在怂恿他。

哈利在发言，当然，现代性是战争和经济萧条后权利的重新建立，证明审美是有差别的，不是吗？贾斯帕并不需要哈利来告诉他。贾斯帕失去控制了，他在密切留意双慧。她和达西都接受了邀请。当然，作为施工队伍的成员——澳大利亚人发明了很多的平等主义——达西将作为一个演讲者而登台。至少如果他独自一人前来，贾斯帕就知道在哪里能找到双慧。她对“白桦林”的设计持否定态度。她说整个工程就是一个“风水”不好的典型案例。首先，建筑的朝向是错误的。其次，窗户也不够大气。第三，建筑巨大而沉重，其能量场不平衡。他建议说，也许可以谈谈她对着主题的想法。

贾斯帕松了松他的领带。房间里太闷热了。似乎每个人都在看着他。饭菜难以下咽，他没什么胃口，有些眩晕。有人正在谈论勒·柯布西耶《建筑的新精神》。一家四人乐队，卢西塔诺四人组合来了，要为主菜后的舞会演奏。衬衫的前衣襟似乎在香槟池漂浮，肥胖的手在切牛排，他们都遭受过历史的饥荒，嗜血如命。一个瘦小枯干的教授正在对弗洛伊德和性欲大发议论。他说，性让事情回到它们本来的位置。在那之后，一切都回归真实。

贾斯帕解开他的衣领纽扣，起身先走了。既然他的嘉宾演讲人怠慢了他，如果他留下来是一件愚蠢的事。他捕捉到了对面桌子上一个金发碧眼的女人目光，但第一轮菜上过之后，她就消失不见了。在第一曲舞曲响起时，他向哈利的妻子玛贝尔表达了歉意。他说，取消幻灯片吧。

但那个红头发黑眼睛玛贝尔把他在大厅里拖住了。她说，我想让你知道，我们都穷困潦倒。

什么？他在摇晃，微笑，相信她听到了关于他婚姻的传闻。他并没有穷困潦倒。他只是想要去游泳，他假意邀请玛贝尔同去。

她说，非常抱歉。正如你所知，成本太大了。

太大吗？乐队的声音很高，他听不太清楚。

说实话吧，你知道，他们已经要求哈利来做室内设计。

什么项目？

白桦林。

她对着他微微一笑，表示同情，同时钦佩他的乐天精神。他现在开始点头，表示完全理解。他试图不让自己显得像个傻瓜。当哈利走近时，他把手放在了口袋里。哈利搂住他的肩头，拍了拍他得后背。

哈利说，我很抱歉。那个家族决定在这非常时期削减开支。他们给你写了一封信。你收到了吗？贾斯帕说，噢，收到了。哦，是的。他不想收到任何邮件。什么邮件也不想。他一直为双慧神魂颠倒，已经三天没有打开邮箱了。

我们的预算超支了。这还不包括那巨大的室内设计……那些栏杆、天窗、瀑布。不可思议。是啊，不可思议。哈利摊开了手掌，仿佛要接住上天赐予的甘露。你会拿到全部的费用，当然，一旦我们完成了外部施工。

我们？

没错，哈利说。

哈利根本不明白。这只是管理层的另一个预算决定。这是澳大利亚做事的方式。

伙计，不要难过。

贾斯帕点了点头。自从他来到这里后，他养成了点头的习惯。对他们来说，着眼当下得过且过总是很好的。他们不相信愿景。这是小城镇的运行方式。他的朋友伯利·格里芬跟他讲过同样的事情。

贾斯帕手一直插在口袋里，走开了。外面，燃烧着的木材烟雾缓缓落下，亲吻着草坪。是的，他在思考。哈利会用灰色法兰绒完成室内装修。死气沉沉的线条，没有暖色调，没有彻底的内部镶板，没有亲近大地或自然的感觉，完全是工业化的内装修。哈利是他的朋友，一个为了自身利益而随时牺牲他人的人。

贾斯帕发现马克斯站在一排排汽车旁。他什么也没说，马克斯明白，打开了车门，发动了引擎，绕过了一个扁平的酒壶。贾斯帕在喃喃自语。他开始变得荒谬，不讲逻辑，相信是双慧将他逼到这个地步的。她的沉默将他彻底淹没。一个延宕欲望的控制。也许她感觉到了他的欲望，这永远地改变了她。他思忖着，改变的女人永远与他在一起。他对马克斯说，也许是现代化的影响杀死了我们，因为与他在一起的始终都是改变着的女人，我们敢于去爱。

马克斯说，我对这种事一窍不通，他的声音在砾石上嘎吱嘎吱作响。我所知道的就是冷静才能准确判定。

第二天早上。

贾斯帕情绪激昂。他从小就被教育要有逻辑和理性。话又说回来，例如，飞行根本就不是理性的，除非你是一只鸟。他想到了这一点。他坐下来给业主写信。他表达了彻头彻尾的失望。但他很情绪化，也很不理性。思想是感性的，这对双慧来说似乎完全合理，但思想也可能是愤怒，而且可能具有很强的杀伤力。他走下山去，坐在招待所树桩上，就在松树下，往桶里不停地投松树球果。

日复一日，他重复着这样的举动。然后双慧出现了。他问她，是否愿意陪他散散步。他带来了野餐篮，用湿毛巾包着酒。他说他想谈谈中国。她说她不想让他回忆过去。她说，回忆，是思想的毒药。回忆让一个人将自己个人的经历主观地置于另一个客观的责任之上。她说，回忆录，是放纵，一种暴饮暴食。这句话让他欲言又止。这是她的与众不同。她似乎不知道他被解雇了。他忍不住又生气又着迷。他根本心不在焉，听不进去。他偷偷地瞥了一眼她的嘴，在她思考的时候，在她不说话的时候，都是微微张开的。他描绘她的眼睛，带着自然的嘲弄，她的嘴唇，她洁白的牙齿。他暗暗地描绘她，但即使秘密地，也没有细节形成完整的画面。他所有的梦想中，现在当他在桌前工作的时候已经发展成一种渴望，他无法理解透她是怎样的人。他希望发生点什么事情强迫她表明态度，好让他能拥有点她的什么东西。在她面前，他变得拙手笨脚，过门槛的时候会绊一下，就像从口袋掉下的零钱，他变得语无伦次。他在找寻打人的举措，但细微的事情决定着一切。他不能正常从容地言行举止。他怀疑他自己是不是很乏味。没有回忆，他显得很虚弱。他身不由己地去体谅她，专注她，否定自己。一天，她看见他在达西开垦的一片准备种植葡萄的地方素描。他正在仰望山坡，像画家用毛笔一样用铅笔快速地勾勒线条。他正在画树蕨。每个速写都伴随着些细微的修改，直到最后出现了一座建筑的框架，一座蓬勃向上的塔楼，支撑着由叶状电缆组成的圆柱冠。她对此很感兴趣。为什么对这种蕨类植物如此疯狂？她说，他们称这种蕨类狂热为“蕨类狂”。他说，我称这些为我的阳伞建筑。她说，阳伞里有些悲凉的味道。中国人在葬礼中才会使用。

他慢慢习惯了她的评论。有其父，必有其女。当贾斯帕遇到贺拉斯·贺的时候，贺博士仔细审视着他，皱着眉头，说道，建筑师一向是做事勤奋的人，他们是利用大自然沉默的建筑大师。赞林博士，冒昧地问一下，你认为外部世界和内心梦想，哪个更重要？

双慧说：人们倒着读这些草图，这样可以看到树蕨在上，塔在其下。她说，混凝土有违自然。

就像他。他决定说出来：你是想要整个人类反对你。

她看着他。思索着他的话。不，她摇了摇头。我只是想忠实于大地。

尽管她名声在外，那些认识她的人对她看法褒贬不一，贾斯帕得出结论，她不会犯下弥天大罪。无爱的性不是罪。放弃一段无爱的婚姻不是邪恶。那些爱她的人总是会冲破牢笼来施展其致命的性爱。

他想要某种不存在的东西，他想要她的爱。这只是虚幻，因为不存在。我爱恨交织，因为她属于这个世界。她并非无罪，但却沉默而深藏不露。成了他余生的羁绊……他总是渴望遥不可及的事情。这使得他永远不会全身心地参与。他本可以称之为过火的内饰。

正如道格拉斯DC–2的机顶，在29000英尺没有什么“外部”，不可能在含氧的高空中保存生命，根本就是缺乏。

双慧

他并没有闲着。他在用汉语写作。在他的塔冠中，在他的图画中以这种主导了曼哈顿天际线的眼光，他描绘了中国室内设计。黑体字雕刻成了柚木，走廊上用了灯笼，我们擦肩而过的时候，有郁郁葱葱丝绸感，当他把我推进玻璃做的电梯时，我感觉到了他私处明显的挺起，在上升到云端时，他将我暴露于自然之中，撩起了我的短裙，用手解开了我的丝带，我双腿分开，意识到我已经准备就绪时，他解开了自己的衣裤，按下去，往里推，在他的塔冠中，直到生机勃勃的天空完全显现，当电梯到达时，天下起了雪，就如同他之前预测的一样。贾斯帕是个气象员。

这可能永远不会发生。阳伞一向代表悲凉。它们将上帝之雨挡在外面。它们是避孕剂。

她在神游，恍如隔世。她的神游不像贾斯帕的梦想，对大理石和石头的侵犯。她有花岗岩的意志。他说他的建筑是“有机论”，相互联系的整体，与自然息息相关。她认为他未免狂妄自大。她告诉他，这些宏伟的塔楼有一天会烧成平地。

贾斯帕在日记中写道：没有意愿的冲突就没有诱惑。他脑海中突然闪过女先知卡桑德拉，她是极其严肃的。

达西又走了。贾斯帕见他开车匆匆离去，身穿着宽松的制服，这里天气实在是太热了。达西说他奉命向达尔文的戴利·沃斯特报告。他不知道要去多久。

建筑师贾斯伯谋划着他的空间和一举一动。他走到大房子的正门前，敲了敲门，女佣打开了门。他走进了巨大的走廊，被领进了一个低矮水平的私密客厅。里面有相互映衬的屏风，隔板，大量的空间，艺术玻璃天窗。双慧正在彩色的灯下写着什么，双腿交叉在安乐椅上。到处都铺着一块块的波斯地毯。

他把这个地方重建得很好。

达西很卖力。

你很幸运，有这么好的一个男人。

是吗？对，他人还算不错。我们都付出了辛苦。

他对自己评述之后的沉默感到很尴尬，也许是太过亲密，但她并没有感觉不爽，所以他们之间有一种默契。他决定继续保持自己的优势，问她在写什么。她迟疑了一下。他说，怎么说，我也让你看了我的速写。她从鼻子里深深地吸了一口气。要不要来杯威士忌？她根本不是在发问。当她把手稿给他的时候，他的手碰到了她的。她起身，走到他身后，他听到玻璃杯相碰的声音。她取来了两个装满苏格兰威士忌的水晶酒杯和一瓶苏打水。她的书法很强劲很豪放。他读得饶有兴味，他回到了驾驶P-40s的时光。

为什么不用英文写？

用英文写不出来啊。

但汉语不是你的第一语言呀。

这正是原因所在。我对沟通没有兴趣。

对于一个诗人，这倒是很奇怪的看法。

我不这么认为。她突然开始不安。女性的诗歌一向是沉默的独白。

您能，他松了松领带说道，帮我翻译一下吗？

她沉吟了几次。一种职业习惯。她知道她落入了圈套。

贾斯帕

我想她并没有意识到我在普林斯顿大学同时兼修了建筑和中文。不知道我曾经在里昂见过戴望舒，并翻译过他的诗歌。当然他现在还名不见经传，但我估计，假以时日，他一定会成为一个非常伟大的中国诗人。这是他在里昂中法大学外面闲逛时戴着金丝眼镜身穿乳白色西装的照片……

照片已经出现了裂痕。

他神情忧郁，喜欢饮酒作乐。天啊，那时我们多么放荡不羁。

但至于双慧，除非迫不得已她不会创作，即使不写作她也很轻松自在，虽然不可否认她颇有才华。我脑海中憧憬着我们两个人的未来，诗人和翻译家，新星和导师，游览欧洲大陆，在各种文学团体中发表演说……

但这种不断的预测正是我生活的错误所在。在我内心深处，我知道实现这些愿景已经为时太晚。在我内心深处，我知道我本该早一代降生，在对的时间出现在对的地方。对双慧来说，我来得太晚了。我们处在战争的边缘，我们的爱情将会充斥着炸弹，每次爆炸都带来更大的恐惧。我们已经超越达·芬奇期望的飞人——他设计的飞行器从山间铲起雪投落到燃烧的城市，一个释放的天使成为一个祝福。双慧说，所有这些飞行都会重现，但带来的不是福佑而是彻底的恐怖，这次将会是机械的心理与模拟的感情，飞越那些满目疮痍的城市，那些饱受枪林弹雨而冰冷的城市，而且他们会为这种进步赞美人类巧夺天工。

我需要伸展更好的翼翅翱翔于她将死的爱神之上。

她的诗词令他震撼。可能是因为中文冗长的写作总是含糊暧昧，放射的思想的光辉，如富丽堂皇的漆饰。见鬼，他想到，这令我诗兴大发！在他的头脑中形成英语时，他不得不驾驭自己。他知道，翻译一直是件棘手的事情。你不能太信马由缰。有一次他随心所欲地翻译了一个飞机操作手册，结果那飞机引擎爆炸了。

有时她的汉语留了校对的空白，仿佛一个金属小齿轮来进行自我修正：

> 撑着油纸伞，
> 独自彷徨在悠长，悠长又寂寥的雨巷，
> 我希望逢着一个丁香一样的
> 结着愁怨的姑娘。

贾斯帕翻译的英文显得生硬而感伤，特别是当表达剧烈的感情时，中文不费吹灰之力地婉转吟唱飞腾的时候。他不久就开始对大理石进行雕琢，而不是保留它的原样。他的修饰与雕琢带来的更多是烈火而不是碑文：

撑着油纸伞，
迎着太阳。
愁怨声声，
在雨中哀伤
投来太息一般的眼光。

后来她的诗变得更隐晦。他看到了家庭生活的不尽人意。他毫不费力地就找到了隐藏在其中的肉欲。

莲花秉持其天性，
出淤泥而不染
但其秘密若被窥视
就辜负了一个花季……

贾斯帕的译文的最后一行：

一年四季
风雨无阻淫荡……

双慧

一天晚上，达西回到了家中，我让他去做饭。说不清楚怎么回事，我对他的突然出现和突然消失怒不可遏。因他不停地酗酒而愤怒，对他的情绪起伏感到厌倦。他一言未发，上来就打我，先是扇了我一个耳光，然后猛戳我的肋骨和肚子。我不知道他为什么这么生气。就在我在地板上捂着肋骨抽泣时，他就像没事人似的该干什么就干什么，一边煎牛排一边吹口哨，“他可是澳洲人？他可是李杰？”没腔没调。过了一会儿，他把椅子踢向我说，晚餐好了。吃饭时他还说，招待所不欢迎我的任何朋友，如果他们敢来，他就当场开枪射死他们。他说，尤其是那个叫布莱克的女人。你告诉她离得远远的，我不想看见她，也不想看见任何所谓的艺术家……他咀嚼着牛排然后咽下；然后他用他的叉子指着我火辣辣的脸颊……继续说，这些人除了污染什么也不做。他说，污染，这次他挥舞着刀子在空中画圈，他们除了废话还是废话。然后他一边剔牙，一边对自己大笑。他对贾斯帕只字未提；也许贾斯帕算不上艺术家。我没有跟他讲关于诗歌或者翻译的事情。他与贾斯帕相处甚欢，有点过于亲昵，总是约他来吃饭，不断地给他斟酒，谈笑风生，什么飞行啊，什么空军的创建啊，狗啊，木材的味道啊，等等。不时捋一捋他的额发。他莫名地怜悯贾斯帕。我很清楚他的这种行为。

我认为我能做的唯一的事就是允许人们散播谣言，有些男人，对我一厢情愿，醉心痴情。在这样一个条条框框的社会中，公众的知识就是劝阻——这对我是一种保障。

那天晚上，达西开始对我献殷勤。他当时没有怨恨，只是充满了悔恨和旧爱，他搂住我，抱着我到了床上。他还给我买了一条珠子大小不一的淡水珍珠项链。为了和平，我让他尽情地耗尽自己，他所有的激情都是对内疚的抵偿，而那一时刻很适合。短暂的相安无事，他的威胁仍然蠢蠢欲动。

很可能，双慧从来没有出过轨。男人喜欢夸大其词：尤其是对鱼和阳物。

从表面上看，再回过头来看，她似乎与贾斯帕没有风流韵事。当然，他们之间有很多电话交谈。看这里，这些都记录在古老的招待所藏书阁的登记簿上。他从城里打来电话，他可能在那里与别人秘密幽会……她应该会能听到背景中隆隆的电车。顺着手指下滑……贾斯帕会从酒店客房打电话问她的汉文的翻译。他的腔调应该会很婉转，很诚恳。他们可能在电话中更熟悉对方，虽然双慧对这个设备从来不感冒，只是默默地听他那优雅时尚但不假思索的唠叨。她在他面前不能轻松自若，总是与他保持若即若离。如果他们两人的关系是纯洁而学术的，这也是达西先发制人的结果。

事情发生在一天下午，达西和贾思帕坐在阳台上一个低矮的甘蔗藤椅上，望着黑暗的树梢在灰色的天空中摇曳。

达西说，漂亮的女人总是放荡不羁。他手里举着一张双慧的照片，玻璃酒杯映出夕阳斜下的情景。他啜了一口酒，说道，很精妙，但它不会背叛口感。贾斯帕点了点头，他又给他添了点酒。贾斯帕，你妻子怎样？是个美人吗？

那当然。他摸索着他的钱包，掏出一张艾曼纽的照片。她的目光没有看着镜头，她的头傲慢地上扬，或许她正在跳探戈。达西赞许地看着那棕褐色的翻印照片。

漂亮，很美。

是的，一个不可多得的尤物。贾斯帕收回了照片。

我能跟你讲点体已话吗？我的意思是，男人之间的秘密？达西一边说着，一边看向别处，看着一只鹦鹉上下跳动，从喷泉喝了最后一口水。

随意。

我们都与其他地方有着某种联系，但那不是我的本意。我们都会离开，然后再回来。但当我们独自一人离开时，一切都在强化。

你说得简直太对了。

达西说，爱总是苦乐参半，古希腊人深谙此道。双慧总是把我变成另外一个人。但我尊重她的才华。一个人没有权利干扰一种思想关系吧，是不是？

你在问我吗？贾斯帕大笑不止。我只跟钢铁和混凝土打交道。他不知道达西是不是在指他。他了解双慧有很多其他的崇拜者。

达西叹了口气，孤独是我的先天遗传。也可以说是我的贵族血脉。现在房子的主人是其客人中的客人。

贾斯帕说，越是失去，越是渴望。所以我不断前行，要击中一个移动的目标很难。

那个布莱克（英文也有“黑人”的意思）姑娘，她可是个运动健将。

什么黑人姑娘？

放心，我会对你的秘密守口如瓶的。

在黑暗中，他们可以听到双慧正在往鸡舍里轰赶小鸡。

贾斯帕的问题是，尽管他养尊处优——在东部沿海地区百万富翁家庭中长大——他无法完全驾驭那个威斯康星州男孩的野性。正如他母亲所说，他是真正的印第安人。

在墨尔本酒店里的一个古色古香的休息室，贾斯帕遇到了双慧和她的朋友，迎来了公开调情的绝好机会。当时，双慧正在把露丝·布莱克介绍给他。贾斯帕无法让自己去与双慧“风流”，正如他自己所说的那样，由于他是布鲁克林的外国人，威斯康星州的印第安人和皮尔庞特·摩根百万富翁，这三个身份都令他紧张，在遇到高雅时只能让风流退避三舍。此外，其中还有大量脑力劳动。所以，很多他不加掩饰的调情都是针对露丝，或至少露丝是这么想的，夜幕来临之前，她就迫不及待地跟他在街上赛跑，他站在街上气喘吁吁，他的领带歪歪扭扭，她看着他大笑，头靠后仰着，笑的神态很像他的阿根廷妻子。很快他们就在拐角处找到了一家酒店，与此同时，一批帆布盖头的货车满载军队从柯林斯街咆哮而过。

贾斯帕

达西抓了我个正着，暗中伏击了我，袭击了我的盲点。但那是和露丝甜蜜柔情之后的事了。她如饥似渴，很强壮，喜欢骑在我身上，不停地尖叫，直到楼下有人敲击天花板。但之后，她很脆弱，穿着淡紫色的内衣躺着那里，细语哭诉说她背叛了某人，就在那时，一股死鸽子的臭气从房顶上袭来。

整个过程我心中所想的都是双慧。其实横亘在我们之间的是她的诗词，不是达西。就好像她的诗词躺在那里，精巧而哀怨。

但每次隆隆的电车都在告诉我一些我不想知道的事情。每次当我想到双慧时，我都看到我内心的洞。

露丝买了一把枪，她让我看过，那是一支小口径女士的手枪，她说她不会再害怕她的丈夫了。下次，当她深夜回家时，周身都是我时，她不会再接受审讯；她要用枪打烂他的睾丸。

之后我再没有跟她幽会。我一半害怕她会自杀，但我觉得那种悲伤来自她的丈夫伊兹，可能她回家之后要费好大的唇舌。她说，她之前从未与一个异教徒睡过。你的意思是一个男人？我问道。她说，不是。

那天晚上，我一夜都在翻译诗词。

双慧，我跟他睡过了。我该怎么办啊？

当露丝说出来的时候，双慧并不完全惊讶。那又怎样？布莱克与那美国佬飞行员睡过了。但是，双慧的某些东西变硬了，变成了石头，世界暗淡下来。灰色的树叶吹过她的窗口。棕色的山谷就在远处，树木渗出血色的树脂。她感觉很冷，飘飘欲仙。不是因为贾斯帕，是因为她的诗词被破解了，曾经隐藏的东西现在暴露出来了。别人的爱欲有什么错？那天她在公园中看到的景象又有什么错？就在图书馆附近，她看到树木之间的两个高大的女人，在满怀激情的摸索之中互相为对方整理衣服。毕竟，世界让自我纵横交错。他，在她的文字中蠕动。她去了医院，从一个医生那儿获得了一个处方，药品是他们正在测试的一种新药。这种药可以抑制她大脑中激荡的情绪。

从大学回家的路上，一名警察在火车站拦住了她，问起了她的名字。他用舌尖舔了舔一只粗粗的黑色铅笔，在手掌上记录了她的名字。

贾斯帕

8月。还有三个半月就完成外部建设了，白桦林拔地而起。我开车带双慧到墨尔本看电影，我们来到了国会大厦，她喜欢这里，因为这里有现代钟乳石造型的天花板，就像哥特式大教堂。人人都身穿晚礼服。其中有个风琴师。双慧说，她在与世界接触。我问，什么世界？她说，虚假的世界，只有灾难才能触及现实的世界。也许印度教徒是对的，我们生活在梦中，直到我们死亡并觉醒。

我们看的电影名字是《梅特兰院长的沉默》，在中场休息的时候，双慧吸引了好几个男人的目光。她穿一件深蓝色的裙子和丝袜，看起来很漂亮。我喜欢人们盯着我们，想象着我们一定每时每刻都在违反戒律，但双慧对那种游戏不感兴趣，保持着清白和贞洁，拒绝跟我站得太靠近。她是现代倦怠的图画，力求与他人的礼仪和行为一致，但她也会不时瞥一眼其他男人，暗自展示自己的光彩。

散场之后，我们坐在一家餐馆，讨论这部电影。影片讲述的是一位牧师，他搞大了一个年轻女子的肚子，杀死了她的父亲，然后把谋杀的罪名嫁祸他人。演员的口型和他们的声音听起来并不同步。我们得出的结论是，放映员削减部分情节，删掉了有伤风化的对话。双慧说，她对声音的切除，脱离，漂移很感兴趣。她对审查制度很不满意。其他人都在倾听，一对夫妇还随声附和。他们说明天要换片，重新放映《爵士歌手》。我在说话，双慧在喘息，那个老套的黑魔法！

双慧沉浸在快乐之中，但我却想起了飞机失事事件；为什么会有人只写了那个词“爵士乐”，也许是在映射那部电影。也许真的是在国会大厦剧院举行的非法约会的一份备忘录，但现在绝对不会再发生了，在其诞生之前就有什么东西杀死了这种可能性。当时肯定有阴影掠过我的脸庞，某种焦虑。双慧注意到了这一变化。她睁大了双眸，眨了眨眼睛，一下或两下，往后撩了一下头发——盘头当时是女人时尚的发型，但她却把头发散下来到耳环处——似乎是识破了我的想法，她摸了摸我的手，用那个男人杀了那个狂野的男孩。

城市上空爆发了一场雷雨。就是在那时，我感到我跌入了一个洞中，我的心一下子崩溃了。我无法完全弄清楚那种体验，想着怎么会再一次沦为牺牲品，我内心最深处的想法被她识破，而她只是轻轻地用手指按了我一下。

在回来的路上，雨越下越紧。我汽车的帆布顶不管用，弹簧来回反弹，没过多久，瓢泼大雨就把我们淋了个落汤鸡。当我们到达她家招待所的时候，双慧看起来更加美丽动人，甚至纯洁如处子。她坐在火边，像个孩子似的盘着脚，往后梳理她的头发。我们俩都很急躁，也很紧张，剑拔弩张，我们的思想仍然停留在城市的能量中，城市的阳伞和报纸从头到脚围绕着漩涡的人群，就在那时，我们听到达西的八缸汽车轰鸣驶来。

三角恋。用这个词其实不太准确。因为马克斯总是跟我们在一起。马克斯，身高6.9英尺；总是在我们身边，一天到晚都在练习举重，然后把举重的次数记录在机械棚的木墙上，记载他努力的汗水和祈祷的次数。达西不知道那个黑人算什么。他不算一个仆人，也不是奴隶，但身份也不平等。达西尽量不去理睬他。但时不时，他看到马克斯从树后，或者从门缝间窥探他。达西又是害怕又是好奇。有一天，他问马克斯是否能帮他抬起拖拉机轴，好装上车轮。马克斯向他解释杠杆、滑轮和滑车的原理，达西看上去有点不知所措。那个黑人站在那儿等待着他去解决。你读过利奥，那个达·芬奇吗？马克斯问道。机械效率等于物体重量与功力的百分比。不知道?太遗憾了。马克斯嘴里叼着牙签，在舌尖转来转去，然后继续练习他的举重，然后一次次记录下来。

物体重量与功力之比。那一定是双慧此时此刻的感受，因为她现在有了位读者。她一定出于自我保护无情地嘲弄了贾思帕。一天早上，她看到他站在篱笆后面对她大声唱着情歌，五音不全的样子。她笑了笑，继续向前走去。他注意到了她，从栅栏中跨出，满脸通红。他开始没话找话，谈论树木和灌木，尽管对此他几乎一无所知。

那个……你管那个叫什么……

杜鹃花。

对，就是那个棕色叶子的花……

棕色？

好吧，绿色。

什么？

好吧，也许现在还不成熟。

那是巴西牵牛花。西番莲。

我本来想说矢车菊的。

那黄色的玫瑰……

棕色的那个吗？

他是色盲。她曾经在杂志读过有些人是色盲。露丝说，如果马克斯不在他身边时，他对着装品味和色彩协调就没有一丝感觉。马克斯是他的眼睛，是告诉他颜色的人。

他们一起散步走了很长时间，她用汉语给他读诗，翻译给他听，然后他进行再翻译，以这种方式他们相互交谈忘记了时间，一切就像薄薄的窗户纸，似乎一捅就破——伟大的情感，大灾大难，巨大的时代错误。贾斯帕意识到她对历史知识没有任何储备。

含苞待放，这是贾斯帕议对于双慧的诗词的感觉。直到他开始进行他所谓的“精雕细琢”，“童谣押韵”，污言秽语：

寂寞的心灵追寻未知的欢乐：
月亮的凸起，太阳的裂缝，
柔情蜜意，在泪水中融化。

他迫切地希望提高自己在她的心目中的地位。他认为自己不善解人意。善解人意的人眼角带着羞愧。他是个骄傲的人。他曾将那些情场老手的女人玩弄于股掌之间，也曾在年轻少女微妙的平衡下剧烈地震动。他不知道他为什么想要去追求双慧，去征服她，而不是赢得她的爱恋。也许是求偶舞，挑衅胜过诱惑。他研究琴鸟，想着为何他既不能模仿，唱歌还跑调儿。看来他得学习竖琴。

他带着盒式照相机在小溪附近散步时，看到一只琴鸟与三只母鸡在一起。他对准焦距，按下按钮，倒了胶卷，再次按下按钮。令他高兴和惊喜的是，那个琴鸟没有逃开，而是模仿相机咔咔和卷胶卷的声音，在记录。看来他不是唯一记录的人。

贾斯帕在巴黎认识一个出版商，洛里斯·奥皮克。此人衣冠楚楚，因为染长长的胡须，手指漆黑，他在圣梅里教堂附近经营一家小出版社。洛里斯就像大多数巴黎小出版商一样，是个偏执狂，行家，一个过于注重华丽辞藻的人，其文学观和社会良心不会被门前路过的反犹太主义作家的时尚人群所吓倒。他跟巴西拉奇，一个右翼檄文作家，进行了一场持久战，奥皮克败下阵来。上次在巴黎时，贾斯帕借给了他10万法郎打官司，并成立一家新的出版社。他们之间并未签订成文合同，但根据君子协定，贾斯帕是那家破败的出版社的合伙人。街上的路人通常可以在黄昏时分，看到奥皮克先生，在一天工作结束之后，他面露绝望沮丧的神情，站在店面一个破碎玻璃镜子前，用一个细刷子染他的胡须。

我想让我巴黎的出版商看看你的诗词。

为什么？（这是第一次他提出这个问题，她说的是“为什么”？）

因为我觉得出版这些诗词很重要。无论是澳大利亚、英国，还是美国，都不会出版它们。法国是唯一能够理解诸如翻译及写作的国家。法国对世界文学的包容无与伦比。

贾斯帕，我不是个诗人。这些只是零零碎碎的东西。

说到此处，她面露哀伤……他正摸着她的手，她轻轻地抽了回去。

他第一次意识到，出版她的作品这个念头把她吓坏了。

双慧

我对世界一无所知。我是黄种皮肤，生活在一个不属于我的地方，陷入一种被他人左右的关系中。一个不了解自己的女人。我的生活变得一文不值。我除了一些外国字之外一无所有，我只能感觉到，无边无际以某种黑暗的方式突然陷入命运。世界大战爆发在即，达西只是对我口头承诺，如果他发生什么不测，我将是唯一的受益人。这个地方需要靠钱来运行，我需要靠药来活命。我试着节省开支，每个星期给爸爸烟钱。他收钱的时候面带悲伤，没有人知道这对他意味着什么，他看起来像一条老鳕鱼搁浅在浅浅的池塘中。

我立志要写的书，写在树叶上的，已经飘零四散。这是一本没有内容，没有主题，几乎无影无踪，被一阵风聚拢而成的书。我脱离于日常的存在，就让贾思帕随心所欲吧。让他把我拼在一起。让他从中找到统一，找到一个拥有内心生活的女人。至于我自己，我感谢上帝赐予的清醒时刻，可以透过撕裂的窗帘窥视，我的肤色可以让我承载这一重量。

招待所门庭冷落。其他带住宿和早餐的客店在周围如雨后春笋般出现，他们价格便宜，还在笼子里驯养了鹦鹉、袋熊和负鼠供儿童怡情玩耍。有的客店还提供骑小马的设施。像糖和面粉等一些基本的商品的价格开始上扬，虽然供应充足，但暴利盛行。达西非常苦恼，整天坐着绞尽脑汁设想永远不会实现的计划。他原本以为在银行有资本，他突然发现根本不是那么回事。根据招待所的分类账，在此期间并没有大量的支出。他不得不辞退一些临时工，但他却不自己动手干那些活。

双慧反而在那些漫漫的冬夜感觉到了某种平和，知道他就住在他的小屋里，她挑水，洗晾衣物，给火添柴，照料饭菜，一天劳累下来，坐在壁炉前，她感到筋疲力尽。她坐在收音机旁缝补窗帘，剪开那些破旧的床单，然后再把能用的部分缝在一起。她在尽职尽责，正如《妇女周刊》中敦促所有妇女都要尽心尽力一样。这个国家尚未从经济萧条中走出，而现在又要面临一场战争。她不再去想创作的事情；在艰难时刻，沉默是上策。的确，现在她有一个专注的读者，她开始写的越来越少。但在她脑海里的声音却越来越响亮。世界悬挂在那里……她不想独自一人超越。表面上看，一切似乎中断了，显得风平浪静。苏格拉底称这个声音为其“守护神”。审时度势。她是它的新娘。与达西的沟通已经沦落为哼哼哈哈。他们偶尔也会斯文地讲话，有时充满激情和兴趣，通常是贾斯帕在周围的时候，或当达西恳求他来和他们一起吃饭的时候。贾斯帕和双慧都没有再提起诗歌、出版商或翻译。

一天夜晚，她不再思绪联翩，无法像往常一样提笔写字，无论是纸上还是树叶上，她注意到附近的山顶有一丝亮光，她起身看个究竟，看到闪烁的光芒，知道那是火堆。她冲到外面，看见了其他火堆，她数了一下，共有五处。她沿山路攀登，发现贾斯帕已经一边穿衬衣一边大步走到了山顶。在山顶上，五个篝火正在燃烧，每个篝火都在一块空地上，还仔细地用石头圈成圆圈以防火苗波及周围的草地。听到她在身后，贾斯帕停下了脚步。他牵住她的手，帮她爬上陡峭的一段山路。她能感觉扑面而来的火焰的热气。贾斯帕踢翻了一些石头，用脚踩灭了第一个篝火的部分火苗。火苗的碎片和红色的灰烬打着转转漂浮而过。贾斯帕气喘吁吁地说道，快看，是纸，有人在焚烧书籍。一捆捆炽热的书籍爆裂开来，先是红红的裂缝，然后是烧焦成扇贝型的书页，熄灭，然后又弯弯曲曲地再燃。皮革封面断裂开来，噼啪作响，整卷的书籍爆炸成一块块微暗的火。抢救没有任何希望。他们甚至无法靠近其他的火堆。他们站在那里，目睹这一切，对面前的罪恶感到震惊麻痹，虽然火的温暖带给了他们内疚的快感。她就要哭出来了，不停地说，哦，上帝，哦，上帝。为什么要焚书？她在《时代》杂志中读到过德国的焚书事件。为什么？为什么要烧书？然后可能并未完全意识自己在说什么，她喊道：不如烧死我吧！不如烧死我吧！

篝火，骨火。

贾斯帕脑中再次闪现他在山的另一边坠机现场所发现的破碎和烧焦的尸体，他没有求天告地。

贾斯帕说，达西想要传达某种信息。也许，他感到无能为力。但双慧早就知道那不是达西的本意，当他点燃这些柴堆，看着他的书籍烧掉，目睹所有小说、词典、百科全书中她的树叶诗词化为灰烬的时候，他并不是这样想的。

达西

书籍拯救不了任何人。手持一本书只会让你挨枪子。比如我父亲，在战壕里，他手捧着战友的脑袋，试图从背包里的小说中撕下纸张来为他止血，结果让他自己变成了靶子。书籍太多了，我们不需要更多的书籍，世界上有太多的书籍。看看书籍是如何毁了我的生活，如何毁了我的孩子。所以，让我们开个精彩的篝火晚会吧，让我们把所有见不得人的丑事付之一炬，看着我们的思想燃烧，净化我们自己。让禁咒焰驱逐我们之间的纠纷，因为拥有最少就是拥有最多。我已经感觉到自己轻飘飘如释重负了！

在浓雾的夜晚，这些燃着书籍的篝火将为我们的飞机安全导航。尊敬的客人，牺牲，自我牺牲，成就了这个国家。*万岁！万岁！国王万万岁！*

贾斯帕

达西似乎大部分时间都酩酊大醉。双慧病倒了，不停地咳嗽，尽量用手绢捂住嘴巴来压低声音。我很为她担忧。她体力劳动过量，而且事无巨细都亲力亲为。她似乎并不在乎，反而渴望加速自己的凋零。我们再没有开敞篷车出去游玩；任何风吹草动都会让她脸色苍白，战战兢兢，卧床休息。我跟达西建议，家中活计也许应该雇佣更多的帮手。他脸上划过一丝笑容，看着我说，这个主意好棒。我之前见过这种笑容：半痴半呆、闪闪烁烁、多疑猜忌。只有在我支付给他我的食宿费的时候，并且远远超过他预期的数目时，这种奸笑才会消失。

想象不出那只天鹅（双慧）要如何挨过这里的生活。但似乎这个地方是她灵感的源泉，把经文写在树叶上，就如之前被铭刻在棕榈叶上一样。她还说，她是多么充实，它们不用修正，就像一棵向外生长的树，不会往里收回一样。

但现在我知道，我在这里迷失了自己。她从不对任何事情多做解释，来自这个女人的任何解释都是一种恩惠，你根本不想享受这种恩惠。这对我漫无边际的胡乱猜测是一种纠正，但它正好弥补了我缺失的部分；那正是我想要变成整体不可缺失的部分。

一天早上，贾斯帕和马克斯下来吃早饭，他们比平时要早很多。他们身穿旅行的服装，三件套、领带、笔挺的衣领和长长的风衣。双慧身体好多了，很高兴看到他们，问他们要去哪里。她正在倒咖啡，马克斯正在吃鸡蛋。达西不见踪影。他总是设法躲开马克斯，可能不愿看到餐桌上有一个黑人吧。

贾斯帕说，我们要前往欧洲。闻听此言，双慧握着咖啡壶开始发抖，说道，是吗，挺好。我的意思是，可以跟家人团聚。她竭力不在句子中间留下任何空隙，来掩饰这是一场天大的灾难，在对这样一个陌生人倾注一切之后。不是白桦林工程还没有完工吗？差不多完工了，他马上接过话茬……很接近了……不对，已经完工了，他宣布道。他害怕沉默。马克斯摇了摇头，对着鸡蛋微笑不语……我的合伙人哈利现在负责这个项目。是该让艾米和孩子们早日离开巴黎了，欧洲的情形看起来每况愈下，我想看着他们安全返回波士顿。

他从餐具柜拿起一份报纸，摊开。你看到这个了吗？第五页。“白桦林”让人联想到现代机器……像一架刚刚降落在山坡上的飞机……

她点点头，深深地吸了一口气，就好像有人用滚烫的烙铁烫平了她的灵魂。她不得不考虑那艰苦跋涉穿过她沙地的他人；要么心甘情愿接受这种破坏，要么扼杀掉；这是她从自然界的反应中学到的东西。继而是令人尴尬的沉默。马克斯打破这一沉默，一边使劲往面包上抹蛋黄，一边说道：达蒙太太，我会想念这些早餐的，床和早餐。贾斯帕笑了。马克斯最后还是离开了汽车，睡在了床上。马克斯说，是不是还得把科德汽车运回去啊。这里的人不习惯左舵驾驶。贾斯帕对双慧说，如果你同意，我想把车留给你开。我在想，我还会回来，看看那完工的建筑。在我们走之前，我会在院子里教你学开车。

哦，不是吧，双慧脸颊绯红，喜出望外。回来，没错。回来。当然。

她父亲曾经说，古希腊人在离开之前总会留下什么东西，如陶器碎片，作为友谊的标志，永恒的回归，她想，可是汽车在这里只会遭到破坏，人们都不爱护机械，再说了，这也不是农用机械。但她不打算跟他说这些。有一个来小时，她在车道上开着科德敞篷车上上下下，倒车，摇晃，他们像孩子般咯咯笑个不停，贾斯帕的手放在她握着变速杆的手上。

快到中午时候，他们就收拾停当了，打电话叫了辆服务车送他们进城。他轻轻地吻了她的双唇，双慧没有拒绝。她脸上泛着红晕，与马克斯握手告别，不停地对他们挥手，手中的手绢在手心里揉成了球球。

贾斯帕的心狂跳不止。足足有半个小时，他没有跟马克斯说一句话。然后他向窗外咧嘴一笑。他说，书的爆炸。一切看起来似乎已经消失了。他望着上面的森林投下冷静的目光。他走了。

亲爱的双慧：

迫不及待地想给你写信。一路都在想你，在水上飞机上，在环岛游中，在印度上空遭遇了几次风暴，但飞行员很老练，顺利地在孟买降落，这里的人多如牦牛，但在耐心与绝望之间有一个指导原则直击心灵深处。我在圣心大教堂的台阶上草草写下这张明信片，因为在教堂外有一个邮局，人们可以从那里买些圣物和神圣的卡片，然后趁着圣水未干的时候寄出去。当然，所有这一切到达你那里的时候都会延迟——所有这一切的神圣，正如你所说的，就像你未启封的信件一样总是姗姗来迟——正如你所说的诗词——十有八九都是期待。在此，对于时间，我深知期待愈久，吸引力就越大。

所以我认为这张明信片是最佳选择，因为它是敞开着的，不需要再打开。正如我对艾米所说的那样，这里的一切都是直接的，这也是它本该有的方式，所以我很难欣赏这圆形的教堂，虽然它是东方风格，但却没有中国的韵味……中国人喜欢曲径通幽，有棱有角。也许我已经变成了中国人。你那里怎么样？艾米很好，孩子们也长大了，虽然我确实很想念他们，但他们在不经意间叽里咕噜说着法语。希望大丹农山的一切都好。我希望有机会重温那些小山；听森林歌唱。这里没有大树，只是树状的城市，一半在烟雾中窒息，一半被狗屎滋养。顺便说一句，我让洛里斯·奥皮克看了你的作品，他很欣赏。回头再叙。

双慧试图把这个亮闪闪的明信片的小碎片拼在一起。

整个都撕成了碎片，她是在垃圾桶里最下面发现的。她决定亲自直接去邮局取回自己的邮件，但是达西指示信件要随杂货一起送来，所以麦格雷戈夫人的孩子总是首先拿到邮件。双慧怒不可遏，但她一言未发。达西或许会说点俏皮话。什么？明信片吗？从来没见过。我们知道你喜欢零零碎碎，但你不应该写了东西，想要保留又把它们撕成碎片。

她把所有东西都拼在一起：一个撕裂的树叶，一首诗，一张明信片。她用一个加热的熨斗烫平一切，挤压出所有的张力，所有的生命。她脑中掠过巴黎，不是那光明之城，而是一片黑暗肮脏的巴黎，是那狭窄而过度拥挤的街道，令人窒息的庭院上方的住宅，马匹和轿车穿过时细雨和鹅卵石飘来的硫磺的味道；她无法呼吸，她在那里寻找他，与妓女擦肩而过，晕头转向地跟他一起建立家庭。她总是梦到这样的场面，她的床上堆满了高高的书籍。

她不敢回医院找大夫看病，她服用奎宁、洋地黄、颠茄和吗啡治疗她所谓的歇斯底里。治疗眩晕，她服用的是缬草、乙醚、山泉水。她的树叶诗在大力推进，一路漂泊到巴黎。

贾斯帕寄来了第二张明信片，请求确认，因为他不确定第一张明信片是否已寄达目的地，这恰好给她一个退出的机会。一切都杳无音信之后，他坐在咖啡馆沉思，喝酒麻醉自己的疼痛，一切都像是雾里看花。巴黎风雨飘摇。人群在桌外拖着脚步走来走去。他问自己，难道不是距离创造了激情，然后又将之摧毁吗？女人的长皮大衣蹭过他的大腿。他知道他无法在大城市之外的广阔空间生存，特别是如果他不得不欣赏树木，说服自己自然多么的美丽。但这里的人们穿梭而过，每个女人都是一个完整的世界。他试图说服自己，双慧要淹死在无边的空虚里。他不想和她一起下沉。他想要一切都随风而逝。

有很长一段时间，双慧没有收到信件。她开着贾思帕的大车在蜿蜒的道路上拼命驾驶，吓跑了动物，到达邮局时，车上都是飞溅的泥浆，可是每次询问都无一例外地没有她的邮件。人们看见她身穿时髦的裙子和高跟鞋，从科德敞篷车里爬进爬出，用带花边的手帕轻弹落在车篷上的泥点仿佛在发出求偶信号。村庄里议论纷纷；谣言像燎原之火在山间传开。当地居民说，她是那个美国人的情妇，说她开着他的车，说贾斯帕和那个黑人都睡了她。人们把淫秽的字条放在她的门缝底下。一次有两个小口径子弹被放在了门廊上，还有一张字条。“送给你和你的黑鬼情人”——这是她两个星期以来收到的唯一的信。达西却始终不见踪影。

每天早上她都感觉有重物落在胸口沉甸甸的。无情而湛蓝的天空刺痛了她的眼睛。有时晚上，滑轮会松，无论她如何在床上辗转反侧，那重物都会瞄准她的胸口。她散步时，发芽的树叶令她窒息。距离近的时候，它们各个尖尖的，好似刀锋；根本无法在上面写字。那重物是血红的颜色，绞刑台的形状。时不时婴儿在水沟里荡漾，他们成队飞行的时候，小小的翅膀发出唧唧咕咕的声响，他们张开双臂，往她的头上扔桉树果子。

贾斯帕在干什么？

第一号公共诱惑

那是克里翁酒店餐厅，艾曼纽就在他的身边。银餐具和亚麻桌布。身穿白色长围裙的侍者端着银色的盘子。邻桌一个年轻的女郎和她的丈夫正在用餐。贾斯帕和那姑娘可以看到对方，但艾米和那女郎的丈夫则背对背而坐。刚开始是温情脉脉的对视，紧接着贾斯帕就为之倾倒。他顷刻间坠入爱河并不是第一次。艾米对此已经习以为常。他在餐巾上写了点什么，起身离开妻子，从邻座上抽了一把椅子坐在旁边。他先自我介绍，然后彬彬有礼地问他丈夫，他是否可以先朗诵一首诗，然后把它献给他的妻子。如果一个人想勾引别人的妻子，这算是很好的举止。丈夫不得不屈就。他不是巴黎人，是波尔多的酒商，他举止优雅但不知所措。艾米试着与他攀谈，靠着椅背，跟他说笑。她身穿无肩带长裙，在裸露的双肩上拨弄着长长的秀发，双目闪着秋波。贾斯帕跟那年轻的妻子抽身离去。

第二号公共诱惑

在尼斯内格雷斯科酒店的新年除夕晚会上，他被特邀演讲，但当时他已经酩酊大醉。他提议大家不要祝愿什么新年快乐了，直接做爱吧。宾客服务员、嘉宾和管弦乐队都开始拿他的话将计就计。成群结队的女人赤裸着身体用台布将他从一个房间踱到另一个房间。他从眼角窥视到艾曼纽跟一个黑人彪形大汉贴在了一起，他的手就放在她裸露的臀部。是马克斯吗？感谢上帝，不是。马克斯在新车里睡着了。回到波士顿。

第三号公共诱惑

他坐在卢浮宫对面的咖啡馆，看见一个金发碧眼的女人，身穿毛皮大衣在喝草本茶，用一支万宝龙钢笔在一个皮革封面的书上写着什么。一看就知道她雍容华贵，拥有老年法国女人所特有的风韵，从出生下来就养尊处优。她表情生动，昔日芳华已逝，面带愁容与好奇。他尾随着她穿过杜伊勒里宫。跟上她的脚步，告诉她自己如何深深为之倾倒。如何因她弱不禁风的样子而为她担心。他称赞她的衣着和气派。告诉她，她脆弱而漂亮。然后他猜测，她的内衣是最诱人的丁香色……他想起了露丝和一句诗词……她给了他两次重新猜测的机会。

第四号公共诱惑

他坐在一个年轻的女孩和她母亲的后面。那个女孩大概有十五六岁，对坐在库波勒饭店早已不耐烦，她母亲就坐在她的右边，一直把玩着那个似乎永远也喝不完的咖啡，她们就坐在临街的有军鼓那么大的一个圆桌边，所有的人都面向街道，看一个男人和一只猴子在玩杂耍。这个女孩光彩夺目。他审视着她如丝的秀发伴着微风在她的颈项周围的飞舞。他先向母亲示好，跟她展开有关中国和猴子的谈话，同时他用右手偷偷地轻抚年轻女孩的大腿。他的朋友路易·阿拉贡和南希·丘纳德在街对面向他招手。我就来！他达到了高潮。

第五号公共诱惑

他善于交际，交友甚广。他把各色人等都邀请到他地处法布街的公寓，他在公寓里配备了一个大浴缸。他邀请客人通过窥视孔偷看艾曼纽沐浴，好让他们了解真正的亚马逊人到底是什么样子。晚饭后，他请他们喝咖啡，抽雪茄，所用的托盘周边是银箔烫印的避孕套。

贾斯帕每到下午和晚上就这样寻欢作乐。但大清早，每天早上，他会把自己反锁在书房里几个小时，审校双慧的《冬之燃》和《秋之叶》。

在温暖的山那边，你
抓紧树根与大地私通，
对着心中喧嚣的火炮嘶喊……
不如就这样死去吧。

双慧

我对他产生一种幽怨的爱情，想象着他穿越协和广场，差点被一辆车碾过，这种爱情可以穿越浩瀚的空间让人完全地理解时间。他现在还没有完全清醒。他如此遥不可及，在拥挤的人群，和大地的力量之间挣扎，后者攫取了他的内心，令他迷失，直到他注意到，在一个角落里，一个失魂落魄的外国女人，那个我，也许能将他带回……

但正是这些残忍的澳大利亚午后，最终击败了人群。濒死的日子没有爱情，没有一片安抚的柔云，有的只是一杯甜奶茶。

亲爱的双慧：

今天我把排版毛条送走了，感觉到一种类似肉欲的满足，虽然我怀疑这种满足来自于辛勤的工作和对你美妙诗词经久的赞叹。无论怎样，一切都是延迟的反应，只有时间能证明一切，但是今天早晨在里沃利街，我有幸约见了海明威，他不太喜欢巴黎的北区，他还祝愿你的诗集大获成功。他有点不修边幅，他很欣赏所读到的诗集，还说他希望能见到你，他还说他虽然对澳大利亚很感兴趣，但是那相隔天涯。人生苦短。他还跟我索要一张你的照片，我说你不太喜欢照相，他说不久你就会喜欢的。

洛里斯拉拢了评论家波黑沃在书封的后面写一两行书评，赞美你“灵敏，超然度外，在女性诗人中实属罕见”……我觉得不不太满意，对他的评论进行了润色。他气急败坏。从那以后，我们再没说过话。

《冬之燃》以双语形式出版，还算是成功，鉴于当时星光闪耀的天空已经被暴风乌云遮盖。该诗集获得了广泛的书评，尤其是来自举足轻重的奥尔良的阿尔方斯的评论，在卢浮宫对面喝茶的时候，他的妻子泰德丽丝说曾见过这位作家。她是个什么样的人？那个相貌威武戴着单片眼镜的批评家问道。哦，不是女的，泰德丽丝回答说。我敢肯定那些诗绝不是一个女人写的。原来如此！那个奥尔良先生点了点头。明智之举。要是在我的书评发表之前你告诉我就好了。那样我会加入一些关于自然幻象的佐料，每个年轻男人似乎更倾向于带着阴柔的感觉去再创作。如此说来，在澳大利亚的荒野之中，那个陷入寂寞而无爱的婚姻之中的异国情调的中国女子的面具后面其实是贾斯帕·A. 赞林！这让他对诗集的介绍部分更诡异有趣！看看这个：对于悲惨生活和超然的诗歌的综合记录。我必须说清楚，是这篇介绍动摇了我的思路。我们这样的读者是多么容易被蒙蔽啊。

泰德丽丝最后说道，但是……并非这一切都是雾里看花。这涉及想象力和诱惑力……猜测的问题。我是这么想的。

她看上去如此妩媚而没有头脑，她丈夫认为不值得与一个女人深究下去，而在心里决定在下期的文学沙龙上进行讨论。

贾斯帕成了风云人物。巴黎是小道消息和丑闻盛行的地方，特别有关文学之类的。他们已经受够了那些令人作呕的年轻男子冷漠的、冷静的、没有激情的、无人性的散文，突然间，这里出现了一个伪装者和情人。这个骗子用魔咒掩盖了真相，真相不一直都是这样若隐若现的吗？真相不都是以假面目出现的吗？难道不是由于伪装的本性很强大，在这个貌似纯洁的白天鹅的外表下掩盖着其劣迹斑斑的过去吗？顺便说一下，还有赞林这个名字，会不会跟被谋杀的俄罗斯女皇的表弟，那位叫赞林公爵的人有关呢？

在切利尼翻译大奖（最后一次颁发该奖，此奖项直到二战以后才恢复）的晚宴上，获奖者贾思帕姗姗来迟，为解释这种不可原谅的无礼行为，他送给了每位到场嘉宾一个银怀表。在致歉词中他说，艾曼纽生病了，不过没什么大碍。与他前来领奖的是一个天使般的年轻姑娘，自称是他的侄女。

双慧没有收到这个报捷的信件。除了那张被麦格雷戈撕烂的明信片之外，她没收到任何来自他的片言只语。事实上，她只能想象贾斯帕在巴黎的所作所为。她通过阅读几个诗人和浪荡者的传记来充实她的幻想，并从中得出结论，她再无法见到他了。幻想的本质必须通过自我欺骗来激励或滋养，而现实必须是唾手可得。她在寻找一种回避现实的方式。她的情绪开始跌宕起伏。她经常不得不坐下来，边笑边哭。好几次她都尝试用药性更强的处方，但她的医嘱建议她要小心药物剂量。她焦躁不安，漫漫长夜孤枕难眠。她又开始酗酒。

达西对现状非常不满。招待所客人的数量与日俱减。战争已在欧洲爆发。汽油价格不断上涨，政府决定实行配给制。人们不再开车到山间度假，而招待所招揽的客人都是些不三不四的人，不再是家庭、社会和体育俱乐部。达西的一些旧相识从监狱里出来了，来到这里带着偷来的汽油券。达西对她说，这个地方已经沦为妓院，当时她正在烧开的铜盆里用扫帚棒懒洋洋地搅拌着床单。她停下手中的活计，听他讲话，只看见他面红耳赤，突然间，他把她的手按进滚烫的水中，她拼命挣扎，但是他的力量太大了，唯一让她松开的方式就是连同他攥着她手腕的手指一起伸到水中。两个人都开始往回抽手。刚开始只是痒痒的，后来慢慢地感觉到疼痛，然后是钻心的疼痛。然后达西说，他要任命杰拉尔丁·麦格雷戈……他称她为杰瑞，为经理。汤姆和杰瑞会住在招待所经营场内。这里不再需要你的服务了。他并非完全将她扫地出门，她会有一间小屋，就是那个透风冒气的山顶上的小屋，那个黑人睡过的房间，她的一日三餐就在厨房里吃。他把大的房子里的一些较大的房间改成了公寓。他说，战争迫在眉睫，人们害怕住在城里。“安全住宿”就是摇钱树。

麦格雷戈一家一周后搬来了，起初他们还客客气气，搬出她东西的时候还跟她请示，还强行让那三个孩子在她面前表现乖点，汤姆身穿不合身的黑色西装，拖着脚步走来走去，眼睛不时地盯着她的乳房。不到一个小时，孩子们就开始到处乱跑，招惹那些狗和鸡，在地毯上蹭鞋上的泥浆，从木质楼梯上往绒垫睡椅上跳。她赶紧逃开，跑到了山顶上的小屋，锁上了房门。

如果你打算回信，请用信封装起来。贾斯帕，此时此刻，我需要一个朋友。

她把这张明信片用特快专递寄到了巴黎鲁特西亚酒店，贾斯帕说他会在那里逗留，但她不敢保证。她被完全孤立了。最糟糕的是，爸爸前来探访，感叹生意颇有起色，还问她是不是为了提供更多住宿而特意搬到山顶的？他评论道，麦格雷戈一家还真是辛苦呀。如果达西和她本人之间有什么摩擦，是不是也该和解了？还是不要让这些人来掺和这个生意吧。

爸爸简直是老糊涂了。他念念叨叨，杂乱无章，大部分的时间都花在试图想起拉丁语词尾和词形上了。她什么也没有对他讲，她也无法自己采取行动。她能做的唯一事情就是离开，但她既不名一文也无处可去。露丝搬到她母亲那儿住了，爸爸住在奥林达小溪沿岸的一间小木屋里，那里没有干净的水源。他跟她要买香烟的钱。

爸爸

总是处于狗狼之间，黄昏时分又处于恐惧与希望之间。或者应该是在希望与恐惧之间？这就是我们现在的情形。多年来，在世纪之交前，我的父亲、祖父和那些中国人自由出入于澳大利亚和中国之间。我们带了工业、贸易和文化。我们是淘金者，是店主，是市场的园丁，是家具制造商。我们当中一大群人生活在阴沉山岭的阴影之下。然后限制条款颁布了，我们没有自由保的土地，不可以从银行贷款，我们的劳工受到了抵制。

从澳大利亚自我认知苏醒的那天起，这个国家就陷入了种族偏见的荆棘之中。这是由其创伤决定的。

现在我记不得什么时候形成了法律。最好将那些事情遗忘，不然它们会像砒霜一样吞噬你的肠胃。偏见是一回事，而法律是则是另一回事。人必须向前看，慢慢地走向死亡，想着自己的后代。我在恐惧与希望之间散步，走到数英里之外，犹如一棵小树苗做的扁担维持着水桶的平衡，终于我意识到，散步才是最为重要的。通过迂回的方式。罗马人也没有公正的法律。那个论调到底是迂回还是规避呢？在即将来临的战争中，隐士王国的日本会大展拳脚，而我们在这个国家，比以往任何时候都更显得模糊不清。

亲爱的双慧：

从你的沉默不语中，我推测你不太赞成我们小诗集的出版，但是我可以向你保证，它正在引发人们的关注。他们已经开始迫不及待地等着第二部的出版，好像读者的欲望并未满足一样。我同时也怀疑你可能对我寄过去的翻译样书的不太满意。但即使是这样，也该多多少少给点评论吧？哪怕是对那些手工纸，版权页，或诗文的边框，书籍绑定或者丝带，难道你连一句话都没有吗？我不知道自己是否冒犯了你。我用自己盲目而浮躁的雕琢改变了你诗词的颜色，但我保留了对你诗文韵律的尊重。请你相信我。我们大获成功。你是巴黎的荣耀！最起码也该听听那些喝彩呀！

她什么也没听到。他的信，她一封也没有收到。她又写了一封信，这次寄往了奥赛宫：

亲爱的贾思帕：

自君别后，杳无音信，只有一张明信片，我给你的信犹如石沉大海。我躺在床上胡思乱想，是不是那可怕的风暴让你的飞机坠落失事？每个飘零的叶子都包含着你的灵魂，我东奔西跑试图抓住每片树叶，可还是徒劳无功，片片树叶随风而逝，我感觉到了千回百转的失落。如果你还在巴黎，显然你忙得不可开交，无暇抽出时间来阅读我琐碎的生活。而事实上，我的生活真是琐碎而微不足道，看着冰冷的雨敲打着窗棂，雨珠竭尽全力不丧身于大海的洞穴之中，海浪滚滚，尖叫的海鸥发出最后的哀鸣。

你要设计大楼，抚养孩子长大成人，还有金光灿烂的职业生涯。这些东西都不属于我，我只能在大雨中疯狂地奔跑，试图抓住那些飘舞的树叶。

一天早晨，麦格雷戈夫人踏入了她的房间，咣当咣当地打开了窗户。

你知道，你真的应该到外面走走，呼吸一下新鲜空气。

双慧说不清楚是什么样的感觉，目瞪口呆地盯着那个女人，看着她在肉乎乎的前臂上揉搓着的红红的满是雀斑的手。那手指就跟大姜块一样。

双慧说，请你不要这样闯进我的房间。她的声音颤颤巍巍，心脏因愤怒怦怦跳个不停。

杰瑞·麦格雷戈咧嘴大笑。实话告诉你吧，是达西让我盯着你点，仅此而已。我才懒得管你，但是他是老板，他说让我把事情捋顺。我们家汤姆说新鲜的空气，外加散步二十英里啥都会治好。

双慧向她扑了过去。愤怒煎熬着她，她感觉那股热浪从身体里奔涌而出，她揪住了那女人肥胖的肩膀，双慧显然没料到麦格雷戈夫人早有准备，她迅速反击，抓住了双慧的耳朵，使劲拧着耳朵，扯下了达西很久以前送给她的耳环，只剩下血迹斑斑的耳垂，红宝石般的鲜血滴到了她的肩上。双慧跪倒在地，哇哇大哭。就像个孩子。在孩提时代，没有人这样对待过她。她望着麦格雷戈夫人拖着沉重的鞋迈出了小屋。

格里·麦格雷戈离开的时候还扔了一句，人们早就警告我说你血腥暴力。对你这种人就不能心慈手软。然后在围裙上，蹭了蹭她的手。

贾斯帕

今天晚上听到了美妙的音乐，就在圣文森特德保罗协会教会的巴黎霍尔斯共和会馆酒店的教堂，也就是圣厄斯塔什教堂，艾米称之为圣莫斯塔石教堂。在历史上，这是个血雨腥风的地方，新教徒和天主教徒彼此屠杀，教堂的一面墙被五百多年前的火灾烧的漆黑。风琴师演奏的是加布里埃尔·福莱的曲子。我撕心裂肺，无法忘怀双慧。奇怪的是，尽管我就坐在艾米和孩子们身边，看着他们喜不自胜，我往后靠着教堂长椅发出满足的叹息，但同时奇怪的是，此时我并不真的想和他们在一起。我被拖到了一块湿湿的黑石头上，拽入了一个最可怕的境地：一边是充满忧郁兴奋的巴黎，另一边是孤独绝望的树林。四周是漂亮的女人和粗暴的疯子。我把吉普斯兰的赤桉叶放在口袋里，我撕下一点，深深地吸一口气。之后，我们跟佩里托斯和他美貌的希腊妻子一起乘趸船游玩。（我们是在布洛涅森林公园遇见他们的，当时她正在玩跳背游戏，一种遏制不住想要去摸她大腿的欲望升起。餐后舞会称要伴着爵士乐顺流划船。）佩里托斯做好了锡纸，我用一个竹筒搅拌沾着糖浆，然后在灯上烤一下，开始吸吮那烟雾。所有这一切都缓慢而需要精心准备，犹如写作，只为了获取片刻的灵感，也许仅仅是半行诗句而已。一种死亡的缩影，在那里可以再次找到我的双慧。

洛里斯·奥皮克出版社出版了第二本小诗集。这次诗词是印刷在透明的纸上，这样每一页都可以看到马克斯·恩斯特制作的树叶印画，看起来越来越像我手背上的血脉纹路。德国人开始在边境集结。

双慧开始咳血。在与大姜块交手之后，双慧的咳嗽开始发作，她沮丧地发现，手帕上有点点血迹，而不是耳垂上滴下的血。她又咳嗽了一下来弄弄清楚。结果发现更多的血斑。她没有下去吃晚饭。第二天在洗衣房里，大姜块问她感觉怎么样，尝试以友善的态度和好，因为达西当晚就要回来。她没有理她。然后那个畜生咄咄逼人地说：你知道吗？你要是在上面的小屋里出了什么事，没有人会知道。你最好答应我下来吃饭。

双慧想要说她的生活不在此处，而在他方，可是那个他方却变得愈来愈遥不可及。

但这只是冰山一角。确实，到1939年秋贾斯帕·赞林在巴黎文坛名声大噪。但他已经与家人回到波士顿，纽约的出版商开始注意到奥皮克版本的诗集。藏书家抢购一空。帕特南出版社产生了兴趣。他们出版了美国版的诗集，这次贾斯帕的名字放在了上面，下面有一行小字：改编自华裔澳大利亚农妇贺双慧的诗词。

但这不是故事的全部。的确，如果贾斯帕进行“精心雕琢”，可能不会有片言只语得以出版。很明显，其轮廓鲜明的翻译充满了个性，并没有完全忠实原作，也不是彻底的发明。有一点不言而喻。没有贾斯帕，双慧的生活将没有任何记录；没有她纯洁的诗歌，她心醉神迷的证据。这样一种与赞林名字的组合让整件事臭名昭著。纽约的时髦女性因阅读贾思帕的诗歌而意乱情迷。人们警告丈夫们不要把这本书带回家。据说一个肯塔基州著名的法官称，该书可能破坏整个家庭的和谐。

不到年底，贾斯帕就没有任何素材了。他开始自由发挥。双慧优雅的女性气质的诗词变成了一个浪子的个人日记。下面这两首诗的手记现在被放在了玻璃板下面。

这是双慧的诗《狐之吟》：

月光洒在
上库纳拉路的斜坡上，
照亮了薄薄的冰片——
一只狐狸发出声响，飞奔而过——
我依偎在火炉边取暖，
有个女人望着微风轻扫枝头树叶，
而与此同时，

世界开始冰裂。

而此处，贾斯帕将之彻底变质，《狐步》：

月光
在维纳斯山嬉戏，
炽热的松果爆裂成火。
我踌躇着
忆起你的样貌。
在餐桌旁，你双乳丰满，
诉说着欲望。
你用脚去逗弄一个翩翩君子，
而那人却不是我。
就连我也能听到
他心裂开的声音。

双慧正在工具棚里用花粉调墨，突然听见了麦格雷戈孩子们咯咯的笑声，把她反锁在了里面。她起身，去开门，可是怎么也打不开。她用锤子试图砸开那个铁链锁，一连砸了好几个小时。汤姆·麦格雷戈过来打开了房门。她满脸通红，周身发热。一下子瘫倒在一捆干草上。他就站在她身边，把手放在她的额头上。他想表示关心，却不知该说什么。他的手在她的脸上颤颤巍巍，企图往下移，她挥挥手让他离开。他一边抽身，一边说，她不应该如此偷偷摸摸躲在棚子里，她本该出来帮点忙的。

我没有偷偷摸摸，她说，但是别想让我按你们的方式平平庸庸。

他耸了耸肩，表示不明白其中的意义。对他来说，平平庸庸也没有什么不好。

贾斯帕决定写信给露丝·布莱克。信被转到了渥伦泰德，露丝母亲的住处。在信中，他装了另一个信封，是给双慧的。

亲爱的双慧：

我知道你在生我的气，所以一直没有给我写信。现在有一件事我不得不说，那就是关于你的稿费，我想转交给你，我本想电汇，但现在似乎无论如何也联系不上你（我怀疑你过起了隐居的生活），所以我决定跟露丝协商这件事情。请告诉我，是否要让出版商用美元寄去他们的支票。是的，我在美国。为了赶上从巴黎起飞的最后一班飞机，不得不开飞车。

你的

贾斯帕·赞林

她有生以来第一次意识到自己被出版了。她说不清楚是什么感觉。从某种意义上，这似乎是打开了一个人秘密谈话的前门，如果真是这样，那么谈话会发生改变。她甚至希望自己没有收到这封信。露丝告诉她海外邮件不可靠。各种船只沉入大海。双慧写了回信，正式而简洁，称她完全没有料到这种结果。她感觉糊里糊涂，责备自己不能与自然和谐相处。她从未设想过出版物，因为这不属于自然。她的作品只是自然的附属品，是次要的。

就是从那时，他们书信沟通的闸门打开了。

爵士乐……

我们在舞会上偶然瞥见了
另一段旅程在向你招手，
就在丛林大火烧毁了蒙达路上
电报杆的时候。
舞厅后面，
火红的枝头迎风招展，
犹如红色风暴中的黑桅杆。
在这地狱里很安全，
你可以大声呼喊，
无人在意，
无人聆听，
哪怕只是一曲哼唱，
在梦中我期待你的归来。
来拯救我吧，
趁这些诗词尚未燃完。
铃声响起，我们列队站好。
我的老友奥德修斯曾说，
这是徒劳的舞蹈。
用他那古老的希腊方式，
小心而持谨。
在往昔岁月，
在激情描绘的大海，

我寻求危险的港湾，
却被恶意诽谤。
保持明智吧，也别太过理性，
让我们忠于大地……
现在就给我打电话吧，我需要朋友。
电话线路死气沉沉，没有冰雪。

——《佩内洛普的歌》，1939年1月

双慧的这首诗有某种绝望。那种从语言深埋的历史中挖掘的浓缩和联想，只能点燃一次。在其他场合重复，再现原始的探索，再次让爱情有意义，这一切都是徒劳之举。同样，一种对需要和欲望的表达，一旦完成，便不可重新表达。只能是最初的体验。因此，诗歌是一连串的偶成，是肆意的爱情。鉴于此，对每一个新的爱人，只能创作一次。如同刀剑砍下的痕迹，即便不完美，也无法纠正。

为表达这种无用的情感而写信，无疑会遭到双重诅咒。写信包含了时间的延迟，就如一颗炸弹，可能意外爆炸，也可能永不爆炸，或在数年之后爆炸，表现为一种压抑的悲痛，一种悔愧交加的联想。换句话说，通过书信表白的爱情，平淡，赤裸，无论是仓促还是悠然写成，其完全取决于重复和合适的读者，音乐，夜光之酒，自然的境遇。成功的机会微乎其微。其实，信件更像是自我毁灭。它会干扰工作，约会，和其他兴趣。因此，情书无法表达本意。平铺直叙，除了对自欺欺人的笔者之外没有任何力量。此外，读者除了将之当作炫耀的资本或书写者弱点的证据外并无他用。情书总是那么不合时宜，姗姗来迟，麻麻烦烦。（很有可能，该行政区的邮递员，对双慧百般殷勤，却收不到回报而感觉自尊心深受打击，出于嫉妒和对其言语增加吸引力的需要，而将写给他的信都留在了他那破旧的挂包里。算是一种犯罪，但也不完全是。或许只是一种的疏忽。然而，后面我们将会看到，对遗失的信件的解释并不是这样。）无论如何，没有一个特定的地方、音乐或味道，情书总是陈腐不堪，需要人为地填补一种缺席。他们是另一个时代的香水；枯萎的花朵，带着停尸房的气味。

双慧给贾斯帕诗一般的信打破了所有的爱情规则。这是爱情的悖论。

贾斯帕通过淡淡无味的书信对双慧所说的情话和求爱是不折不扣的失败。随着时间的流逝，他们俩都会对之失去感觉，因为爱情的真正对象并非所爱的人，而是横亘在他们之间的鸿沟。他知道写给她的亲昵的文字只会使他对她创作的欲望更为复杂，其中没有任何让她在场的压力。她是一个具体化的文本。他不确定是真的想见到她，还是仅仅想读她。在这个意义上，他对她诗词翻译的第三集才是真正的翻译。它用文学之爱将之背叛。其速度是延时的距离作用。

也许双慧感觉到了这种延迟的反应。对他迫切地请求她前来纽约，亲自向出版商介绍自己，他说，这些出版商一定会为他倾倒，还说他们需要出版真实的人等等，在回信中，她只字未提。她觉得他的请求变得有点刺耳，听起来很空洞，是晕头转向时的胡言乱语。中国人做爱的方式不同。她希望用极大的耐心来写作，但鉴于信件本身的性质（她从经验中得知），会落入坏人之手。永远地连累她。她一封也没有寄出。

对于她自己的生活，她所说甚少。为此，人们需要走进那些诗词，其中流露着骚动。贾斯帕意念到了这一点，但他太忙了，无法体会其言外之意。诗词的解读让位给了发明与自我陶醉，在她书法的坟墓上，他摆放的永远是新鲜的花朵。

即使她现在有了一些钱，但出国也是不可能的。她专程进城到澳洲移民局会谈。那里的官员直勾勾地盯着她的眼睛。你当然可以返回澳大利亚。你是澳大利亚公民，不是吗？她对这种与官员四目相对眼神交流了如指掌，表明了与乐于助人恰恰相反的事实。她说她被剥夺了公民权。没有任何成文的资料。他耸了耸肩。他说那样她不得不向移民局，也就是他本人，提交申请，定期进行汇报。这是一个警察和独裁者所玩的游戏。贾斯帕说，这是斯大林的惯用伎俩，约瑟夫·斯大林只不过是高加索地区哥里市出生的一个诚实纯朴的农民。

如果她想要回来就不能出国，可是她需要回来。回归比什么都重要。当你卸下重担的时候，你渴望斗争，她写道。迷失在富裕的波士顿近郊，不出几个星期贾斯帕就会将她遗弃。而艾曼纽看上去好像举起菜刀向她挥舞。双慧急匆匆地给他写信，希望不要错过邮件车。我可以选举，可以教书，可以畅所欲言，但其实我是一个被困于自己出生地的囚犯。当你的肤色决定一切的时候，与生俱来的权利根本无法保证。不信你问问马克斯，他会一五一十地告诉你从来没有问过他的这些问题。

她一时疏忽，忘了告诉他她开着敞篷挡风玻璃的黑色轿车时，有人跟踪她，一直跟踪到邮局。那是两名男子，戴着灰色毡帽。

1939年1月的那一天，大火肆虐了山间的上上下下。在北风引发八场火灾之前，温度高达114度，大火从山上蔓延开来，烧毁了木材厂。警方封锁了道路。当天下午，邮局被烧为平地。

贾斯帕

她没有再寄来诗词，我试图记住一些，把它们抄写下来，尽量模仿她自信之手。但不可能。出版商争先恐后地想要更多。他们不再假装哄骗让我跟双慧索要更多的“素材”。他们直接给我分派任务，他们不相信她的存在。

双慧想把自己推卸给我。没有她的素材，我腹中空空如也。最后，她想要的是什么都没写过。她之前告诉过我。她不想留下什么关于她的“故事”。她说，我并不怎么感冒的哲学家叔本华曾写道：按部就班地阅读是活着，随便翻阅是做梦。翻阅是经历死亡——一种自我的消失，而生活是没有外面世界的时时刻刻的连接。你懂吗？这是理解存在的唯一方式。

她就是那随意翻阅的书页。过不了多久，她就会变成一场随意的梦。

她使用不同的墨色，或红或黑，有时一些词还隐隐约约，从左到右使用汉语，很难看懂，而且还从纸上重重划过，是要表达疼痛（？）蔑视（？），我有种不祥的预感，似乎什么可怕的东西正发生在她身上。她将自己比作是大自然丢弃的残渣。露丝写信说双慧又开始“坐立不安”，我猜意思是她频繁的住院治疗。达西之前曾告诉我，这些随时随刻都会发生，没有固定的时间表。所以，现在我不会从她那里得到什么消息，但由于不能完全了解具体情况，我打算今年春天以半官方出差的形式飞往澳洲。

这个酒吧的隔音效果很差，从玻璃中可以看到纽约熙熙攘攘的街道。我一口一口地喝着酒，试图吞咽下那最原始的疼痛，那种揪心的孤独，因为艾米离我而去，带着孩子们回到了妈妈那里。她还随之带走那诱惑的欲望。人们只有在有安全保障的时候，才愿意冒风险。

我把这些白色的纸餐巾折成一个个天鹅。

服务员，麻烦给我拿支铅笔。

诗情画意的女子如此神圣，
如何知晓你在黑暗中的样貌？
你是否还在澳大利亚的贫瘠土壤耕耘？
是否还在拼命挣脱着羁绊？
就在刚才，我的心急剧下沉，
为一个女诗人挥洒的诗词：
明信片，这淡漠的圈套，
书写于铂尔曼酒店的飘忽不定的笔记，
所有的问候都是酸甜乳酪。

我需要逃脱，
跳出这条线，
冲出楼群去触碰其他幻影，
那些优雅而热情的女郎，
或者先开始一部分，之后再三个部分，

在爵士乐伴随的饮酒作乐之后，
在夜深之后，
就是那短裙和润湿的议程。

是的，她很特别。嘿，再来一杯酒。谢了，伙计。

我记那天傍晚看完电影之后，我们绕道而行，那个电影的名字是《梅特兰院长的沉默》，在上山的路上，我们找到了一个羊毛场稍作休息，雷声大作，暴风雨天旋地转，我们绕行到了油乎乎的羊毛上，那羊毛大半已经发霉，还有星星点点的老鼠屎，绕啊绕，在黑暗中，我替她擦掉发丝上的水珠，绕啊绕，我双手抚摸着她脸，她双乳在胸罩中呼之欲出，绕啊绕，我吻着那乳房，她没有拒绝，她脱掉了长筒袜，绕啊绕，用手阻止我，用她温柔的手指抚摸我的眼帘，说着不，不；绕啊绕，如果再进一步亲密，我们的智慧将消失，诗歌也将不再，创作将变得无形。她说女人的本质不是不谦卑，而是谨慎与克制，还说时间会证明一切；绕啊绕，通过我不受控制混乱的质疑——让本体论见鬼吧——就在那时，她开始生气；绕啊绕，她说她宁愿被隐喻地爱恋；我被绕开了。她转身离我而去。她宁愿是另外一个人，哪怕只是瞬间。我写这个的时候犹如神助，不费吹灰之力。

我考虑到了这个。我意识到她是一个无声电影。她背对着我，我本该绕过来，用谈话从后诱惑她，哪怕是一个自相矛盾的言词，一篇往昔的日记，一个虚无缥缈的声音，真正的迂回，在一年之后我返回的时候，我会最终拥有她。在我们的故事年鉴中，我们的出版将会纯洁，但她会被玷污。一个危险的礼物。背叛或回归，她就让我左右为难。我是真正的娼妓。凭我所有的经验都不能解决这一困境。

我们在一个神圣的地方再次停下，那是一个石窟，她领着我爬坡，我的裤口因此沾满了土。在石窟里，她让我看土著居民的手绘画，赤褐色的五个手指。这个洞潮湿而温暖，可怕而安全，坐落在公路的高处。为了看清路，我用完了一盒路西法火柴。在这个藏身之处，她的花园里，她的世界里，她让我知道我是多么的微不足道。

嘿，酒保，再来两杯，一杯敬我的宝贝，一杯敬那条公路。他不喜欢我自言自语，不喜欢我在台布上写字。他把我赶了出来。

战争已在欧洲打响。我们保持与世隔绝，无动于衷，在我们犬齿的夹克衫和烟熏的墙中自鸣得意，等待冬天的来临。我不这么看，我确信这场战争会蔓延。

“苦难深入骨髓”，她在世界的另一边写道。她诗词中的病态已经开始显现。那份冷颤、那份心痛，那原始而赤红的灵魂。距离应治愈所有这一切，但它根本于事无补。

双慧

达西今天射杀了一条狗。这条狗已经年迈，无法站起来，呼吸也很吃力。某种心脏病的发作，达西边说，边扣上了步枪的扳机。我知道，他也会这样对我。此时，他更心疼那条狗。他把枪管靠近它的头部，用一只手端着枪。那噼啪声响彻山间。那步枪飞了出去。麦格雷戈夫人走出来，一边擦手一边看，咧嘴对我笑。我觉得被枪杀的是我，咸咸的血液卡在我的喉咙，麦格雷戈夫人的围裙血迹斑斑。

昨天，我去了新改建的邮局。就在我给信封贴邮票的时候，两个男人跨步靠近我，出示了他们的警察徽章，勒令我跟他们去趟警察局。起初，我以为贾斯帕的车违章——方向盘的位置不对——但不是那么回事。他们带我进入了一间办公室，给了我一把椅子，让我坐下，此时，一个身穿沉重的衣服胖男人走了进来，然后在桌子后面坐下。他问我是否属于什么政党，我说不属于，但他似乎并不相信。然后他拿出了工会大图书馆的一张旧的借阅卡。上面有我的签名，很旧，已经褪色。他问如果我不属于某个政党，为什么我是他们图书馆的会员？我说图书馆的会员不必非得是党员。他也不相信这种说法。然后他问我，我认识露丝·布莱克多长时间了。我一五一十地回答说，我从大学时代就认识她。听到“大学”这个词，他开始嘲笑，戏弄。

哦，我们那时就认识她，不是吗？他说。我回答说，我不知道他也认识她。他然后起身越过桌子，对着我的脸重重地酸溜溜地出了口气。我以为他要扇我耳光，我急忙向后躲闪。他说，你最好想想清楚再回答。记住，你认为你有的任何权利，都不是权利，而是特权。你是这个国家的客人。他散发着体臭和旧皮革夹杂的味道。然后他坐回去，发出像放屁一样的声响。

达蒙夫人，我们付出了艰辛的努力。我们开凿了岩石，砍伐了木材，清除了灌丛。我们卷起了袖子大干。我们在战争中流血牺牲，我们创建了这里的文明。而你们这些人坐享其成。记住这一点，你就不会误入歧途。然后，他掏出一个小小的黑笔记本，读出了一列日期和时间：我看病的约会，我住院治疗的时间，我拜访朋友的时间，我外出吃饭的时间，我上诗歌课的时间。还有一次，你跟你的美国朋友绕道而行，他不怀好意地笑着说。他的下颌颤动着，在那悲痛的寻血猎犬眼睛下，他的双颊拧在了一起。绕道而行。那是一个潮湿的暴风雨的夜晚。好不快活。你的朋友……你要小心间谍啊，达蒙夫人。就在此时此刻，他们可能正在写入你的档案。每一个肮脏的小细节。间谍无处不在。

警告完我之后，他让我走了。他把手放在我的后背，带我走过一群窃笑的警员。我急忙摆脱了他的触摸。

他在她身后大喊，我们正处在国家安全至关重要的时代。双慧，我相信你会尽职尽责的。

万里蓝天无一片云彩——
死亡会突然靠近，
人们这样说。
火雨落在那些“树杈上”
被其幼子所牵绊的女人——
这是另一种牺牲信号吗？
澳大利亚，你有信用吗？

她越来越害怕独处，想着要自杀。她因想象而感到拘囿；因直觉而遭谴责。她的代码诗词不失时机地到达了贾思帕的手中。

他热情给予响应。这一次感动他去爱的不只是诗词。是那种分离、战争、女人等致命因素的混合物。这一切，让他脸颊绯红，让他心跳若狂，就像巨大的风箱一样。他恳求她和他在一起。他解释说，他已经再是已婚状态。他的情绪忽高忽低。没有人能给他出主意要做什么。他被痴迷控制至今，现在他独自一人，拥有的只是一些微不足道的幻想——他正在重新焕发活力。

哦，可怕的爱的复发。他已不再相信现实。

当天，双慧决计去美国和他在一起。在当天，她寄出了那封陈腐而缺乏想象力的信，一边留神观察那些男人是否还跟着她，充满疑虑地在邮筒边徘徊，确保那邮件被取走。当天，她坐公共汽车回到招待所，自己准备了午餐，试图避开麦格雷戈一家。他们正在用贾思帕的车往外拖出一辆陷入泥浆的卡车，贾思帕的车上下都是泥土，烟雾突突地往外冒，挡风玻璃已经裂开，当天正午，炙热的太阳下沉，日本人开始偷袭珍珠港。

在那条主街上，那些学生，她认出其中一些是她以前教过孩子，冷落地避开她。她微笑的时候，他们面露惊恐，好像很害怕的样子。一个梳着辫子的女孩，怯怯地问她是在哪里出生的。

大街上的审讯
在玛利亚被圣灵感孕
的那一天，
我为国家杀死了一条蛇，
还杀死了贪吃玫瑰的日本金龟子。
这一天，一条权利法案出台，
在一个只有
苍蝇泪流的地方引发了记忆，
用其千万只眼睛看到
你荣耀的
万般痛苦。
今天，

父亲宣布他打算娶一个本迪戈的寡妇，
他认为她那金色的卷发和烧毁的眼睛
会令他脱离监禁。
哦，让我们一起欢呼庆祝吧！
哦，让我们在安静的血液中
喜乐颂扬。

第四章　史

我的名字令我缄默。

所以我要亲自指给你们看。我的名字是诺曼·史。即所谓“无人”，“嘘”。随着时间的飞逝，这种刻意表明的意图和目的终究会变得索然无味。在我的天赋秉性都充满戒心的时候，为什么我要揭示自己呢？隐瞒要好得多。但年龄让我变得愚蠢。我想要剥开外壳引诱无名。那些到我图书馆来触摸我珍贵的羊皮纸文稿的女孩子……她们都想通过触诊获取声望。有时我让她们戴上手术手套。

我深受研究的影响。这点毫无疑问。我只是受到了影响，但并不焦虑。偶尔，我会向同事鞠躬打招呼，举起我的帽子，用1671年的法国礼仪向那些站在厕所隔间外的同事大声问候。

稍等一会儿，伙计。
你的眼睛并不适合这种黑暗泥潭。
这里是你唯一可以独处之地——

这就是厕所的秘密！

对于喜欢散步到很远地方的人来说，沉思是不可或缺的一部分。它能激发亲密的礼貌。在公路上，陌生人很可能就是一个人的救赎。（厕所亦然。）他们对待我像一只流浪狗，礼貌而茫然。另外再加上我这枯萎的手臂，这构成了远离世人的部分因素。最好对此视而不见。但如果以这种古老礼仪打招呼，通常能达成一种谅解。像我这样的人亘古就有。

中国第一位皇帝秦始皇就下令修筑了长城。他是一个了不起的建设者。但他也吩咐将所有先秦的书籍烧掉。这位孤家寡人的皇帝也试图成为一切的开始。人们可以将这种意图解释为傲慢，某种自大狂，痴心妄想。一如既往，对于真正的原因，我们不得而知。但有一点非常可能：秦始皇是个性无能。鉴于中国有种根深蒂固官僚性传统，要求记录皇帝的一切饮食起居，从大便到性高潮，一旦其先天的性无能被世人所知，后果将会非常可怕。因此，在火葬这些死者，也就是他所谓的焚书，他不仅处置了他们所留下的记号，那些可能导致世界局势扑朔迷离及动荡不安小小的危险符号，同时还消除了遗产的概念。于是他成为独一无二的唯一。在他之后，除了洪水一无所有。一切都要重新创建。

但他总是先搜集书籍，再把它们烧掉，在看到令人目眩的启示后，将起源的秘密藏在内心，然后带入坟墓，同时一直满怀信念，他将永垂不朽。除了秦始皇，就不会再有什么皇帝。这种否认所有记忆的事情让人刻骨铭心。但是那得承载多少负荷啊；那得是多么可怕的心胸啊。

我对自己的出生秘密也闭口不谈。

我的大学同僚和学生在打探无效之后，终于选择了放弃。我建立了一道书墙，把自己与世界隔离。他们只是偶尔会看到我在古籍善本部晃来晃去，比如在筹备书展期间，或者为贵宾开辟赠书区期间，那些捐赠者，希望自己的捐赠品永无见天之日。我脚穿一双破旧的毡拖鞋。我的工作方式是与世隔绝的，一天二十四小时不说一句话，默默地细数我的好日子。刚开始的时候，尽管我的推荐信和学历都无可挑剔，但院长和校长总来纠缠我，好像我只是一个卑微的秘书或研究助理，好像古籍善本学家只不过是一个图书分类人员或者是前台接待人员。不久我就摆明了自己的立场，让他们明白我不是可以呼来喝去的人。但我说，我也不是什么大祭司、拉比、和玉玺的守护者。我以卑微的方式发挥巨大的作用。他们应该改变自己的行为，以适当的方式来对待我。如果他们无视这一点，我就假装戴上雾蒙蒙的眼镜和一个大号的助听器，埋头整理变色的树叶和它们的火狐。

从大学驱车返回大丹农山昏暗的山丘有很长的路，我的卡车上满载着全国各地的图书馆所投弃了的书籍。正如在秦始皇统治时期一样，所有的古书都被丢弃，以便给新书让路。经济学只能用将来时态表示。有时在我的鹰巢中，我把厚厚的书卷添到火中，但大部分都被我储藏在了小棚子里，棚子很大，可以停放两个半挂车。我对长城记忆也很贫乏，就像资本主义忘记了喂养自己一样。

周末的时候，我去参加业余爱好者的音乐会；在整个山区，到处都是弦乐四重奏、钢琴三重奏，有的在童子军大厅，有的在学校礼堂。在那种场合我看到都是扭曲的面孔。那些曾经沧海而像我一样迷失的人。暗淡无光的脸偶尔会因若隐若现的曲调闪现光彩。苦涩的笑容、低垂的下巴、破旧的围巾、老旧的披肩。可以想见，为了生存他们是如何拼命地挣扎。夏天的时候，我看见他们都往狭窄的阴凉处躲，而那个所谓的阴凉就是一个细细的柱子投下的。我经常纳闷，肖邦在这里做什么？为什么还要在这里敲击已经非常脆弱的心？

有时外面下着雨。能闻见衣服发霉和头发的潮湿气味。然后脸会毛茸茸的，泛着苍白的光，宛若稻草的颜色。我在灌木丛中和开阔的田野散步，干草卷湿乎乎地堆在山坡上，我绕过黑莓成灾的小溪，爬上山坡，坐在水池旁边，在发霉的鞋子、旧药瓶、和腐烂的拖鞋中搜索碎片。这些东西曾潜伏在这个废弃的房子里，曾经辉煌壮丽的房子，现在连屋顶都没了……我坐下，寻找平静，在这些衰败迹象之后真正的平静。

她的诗词对她来说始终是一种嗜好，因为它具有一种潜伏因素，寂静无声，潜在生长。评论家都遗漏了非常显像的东西：它是植物状态的，是无药可救的。那种用花粉墨写在树叶的诗词。是一种种植；几乎没有任何所有权的标记。一种尊重和传递。她的诗词是种子和给养。

而现在因为有人留意，她的苦恼受到牵连。我这里有一张从她日记中撕下的碎片，上面只写着一个词：失败。

软的红色落叶；我自问，我到底要把这个故事引向哪里？又是为了什么？

仅仅因为一个词。

贾斯帕·赞林

失而复得

双慧诗词选

洛里斯·奥皮克 版本

《重新生长》。第二次收获。诗词选。这是进入鲜活生命的东西，新的活力。还附有里尔克的题词：

> 不要再追求爱情；道出你抑制不住的诱惑……

但对于双慧，复发完全是不同的概念。当她被转介到柯林斯街的一个专家医生时，在例行检查之后，她把医生的信撕开，看了一眼。她还专门去了趟大学图书馆，找了本医学词典查这个词。

> 原发综合症的复发病变长期处于临床非活动状态，甚至几年，可维持长期的菌血症，通常表现为肝癌，突发于较远处的器官。

那天晚上，在返回弗林德斯街站的路上，她的腿像灌了铅一样寸步难行。城市实行了灯火管制，汽车狭小的光束在幽灵般的电车之间探头探脑。电车上挤满了站着的乘客。在经济紧缩时期，车上的座椅都被拆除了。她爬上了电车，却不想站起来。她已经神志不清，扑倒在后面的人的怀里。那温暖拥挤的人群接住了她。

她来到了贝尔格雷夫站，她之前把贾斯帕那巨大的美国车停在了那里，但是引擎嘟嘟地响，怎么也打不着火。周围没有任何人来帮她。车站夜间被上了锁，没有人出入。她从贝尔格雷夫走到奥林达的时候，已经将近午夜。她的衣服被冰冷的雨水淋透了，而且大雨很快变成了冰雹。

此时她终于明白想要得到去美国签证几乎是不可能的。她不仅胸部抽搐，其他地方也开始出现阵痛。她开始咳血。达西的债权人寄来了一大堆信，而且都是寄给她的。她不明白为什么他们不直接寄给达西本人，于是把信都退了回去。

一位名叫马修斯的律师一天打来电话，询问达西的去向。似乎没有人知道他的下落。麦格雷戈一家说，他在珀斯。他们说他在那里接受陆军训练。马修斯顺着狭窄的小道爬到了双慧的小屋。看到她蓬头垢面的样子，他特别惊讶。她身上穿着日本和服，胸前微露。长长的头发与树叶交织在一起，暗淡无光。她看上去像只受惊的小鹿。马修斯说地上到处都是空酒瓶。她给他端上了一杯酒，尽管那时刚刚是早上十点。她不喝茶。她说，井里的水都脏了。她补充说，她看见水就难受。抛开所有这一切，马修斯在信中写道，她仍然拥有惊人的美貌，举止优雅的像个芭蕾舞演员。

第三次造访招待所的时候，某些明显的状况改变了他对她窘迫现状的看法。几个星期后，他给初级律师们写了封信，确认取消了某些债务。很有可能双慧从出版作品中获得的钱比我们认为的要多。可以想见，贾斯帕，出于一种良心不安，还有对她依恋的交织情感，付给她的版税高出了她应得的部分。第三个假设是，马修斯发现当她神情恍惚的时候，简直魅力难挡，她模模糊糊地明白，一只蓝色的笔穿过一些红色的数字时是有很高的代价的，简直魅力难挡。

1942年，奥林达。

那时候，一个女人很难获得离婚批准。要想获得丈夫作案现场的照片很正常。双慧求马修斯帮忙。他派了一名私人侦探前去调查。马修斯说，如果达西正在军队服役，他们也帮不了什么忙。我们只能等到战争结束。任何法官都不会在战时批准离婚的，即使丈夫在休公假时鬼混。

我就在休公假，我在到处鬼混而享受成功。我们大学让对1938年大丹农山飞机坠毁事件布展，对待任务我很热心，就像猎狗一样。当我下了火车，乘坐澳洲航空空客飞到珀斯的山中降落时，我望着下面的河流，想着这就是真正的西部荒野吧。酒店都是南非洲秘密兄弟会开的，出租车司机对我说我们应该拍摄一些船民，他们带着妻儿老小和骆驼同来，很快他们就会抢购房产。我注意到这个司机的出租车上身份卡显示的是东欧的姓氏。我们翻山越岭来到了国家出生死亡及婚姻办公室。我出示了一封信，他们允许我用他们的计算机进行搜索请求。

我搭上了另一辆出租车，车上播放的是乡村音乐，这位司机解释说他是一名越战老兵。他们人人都以越战老兵自居。出租车司机把我带到海边的一所房子。从开着空调、充满腋臭的车中下来，热浪扑面而来，我感到一阵头晕恶心。直到下午5点钟，弗里曼特尔的海风才吹了过来，让这个地方凉爽起来，但是到第二天正午，又热得一塌糊涂。我敲了敲门，一个大约10岁的小孩出来开门，我问汤普森太太在不在，那孩子看着我，吮吸着大拇指，转动了一下垂纱门，然后跑回喊道，妈妈！一个三十岁来岁的女人眨着眼睛出现在门口。她开口问道：什么事？我问她我是否可以跟她打问一些情况。我把图书管理员的卡给她看。我的照片是激光扫上的，看着像是什么公司的信用卡。我对她说我是澳大利亚储蓄互助会保险公司的工作人员，我想了解一些关于达蒙太太的事情，因为可能有一条旧的保险条款悬而未决，但是如果她要是没空，我可以回头再来。那个女人说，你稍等一下！她带我来到了走廊，指着说：这就是我的祖母；我等着她叫她祖母上前来，像一个幽灵一样地移动过来，干燥的皮肤发出摩擦声，但她其实指的是相框中的一张照片，照片中的女人摆着通常照头像的姿势，眼睛看着侧面。我点点头。她已经过世了，那个女人说。

就在那时我才发现，就在他跟双慧结婚期间，他还在珀斯组建了家庭。他甚至懒得改名。1938年，他娶了这个女人，从那时到1942年之间，有了三个孩子。她让我看了很多其他的照片，装在那种廉价的银相框里。达西·达蒙正在准备参战，左边二头肌上还纹了澳洲国旗，屈身，照片上的他露齿而笑，侧目，背头。那女人说，达西的工作是在岛上为丛林作战驯狗。

因此，我们只能想象他偶尔从岛上下来，回到大陆的另一边，那个藏书屋的招待所，敷衍了事地检查分类账，看看一切是否有条不紊，是否所有的债务都已经还清，想着拉麦格雷戈一家入伙，却没有意识到他们在暗中已经将他洗劫一空。我们可以想象他开着军车上来，因为他现在是个重要人物，因为他获得了太平洋地区美军的委任状，站在奔驰的车上看着他的土地，然后再返回。再次回来。这片土地对他不薄。他所欠的都已经还清。

他参军是对自己所犯罪行逃避的一种形式。很多男人都这么做，逃避法律，逃避妻子，逃避债务。如果他们能为国家效力，那所有的过错都将被遗忘。这些话是露丝·布莱克在她墨尔本的公寓里对我说的。露丝·布莱克现在身患关节炎，半残半瞎，她坐在阳台上，阳台下面是个公园。她对着墙说话。她的孙女儿，满脸雀斑，就在下面练习跨栏。达西还算是比较靠谱。他从来不过量饮酒。但你知道，他有段不堪的过往。

他身穿笔挺卡其制服，准备吃早餐，麦格雷戈夫妇确保双慧坐在她丈夫的旁边——他们突然变得很友善，很关心她，甚至在头天晚上，还去她的小屋给她送了杯香甜热酒。战争让大家齐心协力。杰拉尔丁·麦格雷戈端上了鸡蛋和培根，谈了一下白桦林现在又被另一波暴民占领，他们现在用这个地方开了一家药品公司。他们也在为大战尽微薄之力，把招待所的一个侧翼贡献出来做科学研究实验室。达西不想让麦格雷戈太太离开房间，一直用各种琐碎的问题缠着她，而她也乐意一一作答。但最后她还是出去了，房间里只剩了双慧和他两个人。

你今天很漂亮。新裙子？最近怎么样？

她觉得这种评论既没有必要也令人不悦。茶水洒到了茶托上。

糟糕。

她又倒回了茶杯中。她的手在打颤。

我只是随便问问。

她不喜欢他的询问。他那种架势似乎总是像军队审讯。她鼓起了勇气，而这种勇气顷刻间变成了愤怒。

听着，达西，我们完了，你很清楚。我想离婚。

她曾无数次地练习过这句话，而今天终于脱口而出了。她不想长篇大论。

你想离婚！就这么简单！你慎重考虑过了吗？

达西一脸的傻笑。那种笑容是拳击手在受伤时所发出的笑。

我有足够的时间慎重考虑。

这个回应软弱无力，他开始频频出击。

是啊，我倒忘了。你整天读书写作。肯定没有时间去做其他事情。

冷嘲热讽没有用。你知道我们之间只是一场闹剧。没有你或我，麦格雷戈夫妇可以独立料理这个地方。说到底，我们也没有孩子等着被抚育成人，你很清楚。

她向后甩了甩长长的黑发。很显然她的话语刺痛了他。他曾一度爱恋她甩头发的姿态，但这种感觉已经不见了，都结束了。之前他是一个不同的人，因为他从她那里获得了奖赏，而且他的奖品不断涌现。他没有那么冷酷无情。只不过都破裂了，每次的收获都进一步加剧了未来的破裂。在某个地方，你踏上了一条不归之路。她的心中也是这么想的，但是他抓住了优势并占领了高地。

一场战争正在推进。你离不了婚，因为我不会跟你离婚。你最好考虑考虑怎么尽职尽责。

培根的油溅到了他笔挺的制服上。她听到从厨房地板上发出吱吱的响声。那个大姜块婆娘在偷听。

我只想告诉你无论如何我都要离开。

她避重就轻，准备打出她的王牌。离开？去哪儿？找谁？

达西显得有些惊慌失措。他知道她从来不滥用威胁。

美国。一家出版商已经向我发出了邀请。

她说的时候感觉特没有底气。她在撒谎。她只是想象能够走出国门，知道达西会抓住细节不放，但他的嫉妒占了上风。

噢，是他。我从一开始就怀疑他。你得不到什么结果的。移民的条款变得更苛刻了。他们拒签东方人。

但达西心里明白，贾斯帕可以动用关系。

但我是澳大利亚人。

她把球踢了回来。他的爱国精神此刻怎么不见了？

没关系。你男朋友可能不在意你的种族，但海关的人却在乎。

她知道他没有骗她，但她宁愿相信他是在试探她。他揉着下巴，突然间他看上去很悲伤，似乎在乞求。

听着，我正准备炒掉麦格雷戈夫妇。

从厨房里传出盘子掉在地上的声音，还有窒息的哭泣声。门砰地被关上。

为什么？

有些钱不见了。账本有欺诈行为。听着，这里现在非常需要你。帮忙替我看着。求你了。

这是她第一次听到他向她恳求。

我知道我经常不在家。但问题是，招待所在你的名下，而我却在这场该死的战争中拼杀。你就是我全部的家。

他俯身过来，几乎就要碰着她了，但她感到很反感，躲开了他，她的椅子吱吱地响。

你只要在这儿再坚持一年。我保证，你经营这个地方的时候，一切都顺顺当当。不会再有人干涉你了。

他直直地盯着她，似乎特别强调最后一句话。

还有别忘了……别忘了什么？

潘妮的灵魂还在这里。这是你的归属。现在世局动荡不安。留下来吧。

听起来就像他在训导他的一条狗。

所有的混乱都难以掩饰。她一定是到了山穷水尽的地步，试图从矛盾的欲望中挣扎出来。她口中的威士忌是酸酸的。也许她也正在试着对自己撒谎。相隔千山万水，贾斯帕就像是可怕的冒险。如此遥远的距离，一切都是一种风险。距离保护她的诗词，但同时也抹杀了它们。她是如此珍贵、如此粗鄙，如此需要保护，就像她的诗词一样。她已经放弃了风险而干起了苦差事。她在坚守“真正的澳大利亚精神，为责任而牺牲自己”。甚至这种合理性的措辞都是那么沉闷。它反映她意志的缺失。这大概就是她为什么对露丝·布莱克不吐不快的原因了，毕竟露丝才是真正了解贾斯帕的那个人。总之，露丝在谈起贾斯帕的时候似乎保留了什么，露丝一向遮遮掩掩的，即使是她稀里糊涂上夜校学习诗歌的时候，所以她也许真的和他睡过了。她问她的朋友她应该怎么办。但露丝是那种头脑简单四肢发达的类型，对什么都不上心，就像220码赛跑一样。她起身走了，打着响指，说道：妹妹啊，我都不知道你喜欢他……她现在说话总是这个腔调……取笑地打着隐喻。她现在跟一个叫娄的美国水手混在一起，那人长得瘦高瘦高的，会跳吉特巴舞，还给她了买了好多尼龙丝袜，让她穿上，跟他一起跳舞，还在他身上跳舞。

为了为战争尽微薄之力，露丝想出了个聪明的点子，为红十字会在当地举办舞会。所以她和双慧搜罗了所有能找到的唱片，还向广播电台申请了捐赠。每个星期六晚上，她们在学校礼堂举行舞会。驻扎在罗威尔的美国海军陆战队很快为几个漂亮的姑娘送来了一支乐队。他们圆号手被关了禁闭，所以露丝吹起了萨克斯管，尽管大学毕业后她再也没有碰过。刚开始的时候，她吹的断断续续，但是她很快掌握了口型，当她演奏《我记得你》这首曲子时，那声音就像泉水叮咚一样。这个地方一下子热闹起来。人群蜂拥而至。美国人拥有大量的大麻。“红十字会”因此而名声大噪，组织的领导立即将其取缔了。

其实，露丝并没有为战争筹款帮什么忙，因为她与那些服役军人越陷越深。她说，你应该多了解了解他们，他们没准什么时候战死沙场。然后她让双慧为一本他们正在编纂的书投稿。跟她一起编书的是一个擅离职守的纽约诗人。露丝说，这是一本反法西斯散文集，总题目叫《新秩序》，亲爱的慧慧要不要写一篇预言这场悲惨的战争结束时的情景呢？要不大家都搬到一个公寓算了。

双慧回到家中，下定决心要告诉达西她要一去不复返了。她看见麦格雷戈一家正在收拾行李，满脸的失落，牢骚满腹的样子，达西先下手为强了。也就是说，达西说要炒掉他们不是开玩笑。她突然想起汤姆·麦格雷戈又一次对她大讲特讲后方的干旱及前方的亚洲游牧部落。她觉得两者她都有责任。她需要再三考虑，不能再在依赖关系之间左右摇摆。

在一次散步中，她选择了一条不为人知的小路，小路的周围是密密麻麻的榛树、金链花、含羞草（天空湛蓝，一尘不染，灌木丛上的露珠闪闪发光），她暂时恢复了些体力。森林是灵丹妙药；冰冷的小溪沐浴她的伤口，清新的空气让她的肺部感到舒展。自然暴露了她的性情与潜能；她的真实存在和她的隐喻，她意识到她的转变一直都在自然之中。她再次找到了内心的声音：如此与合法化和种族纯洁不可分割地联系在一起的土地难道不是也被庞大而富有的王朝掠夺了吗？砍伐树木、清除树丛、开拓森林、获取土地、控制自然不算是他们的遗产吗？难道游牧者、异乡人和隐士不是更愿意让一切都呈现本来的面目吗？

第二天她去吃早餐的时候，看到了贾斯帕的来信。邮件可以畅通无阻了，因为上面盖有“美国陆军航空队”的公章。贾斯帕在信中写道，他要来澳大利亚，如果方便他想见见她。她把信塞进了她衬衫里，坐在那里一动不动，满脸通红，看着信封，她的心快要跳出来了。这时达西走了进来，他看到她激动的样子，她解释说她会再待上一年来打理招待所。达西长出了一口气。也许那是一种释然的叹息。他走到橱柜旁，那是个一直上着锁的酒柜——大概是防范她酗酒——取出了一瓶雪利酒。他说，咱们该庆祝一下，尽管她迫不及待要回到自己的房间，好独自一人一遍一遍反复阅读这封信。

她不想要另一种生活。她从自己的身体状况已经知道她正处于危险之中。她的病开始复发，复发是一种身体的功能；一种永恒的细胞由分散的碎片的复原。那个地方将永远与她同在，即使里面所包含的只是凄惨的回忆，伤感的怀旧。但是贾斯帕理解她的异样。他独自欣赏这种与众不同。她看上去那么憔悴、由于慢性咳嗽，脸色时而苍白，时而绯红。

达西猜到了她的病情，但突然停止了对她的悲悯。她说服自己，她依然精力旺盛，充满活力并具备所有度过这些不确定的时期难关的一切：牺牲和勇气对他来说更有利。他心中暗想，太有意思了，她看上去像一个被定了罪的人，即将被处死，但仍然希望能够幸免。就好像他建议她留下来，让她清醒过来面对现实一样。他暗自庆幸，然后开始运作他的第二个计划。他说，他们要让我参加太平洋战役。具体位置我不清楚，我已经跟爸爸和玛乔丽他们谈过，我不在的时候，他们会来陪着你，顺便帮帮忙。玛乔丽以前在本迪戈经营过一家酒吧。她可以帮你撑着。他的脸上再次闪现那狡黠的笑容。她对自己说，她才不在乎呢，她什么也不在乎了，哪怕是入围诗歌大奖的作品，但是，由于德国占领了法国首都，大奖的事情现在已经被搁置一边了，虽然她收到了从洛里斯·奥皮克从巴黎的来信。她一心只想着贾斯帕。

然后爸爸来了，她没有时间胡思乱想了。她在火旁走了会儿神，凝视着木棍末梢依依不舍的绿色火苗，然后在她所谓的“热潮”中戛然而止。预示着即将来临的挣扎；生火、添柴、绞拧、烘干、拔除、腌制、烘烤、喂养、生长、种植、采摘——所有这一切都要来自火的内部。

“粑粑（爸爸）”，是粥的另一个叫法。

小时候，妈妈经常喂我喝粥。

爸爸爬山的时候，牢牢握着红木手杖，吐着舌头，什么事也不想。

晚上的时候，他喃喃自语，说亡灵在逼近，但如果保持均匀的呼吸就可以把它们挡在外面，阻止它们进入我们的胸膛。闺女呀，你的咳嗽越来越厉害了。父亲，我们把生活搞得一团糟。

我在巴黎得到了这些片段，那是瓦努大街最后的一个古旧书店，就在这条街上，波德莱尔和他的黑白混血儿情妇就住在上面的楼层，在密室里，有一堆歪歪扭扭摆放的笛卡尔的书，上面写着规整的拉丁文，就在旁边，我跟奥皮克先生的孙子讨价还价，他是个古怪的人，他意识到不能卖给我马拉美装裱的签名，开始对我的兴趣冷嘲热讽，并中肯地告诉我，这不是普鲁斯特的《去斯万家那边》的斯万（双慧），而是一个不知名的美国人所创造的神秘女人。他还建议说，这书早不入流了。

她的树叶论语已经不复存在了。它们的寿命也仅限于一片叶子的寿命。其他的只能听天由命了。就像摩西碎裂的石版，她的作品只能存在于记忆之中，讲出来就等于撒谎。谎言无处不在，真相也就被掩埋其中。她终于写出了一本令她消失的书。

在她最后的作品中，有一个是用剪刀裁成美国梧桐树叶形状的一小纸板：

> 我不敢闭上眼睛，害怕自己陷入黑暗之中，陷入呼吸急促，无所适从的急性焦虑之中。而只要能看到树，这一切都不是问题。我必须集中，严密地集中。在一片树叶大小的地方写下我的幻象：一个女人，被国旗包裹着，戴着红色的弗里吉亚帽（自由帽），正在把人们引入歧途。警告他们！凝聚的焦点一直燃烧着我的思想。

我在脑海与太阳之间举起放大镜。移民局局长A.A.卡尔韦尔称，生活在澳大利亚的中国人是“共产党活动的现成第五纵队”。我到底先是中国人还是先是女人呢？燃烧，不停地燃烧。

请允许我说点题外话。

我眼皮不能闭上。学校的孩子们以前编顺口溜来说我：诺曼是个大眼瞪，诺曼不会眨眼睛。我们进行不眨眼比赛，我总是胜出。假如我可以生活在黑暗中，假如我能够停止去看这个世界。

我是个弃儿。那个孤儿院也是人满为患。就算在那里，我的眼睛也始终睁着。我五岁那年被人领养。我的养母是个医生。她在急诊病房工作。她告诉我说，到处都有人死在汽车里。她还跟我讲那些令人毛骨悚然的细节。在碰触的瞬间，男人会射精。她做分流的时候，经常不得不擦洗她手中的精液。分流就像朝圣之旅。从死亡到将死到被拯救。如果你曾做过分流，你就再也不会害怕事故和尸体了。你将自己从一个个人中剥离开来，就好像你从鞋底扯掉一个粘在上面的口香糖一样。拉维尼娅还给我看那种压缩了的小橡胶手套。她把它们戴在手指上来做一些小型手术。有时，她会带回来一些扭曲的金属碎片，它们曾经穿过某个人的头部。她把这些和弗洛伊德小雕像的复制品摆在桌子上，而这些成了我收集狂的原动力。

你一定要了解我思想的不对称性，它们更像寄居蟹而不是蝠鲼。一直走在时间之沙的侧面，在生与死之间建立连接。其实是一件很棘手的事情。这就是为什么古籍善本部是一个稀有的机构。在这个书库中，你发现的都是无名之辈，闻所未闻的和晦涩难懂的书籍。它就是一个残疾人士的避难所。这里应有尽有，一直是我的堡垒。我午饭吃了一碗粥。隔在善本部门与大学图书馆的其他部门之间的墙是为了防止他人的出入，但其实也是防止死者渗流到外面世界的长城。在城墙内，他们将永被礼貌和缄默切断不复存在，不敢用残缺不全的知识来搅动地球。善本书籍具有这种谦卑的品质。生活大刀阔斧地向前，残酷而荒谬，我对菲比安娜悄悄地说道，她是个意大利语高级讲师，像天使般留着拉斐尔前派的发型。她让我滚开。

我之所以反省这些事情，只有一个原因。我的侧中风如射精般每况愈下，我的身体也一日不如一日，（轻微的中风让我那已经无用的手臂完全瘫痪；医生说，你不会注意到的；他错了；它之前会像一只鹦鹉的翅膀一样飞翔，在枝干之间摆动）。在我即将退休之际，这些反思是为了谴责循环往复的历史，它毁灭了我的生活，主宰了我，将我困在一个世界中，而这个世界就是一个藏书库。我必须拒绝回到原来的样子；从我自己体制的牢笼中解放出来。只有弥赛亚的启示可以把我从永恒的快乐中拯救出来，书中记载了一切。只有一个即将来临的启示，一个迫在眼前的发现，一个短短的巡回之路，能告诉我这个世界将出现再也不会有的秘密爆炸。

我要隐退到大丹农山间。这些树深藏着自己的秘密。它们的形状不对称。它们散开枝叶，根部伸出地面，未经矫正。盘根错生，树苗蔓延，木瘤丛生，树杈四翘。它们只是任意而随机的附加物。一旦记录下来，便无法擦除。只有这个新知识的萌芽，在秋天是陷入零零落落的腐朽，大规模破坏性的空洞记号，只有这荒谬的多叶病可以对抗语言的总体性，而这种语言的存在就是为了创造意义，寻找合理性和一致性。但是这种语言的意志是经过制造加工的。而野生树叶的飘落却不是这样，它们让我想起爱情。爱永远包含着自己的死亡。是爱在对抗着连贯性。是死亡使我们成为人类并害怕遗忘。

在去年的太平洋战争中，出现了严重的沙尘暴。墨尔本被红色的雾霾覆盖。山里人走到最高处，向下望去，想象着战争的阴影已经波及郊区。

那个骑摩托车的人周日抵达。没有任何迹象表明他会掉头而去；她在翻山越岭，你总是未见其人，先闻其声。那是一辆低挎黄褐色哈雷-戴维森牌子的军用摩托车。驾驶摩托车的人身穿过膝皮大衣，戴着护目镜。双慧被那机器的轰鸣声吓得很紧张，希望他只是路过门口，但很失望地看到他咔哒咔哒地驶过网格，向圆形砾石的大道俯身侧骑而来。她系着围裙，头发盘起，用茶巾捆着。对那男人和机器的恐惧令她忐忑不安。她不知道是不是达西派来的人。这种莫名的幻影只能意味着噩耗。她已经打好底稿要说什么了，他不在这里。他在太平洋某个地方作战呢。那个人蹬了一下侧脚架支住摩托车，脱下手套。他满脸灰尘。他一边摘下头盔，一边注视着她，然后取下了护目镜。双慧！贾斯帕说，真的是你吗？他眼睛周围被压出一道白圈，像是一只浣熊。他满面笑容，双颊和眼睛绽开了花。她一时间不知道该说什么。他从摩托车上下来，向她走去。一把把她揽入怀中，看着她，紧紧地抱着她，感觉着她的抽泣。她是那么的幸福，开心的眼泪吧嗒吧嗒地掉在他满是尘土的外套前襟上，掉到他印有所罗门群岛地图的丝巾上。她的心一下感到很轻松，顾不上样子是不是很傻了。他抚摸着她的后背。哦，我的命根，他说，我的命根。我的心肝，小心肝慧慧。露丝过去经常这么叫她。她慢慢抽身。有那么片刻的时间，她思绪万千，理不出一点头绪，但这帮助她定了定神。她擦去泪水，看见她触到了别人的温柔，这个陌生、犹豫而诱人的东西。

爸爸

一个人完全自我的人就是一个疯子。但因为我是理智的，我允许这些木条间隙的光亮透过来。午夜时分，玛乔丽睡得像死猪一样，而我则溜出去散步，踏过铁丝网围，在猫头鹰和青蛙的致敬声中，伴随着内心像老鼠般吱吱的喘息声走向远处。在中国，人老之后就直接走入深山野林。他们到那里坐下，闭上眼睛，永远不再理会外面的世界。陷入冰冷的睡眠，就像溺水一样。我走到一个农舍旁，与那里的狗默默交谈，那些狗似乎总是那么善解人意，懂得我是一个电报人，我的发报声是从我自己的身体发出的音乐——就在这里，让我用一点围栏线给你看——但是等等！在你准备离去的时候，音乐为你增加痛苦；音乐将你带回到本初的样子，完美的境地；破碎的音符；爱。一切都是一场游戏，你懂吗。我女儿跟我一样。她游戏着所表达的感觉。就像那样，看到了吗？通过这些木条你可以观察到那美国人贾斯帕，像抱着一个婴儿把她拥入怀中。她面色惨白，也许没有了生机。还有那音乐，那留声机播放的爵士乐，我可怜的宝贝被飞行员照看，他预见了什么……到底是什么呢？我不介意他飞来飞去，像一只鸟一样自由，可我却不得不在夜间独行，不然他们会在边境拦住我。这些挂在树上的镜子是怎么回事？应该是一些监测设备。好吧，让我照照我自己。老头，镇定点！什么！一只老鼠！我的良苦用心换来的就是这个。老鼠的梦想。什么东西咔嗒咔嗒？噢，飞的不错，亲爱的猫头鹰！你的眼睛由于血而不是智慧而凸出。他们正在消灭我们，不是一个一个的，因为我们数以百万计。在生活中可以学到所有这些……从镜子中可以看到那些吊着的倒霉的人。我们经历双重死亡；一次是因为早就看穿它；感觉蔓藤上丝条的枯萎；这就是本来的一切；短促地发出亮光；充满怀疑。星宇的虚假碎片。强大的宇宙仍在施展魔法！王朝兴衰更迭。看那，它又在假装再次的复兴！在这些破碎的镜子中，我看到他苍白的腰部起起落落。她的头发散开、她那坚挺的乳房裸露在外、她看起来那么的无助，被夹住，转头对我微笑。我知道该是我发报的时间了，扯断这小提琴的琴弦，爬上高高的树端，呼唤他们都来祷告，连上这个，电流会完成剩下的事情。我还你自由。享受这幸福吧。玛乔丽将会是一个忠实的朋友，我向你保证。

还是丹尼尔·吉姆佩尔发现了爸爸。丹尼尔是个独眼龙。

在一次基本训练中，他去捡一个坦克弹壳，弹壳从一个原木上反弹回来刺伤了一只眼睛。他半拉脸已经凹陷了进去，跟你说话的时候，他总是用那半个不曾受伤的脸对着你。战争结束后，他娶了韦伯的妹妹。他们在奥林达开了家古董店。韦伯就是卖给我飞机失事日记的那个人。不管怎么说，吉姆佩尔发现了躺在涵洞里的爸爸。显然他试图爬过铁丝网，结果被网卡住，然后可能吓坏了，不留神滑落到下水道中，头部撞到了水泥管道上。他身上携带着史提芬·格拉佩利和金格·莱恩哈特的78转速的唱片。一个琴鸟的唱片。那是贾斯帕的一张唱片，总是令他心旌荡漾。但纸套封里面的唱片早已经是七零八碎。

当你的所作所为跟不上时代的时候，最好的办法就是拜访死者。他们曾收获颇丰，但留下的只是警示的沉默。

在巴黎通往拉雪兹神父公墓的山顶，在他们称之为骨灰龛场的地方，就是摆放著名人物骨灰的地方，我找到了史提芬·格拉佩利。他孤零零的，尽管马克斯·恩斯特就在附近，但并没有音乐。乔治·佩雷克也在那里，在远处的一所公寓里。寂静无声。断裂永远不会复原。这是我们能真正了解对方的唯一途径。

一个工人拎着砂浆与抹刀来了。我逃开。我无法呼吸。

我需要做的第一件事：找到猫和小提琴。

玛乔丽告诉她这个噩耗时，双慧彻底崩溃了。玛乔丽是那种身体强壮精力充沛的女性，她身穿开襟羊毛衫，只有在做饭时才会像绿头苍蝇一样停顿片刻；她总是那么朝气蓬勃而且行事干练。玛乔丽没有哭，她不会蜷缩一团悲悲戚戚。她喜欢爸爸，爸爸也喜欢她。他们给人们的印象不是那种掺杂利害关系的婚姻。玛乔丽与第一任丈夫在一起时已经经历过这一切。她决定不再嫁给比自己大的男人。她给双慧倒了一杯酒，用女人特有的方式使她平静下来，惺惺相惜，转移情感，双慧也同时在安慰她。贾斯帕也在竭尽全力做到最好，但他不能陪着女人哭成一团，所以只能站在那里梳理自己的感情，想着爸爸是一个多么智慧，文质彬彬而慷慨的老人，不像他自己的父亲，在周五早上搜罗出账本整理家庭开支、将整齐的数字填入表格，一边问道恺撒到底活了多久，因为这位罗马皇帝不断出现在一本他正在读的书里面，一个叫什么什么的人写的书……那名字听起来像一只猴子……吉本（长臂猿）。没错，这是这个名字。而此时的双慧，失去了唯一与过去的联系。尽管爸爸已经有一段时间理智不清，但随着他的离去，她不再是任何人。她的历史也荡然无存。因为发烧，她满脸绯红，她恨不能随父亲一起离开这世界。

果然不出爸爸的所料，玛乔丽运营有方，这里的生意开始好转。招待所上了新菜单，获得了卖酒执照。贾斯帕在达西的棚子里找到了些糖浆，然后开始用其治疗双慧。每天晚上，他给糖浆恰到好处地加热，然后让双慧抽上几口大烟。鸦片将她带到一座周围都是热带雨林的神奇的山上。这样很堕落，她知道，但是就是停不下来。他说，弗洛伊德创立了两种姑息治疗方法，要么选择可替代艺术满足的强大变位的哲学，要么选择兴奋性药物，他毫不犹豫地选择了后者。所以贾斯帕用自己的飞行机器带她环游世界，去一个叫作鸦片的夜总会。

贾思帕

你此刻就在我怀中，我们在休息室听着唱片。我来给你讲个睡前故事。咱们就从你的名字开始吧。我们在洛杉矶，亚瑟·泰特姆在天鹅客栈演奏爵士乐，那里很热。亚瑟·泰特姆在演奏中低音铜管乐器。有人说亚瑟以在烧成平地的地方演奏而著名。看看芝加哥的三决俱乐部（Three Deuces in Chicago），一个阴燃的废墟；又有人说，不对伙计，那是布吉伍吉爵士乐让他们的烟头落在地上；我们都因为泰特姆而引火烧身，他没有运用跨跃弹奏法——那个太难了——他不断在这里或那里掺入巴赫，因为巴赫才是他真正想演奏的，你可以从他租住的酒店房间里传出的音乐声中听到。但如果此时你真的想要听到最好的钢琴爵士乐，那应该是在哈莱姆区。在132号叫鲁本的地方，我们下楼，人们下班了都聚集在那里，巴德·鲍威尔，多萝西·多尼根，奥斯卡·彼得森。那里就像是炼狱，因为爵士乐让我们燃烧起来。当你看到有人看表的时候，已经凌晨5点钟了，人们该打车回市区了。我们坐在酒店房间里，一个像房子一样大的套房里，爱意正浓不忍去睡。于是我掏出这个长丝绒的盒子，里面装着一条镶嵌着钻石的银项链，我对你说，慧慧，下次我们给你一枚戒指。最后，这该死的战争结束了。我们飞往伦敦，我们在如西罗一样的豪华俱乐部里体验英国爵士乐。英国的周日很无聊，我们飞往巴黎，在生龙活虎的香榭丽舍大道上，我们坐在巴黎咖啡馆，看着约瑟芬·贝克，你完全陶醉其中，在恍惚中，毕加索来了，之后琵雅芙献上一首歌，一个斜眼小个子在后面大声鼓掌，他们告诉我们这就是著名的让–保罗·萨特，那个著名的哲学家，对女强人情有独钟。然后，当你跟毕加索聊天时，我到牌桌旁与两个俄罗斯人赌牌，他们正要驾驶道格拉斯DC–2飞跃达喀尔。然后就在当晚，他们说，因为我能驾驶这架飞机，我可以替他们往达喀尔送批货，由于货物的价值高于飞机，如果货物安全地交付，我可以留下那架飞机。所以我急匆匆地从巴黎勒布尔热机场带你出国，因为法国对所有俄罗斯人都加强了防范。尽管我和你绝不是什么俄罗斯人，我们还是一大早起飞前往达喀尔，一路上也算风平浪静，我们在约夫机场平安着陆，他们卸载了货物，那些是有军用标记的板条箱……我知道自由法国与维希政府之间在较量，我置身度外。我们在沙漠中度过了一天。我们搭乘美国大使的杜森伯格款J豪华车参观了一些遗迹，在一个凉爽的山洞里我们喝了从卡车上带来的法国茴香酒和香槟，然后乘车沿着开普曼努埃尔海滨大道来到海滩的一家酒店，今晚西德尼·波切特与一个五人乐队演奏……

我给飞机起了个名字“琴鸟”。琴鸟。

双慧睡着了，发出轻轻地呼吸。我是个混蛋。这些都是我和别人一起做过的事情。

他的“治疗”是值得商榷的。他是一只撒谎的鸟。她已经病弱不堪，没有时间听他的故事。她意意思思地指责了他的偷窃行为。她说，你偷走了一切。然而，对她的指控的严重性，他脸上没有流露出一丝悔意。他迷恋着成功的滋味，他的胜利和她的胜利。令他费解的是，她怎么可能会不领情。

对他来说真相从来没有那么重要。他的历史对他很不利。他不能完全区分双慧、艾米、乔塞特、纳圭内、露丝以及他已经忘记的女人之间的区别，她们需要从真相中得到解救。就是在那时，当他轻抚她发热的额头和她湿漉漉的头发，当他轻吻她，听到她柔弱地叹息，当她允许他为她睡觉时宽衣解带时，就是在那时，他感觉到他又一次变成了处男，正是这种纯洁温柔地挡住了死神。就在那时，他开始莫名其妙地幡然醒悟。从孩提时代到现在他第一次做到了完全的宽恕，彻底的慷慨，而以前对于诸如此类的东西，他从不知道。她抱着他抽泣，不是为自己，而好像他才是那个需要慰藉的人。

她知道。一些内部权力机构警告说，这种结合需要进一步的坦白。死亡本身作为强大的敌人，只有在真相揭露之后才能平息，而且一次只能亮一张牌。就是在那时，他告诉她，他是美国政府的间谍，来澳大利亚是为了与当局取得联络。他说，这样就能解释为什么我的信都失散了。反情报机构在寻找密码。没有人知道他们怎么处置了那些信件。这也能说明为什么她总是受到审查，并不是因为她的身份，或者是她做了什么事，或她都有哪些朋友——更不是因为她的外表——而是因为她开着他的车，那辆车是有备案的，是属于一个特务的，而这个特务是要接受保护并有保密身份的。他告诉她，这一切都跟白桦林有关。他们在那里有实验室……用来生产磺胺和阿司匹林。其实不说她也知道。她曾路过那里很多次，也曾看到过穿白大褂的实验室的技术人员，也闻到乙醚的芳香气味。

她很高兴。贾斯帕这次是真的回归了，彻底坦白清楚了。他答应她，去印度完成这次任务之后，不需要太长时间，也就短短的几个星期，他会再回来带她走。她莞尔一笑。印度？是的……他眼睛望着别处，就像之前所流露男孩的样子一样。就短短几周的时间。他迫不及待要回来和她在一起。他甚至会找机会打电话。

他在山顶的小别墅待了两个星期，大部分时间看上去都烦躁不安。他偶尔也陪她散散步，但她总是感觉体力不支，走不了太远。每一天她都感觉新的焦虑袭来。她在计算着日期。内心越发空虚。她呼吸很吃力。然后，最后就到了分手的时间。

时间飞逝。他不想说再见。他简简单单戴上飞行头盔，穿上皮大衣，猛地踩着哈雷-戴维森摩托车的油门，双慧听到它绝尘而去，呼啸声消失在山间。她望着窗外的树木，她知道他不会再回来了。这本来应该很重要……它本该承载着承诺的重量，假如她不知情的话。现在她被赐予了这种轻松；一种可怕的自由。

她可能曾对他撒谎，他对她说的也不都是实话。战争一直都是个借口。全世界都一样，女人欺骗男人，男人欺骗女人。因为他们知道死亡近在咫尺，他们不得不对爱情撒谎。事实上，爱情总是与谎言相伴。事实上，人们都希望死的时候相信自己是被爱着的。

玛乔丽轻轻地敲了敲门，进入了房间，手中为她端着一杯白兰地。

诺曼

在巴黎，我把护照掉在了阴沟里，当时雨下得正紧，路边的雨水哗哗流着像一条河，人们用破烂的旧地毯卷成卷来拦截水流，清晨当这些地毯冲洗街道时，我的小护照本一直在漂，几乎漂到了皮加勒。当我找到的时候，护照页已经湿透，沾满了泥泞和废渣，塑料外套也开始剥离，解构了一切用以保证自我的签证、出生地及漂亮的激光标志。我现在什么都不是，就是一张塑料片。我回到了澳大利亚。

在墨尔本移民局，一个戴着塑料徽章的家伙跟我闲聊了几句，同时他迅速翻着护照给他的老板看，那老板穿着便衣，然后他们把我带到了一个小房间。那个老板满身狐臭，还散发着老辣椒男士香水的味道，看起来像一名西韦夫商店的售货员，他例行公事地审讯了我几个问题。然后他去小便，让我等候。结果我坐在那里等了两个小时，他也没回来，然后他们对我发出警告，把我放了出来。我一边用一只手在桌上敲击出一些古巴的节奏，一边自言自语。我对双慧说，你不想去旅行简直是明智极了。旅行不是自由；旅行是一种自我湮灭，是一种猜疑与身份之间的捉迷藏游戏；首先，旅行是愧疚，代表不能代表你的东西，扮演着清白，哪怕你可能是一个罪犯，当所有的迹象都在说你没有权利存在的时候，试图对一切蒙混过关。我想这就是为什么他们一直让我等两个小时的原因。在他们的监控录像里我是个疯子。

回到我在山上的小木屋，我记录着道路的噪声。在形如漏斗的两座山之间，凌晨四点钟，巨大的牵引式挂车就开始发出轰鸣咆哮之声，直到次日深夜两点钟睡意正浓的换班人员和成群的动物抄近路而来，轮胎发出尖锐刺耳的声音。夏天，你看着他们满是汗毛的前臂伸出窗外，摊开粗大像熊掌一样的手指，抓着空气，博斯牌扬声器弹出原始的节奏。原动力迈克卡车的铺位装扮得像妓院一样。我见过三联卡车占满了整条道路。十八轮子的大货车把小汽车挤出路面。周末的时候，骑摩托车的人蹲在嚎叫的机器上；有时大帮车队缓缓驶来，像猿猴挂在雷雨中。我厌倦了将他们拖出沟壑。他们似乎不会就那么死去。我验伤分类的时候，他们就静静地躺着。我把他们拖到公路一边：有的伤势重，有的伤势轻；有的满脸惊恐；有的烂醉如泥；有的神志恍惚。一些人斗着胆子告诉我，他们不想死。其中许多人携带枪支。我冷冷地点头。问他们，他们是否感到痛苦。他们还以为我是一名医生。我告诉他们我是一个收藏家、一个收割者、一个拾穗者。

没有人打电话。他们经常撞到电线杆上，所以我的电话线被撞断了，悬在树蕨上；这种静态令我倍感寂寞。我等待着撞车，树木倒下。呼吸细颗粒的烟尘。冬天，树液和苔藓让路面变得光滑油腻，我等着他们运载的油车漏油封锁道路。然后我沿中线走，调查我博物馆的残骸。今年有二十五起轻微撞车事件，四起重大创伤，殃及很多树木，造成四人死亡。对于一个只有两公里长的公路，这算是相当惊人的数字了。超过一半的撞车事件发生在中午到下午六点之间。我记录打滑声音的时间，就像我记录闪电与打雷之间的秒数。速度是关键。在生日那天晚上，一辆装载油轮的卡车走上了那条单车道桥，一缕一英里高的火焰照亮了天空。

但很难依靠统计数据带来任何的满足感。统计只会延长预期：紧急、严重、危急、重症监护。我一度曾为这狂热上升感到高兴，在我想象力巅峰时，会感到缺氧，总是抱有一丝希望，某个女人会在事后到来，几个小时或数天之后，来表达她的感谢，她那黄色的大众汽车已经被撞得面目全非。我对此已经厌倦……我不知道我的心到底还能承受多少……考验我的决心不再随便收集鬼魂——坚持验伤分类，试图掌控事情的规律。我从未感到创伤可以欺骗我，于是沿着地图上未标出的边缘逃走。

昨天上班的时候，一个女人出人意料地给我打了电话。她跟我解释，她买了一条紧身牛仔裤，要为我试穿。我不知道该说些什么。她把我的沉默当成了激动，描述她如何死乞白赖地穿上。她说，太性感了，她不敢穿。在我眼前是这种不测事件的空虚，是不可能升级的。如果她醒过来会怎样？我该怎么办？最后，她肯定意识到自己走错了部门，但她感谢我一直这么耐心。这种礼貌是罕见的。作为回报，我送了她一份小礼物。我说，我的一只胳膊枯萎了。她回答说，故作病态对我没任何好处。她一定知道我是谁。她没有错过任何一个节拍，不像我的心。我记录了她的号码，我不确定我要用它做什么。这种现在发生的不值得收藏，尽管我感到了一丝的缺憾。

有一个号码我打了好几次，在第四或第五次拨打的时候，一个女人接了电话。她的口音似乎塞满上等的马海毛，她的话断断续续，弄得我很难理解那些分词。我的话则全都带刺。我问她是否收到了我的介绍信，告诉她我是一名大学古籍善本图书管理员等等，还说是否她肯赏脸花几分钟回答我几个问题。她看了看她的记事本，问了一下她的女佣，然后跟我约了个时间。

她肯定已经年过花甲了，装模作样而目空一切。

我比约定的时间早到了半个小时，在街上转悠，看着昂贵的房子和名贵的汽车。那是一个带电子监控的奇幻之地，里面有光彩夺目的带着星星的汽车。我不敢太靠近任何东西，走在寂静的道路中心。半小时后，我进入了大道，按响了门铃。那个男管家像是认识我一样问候我；我推测他已经观察我三十分钟了。他把我领进一个豪华的休息室，那种我在关于英国乡村庄园和法国城堡的彩色照片中见过无数次的休息室。那个女人坐着，并未起身。她的头发花白，正在读一本书，盘着一条腿坐着。这跟我想象的不一样。我本想按我惯有的方式亲吻她的手，我造作的礼节只是想转移人们对我残疾的注意力，但她看上去惊慌失措，快速把手抽了回去，然后拽了一下召唤管家的绳子。她问道，要不要来杯茶？她用纸巾擦着手。我摇了摇头，举起手掌，直接进入话题。她说，对。我母亲才是真正的受害者，在那个时候。她停顿了一下，那是一个身材高大的男人。金发碧眼，长相帅气，衣着考究。他假扮成了一名书商，而且似乎很懂行，解释说在摩洛哥，《拜伦全集》在公开市场几乎能卖双倍的价格，这些是最近故去的阿诺德爵士和X女士的财产收益，他是代表遗产受益人而这么做的。他证件齐全。出处之类的，什么都有，你懂的。他留下了《拜伦全集》，都是初版，在桌上打开，并说他一周后再来。事实上，那边那个就是当时用的桌子。几分钟后，他走了。一周之后他又来了，也就是在那天，我母亲发现她的珠宝失窃了。据推测，他在半夜返回，研究了窗户的开关，在大家都熟睡时偷走了贵重物品。警方怀疑史奎奇·泰勒，但又说抢劫对于他或他的团伙看起来太时尚。找不到任何证据，那些珠宝彻底没指望找回了。它们也没有上保险。在过去那时候，你只能依赖于警方。她把另一条腿也盘起来，在相当长时间而尴尬的沉默之后，我感觉有人出现在我身后。在我不知情的情况下，她叫了管家，把我送了出来。

我不能闭上眼睛，而且现在也不能像之前一样睡觉了。所以在我职业生涯的夕阳阶段，我又一次陷入神情恍惚或半梦半醒的状态来替代睡眠。对我来说白天和黑夜没什么差别，我的大部分时间都在对收藏的大量论文和书籍进行分类整理。我打算在几个月内举办一次书展。然后我会考虑，当伟大的阿根廷作家博尔赫斯写道，*未经解释或表露的爱才充满了诱惑和美妙*，他是正确的。

在此期间，我心痛地看着女学生排队进入古籍善本部。他们的讲师给他们留了一份作业，题目是“贾斯帕·赞林，巴黎的美国诗人”。我没有向他们展示扉页上贴“达西·达蒙珍藏”的烧了一半的书籍。我也没有给他们展示任何信件，也没有展出带有签名献给双慧的《重拾旧忆》的书籍。对于我缺乏合作的态度，愤怒的员工召开了几次会议。我被告知，学生就是客户，有全权查阅档案。我在备注中给予回答，我说在古籍善本部，我是一个无国籍的人。这种地位在一些国家的文化历史中被赋予某些特权。没有人可以凌驾于书籍之上。我说，我不是我地盘的国王，我为自己不为任何民族事业拯救鬼魂的记录感到自豪。我补充说，那些不懂这其中复杂性、矛盾性和悖论性的人也不懂虚伪，他们的作用，无论出于任何意图和目的，都是假冒伪善。一个人不能从默默无闻的过去中找寻百分之百的知识，知道它永远都在改变……仅仅为了当前的遗臭万年……或某人淫秽的博士学位。我没有指出他们在其诞生一百周年前夕，将贾斯帕·赞林作为课题是装饰他们课程的一个骗局。他试图用木造树。作为一个在巴黎的美国人，他已成为一件商品。因此，他明白自己的悖论，将自己同时视为广告和内疚。这是我的论文，我的秘密。

正如我之前可能提到过，我要结束我的职业生涯。所以我没有强调那个观点。付费客户买到知识，损坏真相。在随后的会议中，我开始跟他们一唱一和，太累了，不想继续作战。但有些一向主张和平的人宁愿让自己被利用。毕竟，我不是掌管该档案的大臣①，挥舞着一张空白页，吟诵“我们这个时代的和平”。

我同意办书展。所以我变成了一种商品。为了报纸宣传的空虚，我同样降低了精神与经验的价值。我埋葬死者，不悲不泣。他们是飞扑到我玻璃上的鹌鹑。

我那可恶的小房间。到处都是书籍，我都没有下脚之地。有时我会甄选一些书籍，然后烧掉一部分，在火焰中与生活和解。在漫长的散步中，我会对弗洛伊德的人分三类的思想产生冥想：一种是行动型男人，投身到外部世界之中。这不是我。好色之徒，寻求与他人的关系。那太费时间。我失败的求爱历史都成了顺口溜。所以我肯定是个自恋的人，那种自给自足的心理状态，为治疗付出惨重代价。

---

①暗指张伯伦。

还有，还有。爱的痛苦与恐惧。我是否曾想到过，陷入其浅滩损害了我的外形，把我的心灵弄得扭曲？

我拨打偶然从穿牛仔裤的女孩那收集到的号码，连接到了大学的总机。任何分机的号码都会响起。我意识到，她同样也留给了我一份礼物，那是一种意识，认识到封闭的线性进度可能会毁了一切。假如我爱上了她该如何是好？如果我们在亚历山大·蒲柏或弥尔顿《科玛斯》的初版书籍后面不体面地做爱怎么办？我的语音邮件上有一条古玩店韦伯的消息。他找到了我一直在寻找的78转速唱片。

那天下午，我去了他的古玩店。韦伯穿着格子法兰绒衬衫和工作服。他递给我一个棕色套封很重的留声机唱片。标签上写着："史提芬·格拉佩利与金格·莱恩哈特。法兰西热辣夜总会"。当从套封取出虫胶唱片时，从里面掉出一张被撕裂的横格纸，上面写着JAZ。很显然，那标签是用来描述唱片的。韦伯不承认是他放进去的。他说，他的字可没那么丑。我弯腰去捡地上的纸片，不小心弄掉了唱片，一下子摔成了三个碎片。在《文明及其不满》一书中，弗洛伊德写道：过去的某种心理可以保留下来，而不一定要摧毁。韦伯说，下次再来。这个一共是22.8澳元。

布干维尔岛，1944年。

达西擦掉附在他手背上的水蛭。暴雨将至，只是你看不到，你只能听到它在丛林中嘎嘎作响。类似于机车轰鸣的声音。每天下午四点钟的雨让一切都模糊成液体的植被，水蛭从树叶掉落入你的衬衫，甚至懒得擦盐，就让它们吸个够。某人基腐病的味道，臭烘烘的绷带的味道，日本鬼子在一百码远的地方就能闻到，但我们也能闻到他们。干鱼味意味着机枪的巢，我们的狗在半英里外就对我们发出了警告。狗躺在雨中，气味暂时消散，随着暴雨怒吼穿过我们的雨披，噪音消失。水填满了我们洞穴，狗是唯一无忧无虑的生物，没有怨言，他们的声带被切除了，奔跑的时候不会发出声音，任何从洞里冒出来的人都是日本鬼子。

狗被绑在外围，等了两个小时，雨停了。河水猛涨，水流中漂流着死人的头和胳膊，再也看不见任何东西的尸体，扭曲的游泳者，尸检之后的七零八落的尸体，亲眼看见这一切。一切都归于宁静。风驰电掣般的风暴消失了。树冠下是无尽的黑暗。在磷光的空气中，树木变成了石灰绿。男人后背冒着蒸汽。他是什么？他又能成为什么？除了烟雾？他正在沿着路轨匍匐前进。这是日本人控制的地段，他可以看到他们弹药就在一棵树下，成堆成堆的箱子。潮湿的篝火和血腥的味道。他想把这个地方炸掉，但他没有接到这样的命令。树木开始晃动，大地抓住了惊雷，南棘蛇在一堆交错倒下的树木下蜿蜒爬行。炮兵上尉说，我们会停火二十分钟，之后，你就变成了死去的日本鬼子。在这样的雨中，只有二十分钟的时间，这些警犬没有任何优势。那个雄性杜宾犬在前面探路并发出信号，达西把坐标别在后面的雌性阿尔萨斯狗的颈圈，然后派她回到连队。他自己撤退到河边，午夜后，水会像烟雾一样上升，起初并不强劲，但很沉重。然后树木会突然折断像牙签一样，粘木材裂成碎片破裂开来。这样，这条河将会洁净，你一定要捂住耳朵，张开嘴，不像那小孩子，他看见他在厕所挤压肚子，当枪声响起的时候，血从他的耳朵流出来。在冲锋结束之后，抓起一瓶杜松子酒，然后向后退直到看不见。地狱本身会吐出地狱。

牵制。这是美国佬的说法。他们没有胃口进行扫荡，布干维尔岛笼罩在无言的休战中。达西的连队开始积极巡逻，他脑子里想的是何时飞回珀斯，偷偷潜入迪莉娅·德莱尼家的后门，她就在后面以免邻居看到，然后她把他拽到一边，关上门，用沾满烤蛋糕的黄油的手解开他的裤裆。接下来是烈火干柴，迪莉娅皮包骨头，比双慧还要瘦，她靠在墙上，晒黑的双腿夹着我，金色的头发，我到了高潮。六次的悸动，还有两次较小的悸动，就像是爆炸之后的热浪在丛林中荡起的震动波，B-24轰炸机嗡嗡地向南飞去，冒着黑烟，连发高射炮，我们做上记号，派一只警犬带着手榴弹向前，这样前面的侦察兵可以在复杂的布阵中炸开一个碉堡来削弱整个系统。警犬在前带路，我们匍匐前行。然后万里无云的空中，突然出现了一架无人机，就在高空中，一架道格拉斯DC-2发动机出了毛病，吱吱嘎嘎摇摇摆摆，我们抬头看着它沿斯莱特山下降，撞到了山上，浓烟从左边的引擎喷涌，它寻找着陆点但却无法降落，掉进空中的一个洞里，饼干轰炸机直角弯曲，然后头朝下伸直，迅速下跌，左发动机不能点火.....等待撞碎的过程痛苦而漫长，冒出了一阵橙色和黑色的烟，但没听到爆炸声，可能在上升的时候滑下去了……神奇的是，每次我去珀斯，迪莉娅都会分娩，时间就好像远程火炮，我不得不娶她。在我看来，这一切都很混乱，但在她显然不是，她可是计算排卵的专家。接着我们收到无线电消息，去寻找一架失踪的飞机。

他们正在爬行，不再是红树林，尼帕棕榈，而是油腻、泥泞的山坡，你每往上爬一英尺，就下滑三英尺，更别说还有锯齿状的火山岩石，一丛丛的森林。他在想，为什么这里不再是丛林？因为人类已经不在这里居住，当人们与土壤混在一起时，只要有人类的地方，就会有浓密的灌木丛。但这里有橡树、山毛榉、松树、巨大的附生植物、苔藓、真菌、美丽湿润的兰花，他叹了口气，心中有某些东西，有片刻他的视线离开了机枪枪管，他看见双慧把一朵湿润的茶花插入发间，仿佛她是南海姑娘，就在那很久以前的一天，他意识到他的阳光就那样幻灭了，然后在这里，在天堂最灯火通明的角落，一切都幻灭了。总是那样。他不喜欢与美亲近。他们再次以菱形方阵向上攀爬，他敦促领头狗，很好玩。今天他身上有种轻微的嘲弄，在他那懒洋洋的舌尖和眯着的眼睛之间，一切都是游戏，毕竟这座山脊是受到了保护，但在另一边，在山的黑暗面，他知道一切都会改变。

我们这个队伍现在只剩四人，六个人因为痢疾被送了回去，一同回去的还有一只狗，因为它的爪子被钢丝圈套住了，那本来是敌人为某人布置的陷阱。但这样更好，轻装旅行更见速度。不久我们就到了浓密的灌木丛，在敌人封锁线内移动。这架飞机真得很重要，他们截取了无线通信的密码，在四点的雨中爬行，用口香糖堵住枪管，涉水过河，沿着岛的另一边奔向大海，那里日本鬼子有一个连队的实力。然后扛着布朗宁自动手枪的战士开始呕吐不止，他步履蹒跚，我希望他早点告诉我们他被蛇或什么东西咬伤了，他开始产生幻觉，不停地喝河水，我觉得情况不妙，于是决定派一个兵跟着他停在十字路口，等着我们回来，只等一个晚上。我很清楚，如果他们能挨过一晚上，那将是纯属侥幸。所以现在就剩下胖子西蒙斯和我两个人继续前行了。你们应该记得胖子，只不过他现在看起来瘦得可怜，如果一个胖子变得越来越瘦，你可以想见他必然遭受了极大的痛苦，但你不可能找到比他更好的朋友了，所以我把他和我一起转移到了第二军团。胖子仍然乐呵呵地，默默地鼓励杜宾犬，这只狗走得越来越慢，对各种气味都充满警惕。我在想，我是不是应该把胖子也留在十字路口，因为我自己和那只狗就可以完成这份工作，但我知道如果胖子在十字路口扎营，他也不可能活过那晚。

我们正在通过那条河的狭窄河道，而水也开始变得浑浊。我们向海边游过去，因为那应该是飞机坠落的地方，那里可以水上迫降，因为没有那么多的树。尽管我们很隐秘，水特别黑，但我仍可以看到微小的气泡下一条在下沉蛇，仿佛在陪同着我。那只狗突然摇着尾巴回来了。就在河湾处我向上看，我看见了银色的飞机残骸像只折断了翅膀的鸟，机翼在前面折断，头朝下，被撞成三片，机身上有一棵树。还在燃烧，发出刺鼻的气味。我们慢慢靠近，一次只上去一个人，我看见只剩一半的驾驶舱内的飞行员，看上去好像他已经死了。我抓住了他的后背还是什么地方，从安全带上把他拖出，把他扛到一块平坦的地面。我帮他摘下头盔和护目镜。

军用身份识别牌上写贾斯帕·A. 登。达西低声吹了一声口哨，仔细审视那张脸。他对胖子说，老天，你可知道。1938年《名人录》。胖子问，你说什么？他们试着收听无线电，但除了咔嗒声外没有任何声音，他们可能超出了信号范围。只是贾斯帕还活着。他还有微弱的脉搏，但他没有意识，处于昏迷状态。达西说，我们必须想法把他带回去。我们要一直背着他，直到他死或直到我们死。胖子看上去半信半疑。要不我们就把他留在这儿，说我们从未找到过他。达西看着他，说道，这个混蛋曾经是我的朋友。胖子说，那又怎样，我们就把他留在这儿。胖子起来伸伸懒腰，然后又坐下。紧接着达西听到砰砰的枪声，那子弹穿过胖子的背，进入他的心脏，黑色染料溢满了他制服的前襟。他只是坐在那，好像还面带微笑。达西把他拖走，他听到的最后的话就是达西说：胖子，不要孩子气，别淘气，尼蒂老怪要来抓你了。又是一枪，狗轻轻地哼了一声，它的两个后腿被打残了，它拖着往前，牙齿露在外面。达西盲目地开枪还击，然后用短速射结束了狗的痛苦。他为胖子浑身上下找吗啡，但胖子脸色蜡白，在雨披下面，他就像一只躺着的鹌鹑。

他张着嘴，嘴角上挂着小小的血泡。接着，丛林里陷入沉默。他没有再去找贾思帕。小日本可能认为他已经死了。达西藏在红树林中。他等待着。研究飞机残骸。有人在机头上画了一只琴鸟。夜幕降临了。他的脸被蚊子咬的到处都是疙瘩。站在齐腰深的淤泥中，身边都是尸体，蛆爬到了他的耳朵里，嘴里。他只是用手将他们擦去，手上沾满了血，胖子的血，贾斯帕的血，他自己的血，都混在了一起。当他朝贾斯帕望去，他就躺在沙滩上，手臂伸开像个淹死的水手，在夜色中，他看到他的上面有棵大树，树的枝干伸到了空地上，并且新长出了树叶和紫色的花朵，在深红色天空下仿佛一把发光的阳伞。在那一刻，他想起了双慧。她带给男人一种对情感的痛苦意识，一种他们自己并不知道的意识，让他们超越自己。她的创作惊醒了他们的爱情；改变了他们。她把他们带到了一起……就在这里。那就是连接。在某种程度上，那似乎是她的错。

早晨。他已经筋疲力尽，每秒钟都在挣扎着不要睡着，打了一两次盹，突然间，飞鸟或者蝙蝠迅速穿过树林，侧身旋转越过树枝。在夜色下，他开始侦察，在自己一侧的河岸转圈，然后把圈子范围扩大，不停地盯着岸上，小心翼翼不去接近贾斯帕。贾斯帕是诱饵。对他和日本人来说都是。他蹲在那儿，一动不动，蜷缩着往前爬。他一度以为只有一个狙击手，因为他们夜间没有靠近他，他猜这家伙现在正跟他做同样的事情，绕圈，等待，因渴望与恐惧变得越来越疯狂。他想要把这件事处理妥当，虽然到目前为止，他并不知道如何才算是妥当。这有点像建造某个东西，一间小屋，一所房子，这是在建造生命，尽管他知道自己的生命很快结束，但是重要的是他已达到将生命置之度外的境地。噢，双慧，他低声自语道，我现在明白你了。你知道我们都会死去。他想到他们打架的那个夜晚，明明知道他的动机还是允许他上了她的床，顺从了他。他瞥了一眼树叶。所有的都是叶子，但他所看到的是被剥离、脱落的叶子。有一点很清楚；他不擅长命名它。它不是无定形的，它有一个明确的形状。所有那些死去的人都在追逐她，但她一直属于这个世界。这点很清楚。他很高兴地知道了这一点，他搜索狙击手，在一片空地发现了他，他从树上爬下来，开枪，但未射中。狙击手一路狂奔，他接连射击。那个王八蛋跑出了射程范围。他沿着河边跑，我可以从后面绕过红树林切断他，一直靠着边，否则就成了泥潭中坐以待毙的鸭子，他的弹药已经耗尽。难怪昨夜他没有开枪再射击。他就在那，沿着海滩侧移，眼睛望着别处，从他身后打了一枪，然后从前面给了一枪，他吓坏了。看看那个混蛋，蹲伏爬行，仍在想着逃跑，现在他知道了，现在他转身了，站了起来，等待我去靠近，用步枪上的刺刀对着我，在最后一刻改变了主意，他扔掉了武器，潜入海中。达西也丢下了枪，潜入水中，把那个士兵按在水下，狠狠地吓唬了一下他，让他的晨泳充满刺激。他还只是个孩子，消瘦虚弱，然后达西把他拖回了岸边。因为溺水和恐惧，男孩的眼神满是惊恐，他不停地咳水。达西捡起他的斯特恩轻机枪，开始射击，男孩的两只眼睛睁得大大的，达西能听到类似有人迅速敲击地毯的声音。他看到那个男孩倒下，重新站起来，再一次倒下。他听到子弹噼里啪啦的声音，那男孩倒在一边，目不转睛地看着你，超越了恐惧，悸动着，晃悠着脑袋，一股鲜血从他的胸口喷涌而出。

那一连串的枪声惊动了敌人。达西顺着原路返回，来到了贾斯帕昨晚一直躺着的地方。贾斯帕已经死了。欢迎回来；达西自言自语，又是一个晴朗的天气。他找到有着异国情调和五颜六色的鲜花的大树。他像幼时那样爬到了树上；回忆着那山岭、曾经的快乐与痛苦；他的父亲可能会说，远离你所未知的领域，现在他明白那是什么意思了，那种意愿是正义的创造，其他一切都是缺点。他听到石头往下落。从眼角中，他注意到了沼泽地里的移动，突然看到一大片叶子冒了出来，长长的缠着草的刺刀齐齐地对准他，随即他将子弹上了膛，对准自己的脑袋开了一枪。

在奥林达，双慧可能已经将那一刻标记下来，就在那时她做了一个梦，她梦见自己在伊甸园中。她从地面捡起一片树叶作为证据，醒来时发现手中握着那片叶子。一个大树枝裂开了，在落地的时候挂到了其他的树枝。在那一刻，她感到子宫内有什么在蠕动。

第五章　回 归

诺曼

爱的路上充满痛苦。

每年春天，当鹦鹉欢呼雀跃，上蹿下跳，生机勃勃的时候，一个雌喜鹊都会来找我做伴。我总是给她备好食物，于是她便留了下来。冬天一来，她就飞走了，加入了同伴之中。那年夏天，她飞了回来，还带着她的伴侣。跟他们一起来的还有一个大的幼鸟，看起来像一只布谷鸟。

有相当一段时间，双慧像一个隐士一样离群索居。部队上先通知了那位在珀斯的达蒙太太关于达西的事情。而三个月之后，双慧才从电报上得知消息，告诉她由于办事员的失误，他们现在很遗憾地通知她达西·达蒙几个月前在太平洋的战事中失踪了，他们正在不遗余力地设法让她了解事态的进展等等。现在她孤身一人，那天晚上她感到出奇的凄冷恐惧。没有任何人来看她。她觉得自己正在遭受被遗弃的惩罚。她想比死亡更糟糕的就是痛苦。这一切都是因为她父亲对那幼稚而情绪化的生活缺乏掌控。

她对贾斯帕的死亡也一无所知，尽管《波士顿环球邮报》发布了醒目的讣告，报道了这位著名诗人、飞行员、建筑师和艺术家的死讯，称《名人录》中的一位名人就此与世长辞。

那年秋天，她生下了孩子。那是个大胖小子，脑门上有一圈黑发。玛乔丽从本迪戈赶回来帮她接生。露丝也过来跟她住了一段时间，渐渐地她的朋友们都聚集到了她的身边。那年她36岁。生活似乎又回归到了某种常态。当伤亡记录最后出台的时候，双慧没有收到任何战争服务抚恤金，因为另一位达蒙太太被官方认定为达西的遗孀。战争结束后，家中的招待所相继成为肺结核病人康复的收容所，红十字会“欢迎回家”接待中心，时常为复员的军人召开晚会，取名为“英国捐款”慈善舞厅。

双慧再没有提笔写作。据人们说，她就住在这份产业的山顶上的一间小屋里，似乎非常开心。

在给露丝·布莱克的信中，她说现在她已经回归自我，但写作的冲动从未消失，那种冲动就像是一把利器。她还说在蒙布克尔村已经有一位作家，名字叫作埃涅阿斯·古恩夫人，有了一位这样的名字的作家，那任何其他作家也就可有可无了。

她始终纠结一个问题，人老了会是怎么样，因为沧桑的岁月会拯救她。那种耗尽时光的疲惫和衰竭可以驱散她那“多余的能量”，将她从自我毁灭的想象中拉回。她从不贮藏回忆，她可以脱离记忆而生存。她始终期待着为将来而生活，为他人而生活。

她想象着与情人共进午餐，他会是一位潇洒帅气的情人，会给她买礼物。在回家的路上，她预想着这一切，孤独而忧伤，为那转瞬即逝的笑容感到失望，饮酒令一切变得平淡而沮丧，两个人也因此感到索然无味。她不希望自己变成疯疯癫癫的老太婆，她曾看见有一位冒着雨的妇人，轻轻地敲着别人的汽车挡风玻璃，告诉人家不应该在这里停车。她不想为幻觉行贿，为恩惠玷污自己，成为一个来自一个小世界让人厌烦的外籍居民。大部分的爱都是错觉，是一些被腐蚀的话语，徒增你的希望。她什么也不想说，尽管话语在她心间翻江倒海，跃跃要求以一种形式呈现，以便他人可以拥有。但这只不过是一场粗鄙的游戏，所有的苦难都是游戏。诗歌的痛苦是为了展示世人。她那种原始的冲动可能一度是公正的，但当再次重塑时，她成了局外人，隐瞒了内在的空虚。她陷入了沉默，却不得不迫使自己去与客人交谈。但她又跟他们不一样，她不具备那些素质。

我推测这成了她喝酒的理由。她必须要点燃一种感觉，本质上说就是他人眼中的视角。相比其他任何醉人的东西，酒精更能帮助她逃离虚空，而那种空虚正是她本身。遗产组织成立于1923年，该组织主要是照顾孤寡老人以及亡故同志的家属。她原来以货币形式得到该组织的帮助。但在20世纪40年代，除了每个月汇出一笔微薄的金额之外，该组织不再提供其他咨询和支持服务。与此相反，还增加了严格的刚性评估。该组织定期派人报告受扶养人的状况。双慧这次没有通过评估。圣诞节的时候，她从招待所拎着一瓶红酒来到了邻居家地盘，沿着路边附近的一条水沟走着的时候，她滑了一下，扭伤了脚踝。脚疼得受不了，她干脆就坐在溪边，打开瓶塞，喝起酒来。而遗产组织的官员就在那里找到了她。

双慧生完她第二个孩子后，次年住进了医院，当局于是开始着手进行一系列的程序不让她抚养孩子。精神病专家报告的部分内容如下：该病患已将自己从人类世界疏离，已回归到原始的性欲与扭曲的幻想之中。尽管病患智商很高，但其对性本能的高度关注导致了与现实与社会格格不入的古怪行为。

其实该报告是早些年时所写的，确切地说，是在1932年。众所周知，她激怒了她的医生。到了20世纪50年代初，她便与酒精与异丙烟肼（治疗精神抑郁的药品）为伍。她对这抗结核药物也上了瘾。这种药物的副作用之一就是提升情绪，刺激活动，后来被用作抗抑郁药。她经常头晕，在树下蹒跚，饱受失眠之苦。村里有各种流言蜚语，说有人看见她午夜赤身裸体地散步。当然全是道听途说。一个疯疯癫癫的中国女人，她能感受到这些反应，与其说是种族歧视，不如说是自我歧视。她相信她的差异构成了她的内在价值，但她无法阻止各种声音在她头中滋生。她心中满是自责与悔恨：她有过机会，然而她再三让这些机会溜走。尽管再来也不会有什么差别。不管怎么说，她的那些树叶最终都会恶化；会在很短的时间内变成多孔的树叶像被蚕食了一样，最终一切都会回归大地。她莫名其妙地就这样像着了魔一样。

人们对可能真正导致她病情复发的原因进行种种推测，但这里有一张明信片，是在维多利亚购买的，却是从达尔文寄出的，四年后才抵达。该明信片被从一个邮局转到另一个邮局，走了很长的弯路。这可能引发了她的再度精神崩溃。双慧不停地告诉人们，贾斯帕支付了太多的邮资。

那么贾斯帕到底在布干维尔岛干什么？

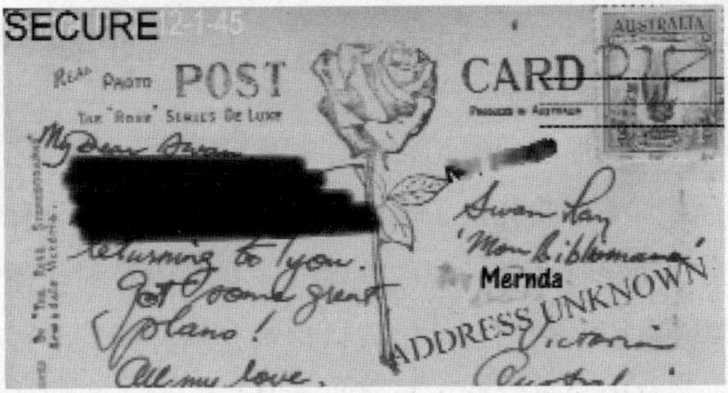

贾斯帕的明信片

由于他是色盲并且能看穿伪装，于是申请了侦察工作。他走动了一些关系，最后电话打来了，同意他去参加战斗。他原来想驾着DC-2飞往印度，去那里找一颗粗细合适的柚木树，好用来做中央的顶梁柱。因为他正在波士顿为双慧设计一所房子，房子的地基是三角形模块，有日本花园、六角形亭台、露台和伞状客厅，他准备让那棵树直接穿透客厅。贾斯帕就是这样。他一旦痴迷起来，没有什么事他做不出来。他用自己的方式去爱，狂妄地藐视自然，从上帝的心脏撕裂动脉，从根本上说就是向迂回挑战。正义总是通过毫不留情的回归得到匡扶。鸡仔回到了鸡窝。燕子回到了燕来居。所有的东西都被反弹了回来。贾斯帕是否看穿了自己的伪装呢？战后他是否打算安定下来也是说不清的事。双慧并没有决定是否会跟他一起离开。最起码我是这么想的。

我还保留了这些飞机识别卡。我把它们放在了钢琴旁的小盒子里。

直到战争结束三年后，她才知道贾斯帕的死讯。那时，她已经进进出出医院数次，与一个女人住在一起，据村里的老人说，那个女的负责照顾她的生活。

我对母亲几乎没什么回忆。

但当我梳理那些儿时记忆时，其实它们既不是回忆也不是想象的经历，而是一些扎根于无意识中的映像，那种只有在梦中或当一个人发高烧时才会闪现的映像——我可以看到她背着我去一家电影院看电影，从旧照片中我认出那是柯林斯街电影院。在观众席上，记忆中我母亲似乎总是坐在最后一排，我们的前面有一个女人转过身对我们大呼小叫。

我有一本题为《春思秋忆》的小册子。那是她作为一个名为“拯救丹农山联盟”环保基金会成员时所发表的。册子中有她一张照片——照片已经模糊不清，但看上去是一个很有魅力的女人，她与墨尔本大学植物学系教授约翰·特纳坐在一个高桌子旁，旁边还有个留着胡子的男人，那是德尔默·亨利教授。

我相信在我幼年的生活中，她活得很不自在。也许她被淹没在枯燥之中，或者因为未曾实现的梦想，她有太多的不悦，当她的原创作品被爱她的男人窃取之后，她的骄傲变成了自我毁灭。我没有理由相信其他的说法，因为我与她血脉相连。对我来说，最好的明证就是我长年以来一直待在古籍善本部，那只是为了调整我愤世嫉俗的心态。也许双慧潜在的被动性源自这样一个事实，她是个中国人，在一个试图用种族统治书写身份的国家，她显得格格不入。即使在五十年后的今天，我仍然能感觉到这一点。我还居住在同一地区，这里现在成了城市与农村的接口，这里的人们所说的话让我远离任何人文思想，而转向颠覆的边缘。我对此付之一笑，我写成文字，然后依然我行我素。

但是在她那个时代，人们对语言和艺术的接收度却不一样。她的离群索居可能超过了她所能忍受的极限，尽管她的诗词是她的灵丹妙药，但那些诗词的目的并不是展示给世人，更别提复制了。也许她发现诗词的出版是一件丢人的事情。那么到底贾斯帕·赞林是给她的作品以限制呢，还是单纯地据为己有？会不会一切都是他的虚构？她真的存在过吗？

找不到有关她儿子的任何其他记录。尽管遗产组织保有关于我被领养的详细档案，但其中对双慧只字未提。隐私权是他们的座右铭。但几年前，在我采访露丝·布莱克的时候，我弄清了我父亲到底是谁。不久之后，我通过单务契约的方式将自己的名字改成了史震林，此人是18世纪中国一位著名的学者、诗人。在仔细审核了所有的日期之后，包括我的出生年月和达西的失踪日期，我几乎断定贾斯帕无疑就是我的生父。话又说回来，借用一个名称也没有什么大不了的。无论如何我也难以证明我的身世。但那些了解我的人依然叫我诺曼。我住在无人的土地，我对此也乐此不彼。

我清晰地记得我七岁的生日，那是一个晴朗而炎热的日子。七是一个令人焦虑的数字。元月，早上六点之前太阳就爬上了山坡，到中午时温度可以达到一百度。山上的天气稍微凉爽些，而且有点雾蒙蒙的。有时你可以看到来自阿德莱德的飞机拉线，有时你可以看到从西面山上冒出的缕缕青烟，闻到丛林燃烧的味道，这种现象在另一个气候区会引发对烤栗子和槲寄生的怀旧情愫，而在这里引起的只是心中的恐惧。当大火迎面而来的时候，人们会训练有素地穿上长袖毛衣、皮靴，接通水沟，把浴盆和水槽中灌满水，然后把屋顶浇上水，与狗躲在一间远离窗户的小房间里。如果是在汽车里，那就躺后面车厢里，弄湿一条毯子，然后裹住脑袋和手臂，保持冷静。

我根本不理会这一套。我只是个孩子，就那样坐在那里，目睹着天空变成火红，感受风驰电掣的风慢慢靠近。我才七岁。我让自己变得渺小，来面对那即将开始的暗藏的恐怖。罗斯和特雷弗，我的养父母，在那种随后的恐慌中怎么也找不到我。他们找遍了各个角落，室外的厕所、鸡舍、拖拉机棚。我逃到了地穴中，就坐在水池子的下面，在马缨丹丛中，那是我在园中的藏身之处，周围都是山茶花。我紧抱着我的宠物兔子，听见他们在喊我的名字，听见警察在冲着他们喊叫，听见汽车开走的声音，听见人们纷纷向椭圆道疏散。带着恐惧与痴迷，我目睹大火遮天，然后我像一只兔子一样开始挖土，由于多年从池塘滴落的水滴，土很潮湿，也很凉爽，咆哮声此时震耳欲聋，我被烟雾呛得喘不过气来，我紧紧地抓着我的兔子，大约十分钟后，大火过去了。事后人们会说这简直是一个奇迹。但植物学家会说，我得益于那些甜甜的潮湿的山茶花叶子的庇佑，因为火会避开它们。过了一会儿，我发现我已经闷死了那只兔子。它四肢无力地躺在我的怀里，眼睛呆滞像是巧克力色的榛子。

我的右胳膊严重烧伤，但我似乎并没有留意，在此后的岁月里，为了防止损伤的破开和化脓，我一次一次地开刀做手术。

大火从三个方向翻上了山顶，消防队员已经筋疲力尽，水压力也慢慢减弱。在大约三英里外，双慧正在左右为难。当消防队员赶到责令她出去的时候，她不知道该带些什么。他们说，她有些神情恍惚，要么就是突然发病，但是场面如此混乱，他们没想到要去等她，期待她能跟在后面。但她却站在那里，一只手拿着杜松子酒，拿不定主意到底是该抢救她的信件、照片还是贾斯帕特别喜欢看她穿的那件红色绣花日本和服，归根结底就是她被赶出了家，她尽量显得泰然自若，但说真的——他们怎么可以就这样撇下她！——她取下了首饰，大部分都是快乐的时光中达西送给她的，与房子道别，她真的要走了。也许贾斯帕对她的爱是一种绝对的爱，但是那永远也无可查证了。她再不想伤害任何人了。她根本配不上他，而且还用自己的痛苦葬送了他的爱。当她走进贾斯帕那辆破旧不堪的敞篷车时，却怎么也打不着火。她就坐在车里玩弄启动按钮，就在大火已经烧到山间小屋的时候，她才发动了莱康明发动机，然后摇摇晃晃地开出了大门。那时天已经完全暗下来，烟雾滚滚遮住天空，她满脑子想的都是她得去找她的孩子，他们从她手中夺走的心肝宝贝孩子。她开始朝着奥林达小溪错误的道路驶去，朝着大火的方向，看着大火向她迎面扑来，她猛地扭动着沉重的车轮，那笨拙的大车反弹到一个土砌的路堤上，顺着一侧滑到了原土著居民墓地所在的河沟中，撞翻到了一棵大树上，树的旁边还有一块大的花岗岩巨石。

他们把死去的孩子用负鼠皮裹着，用树皮卷成筒子，然后把整个东西塞进一棵空心树。

我还记得小时候读那些通栏大标题：“到底是树还是人？”他们叫喊着。

汽车里空无一人。甚至没有烧焦的尸体。并没有像一份小报所报道的那样有“失窃的珠宝”。只是两个被烧毁了的空架子座椅。贺双慧却消失得无影无踪。我查阅了所有的报纸。人们说她肯定顺着小溪而下，爬进了一个树洞。烧成了灰烬。虽然找到了一些烧焦的骨头，但那些属于更久远的原土著居民的骨头。在1952年2月25日出版的《年代》中，发表了德尔默·亨利教授撰写的讣告。其中写道“……她是一个神秘而高深莫测的女人……”

在她失踪的当晚下起了雨。而这场大雨连续下了三天。那个燃烧的树被掏空了。

数年后，有传言说她曾现身巴黎，也有说她与歹徒混在了一起。但事实上，这一切都没有任何凭据。

随着时间的流逝，灌木丛会再次破土而出。在接下来的四十年中，这片灌丛会再次被烧毁，重新长出来，然后再次被烧毁。仔细观察，你会看到零零散散的树桩。数枚老树干已被火烧成空心，而从里面长出了完整的树苗，外面的那层壳竟然成了保护伞。这些半树形成一个令人难以忘怀的模式：它们构成一个直径约百米左右的圆圈，似乎某种人类的力量曾经干预了它们。树干中的树木在茁壮生长。

抚今追昔，大火悄然而过，并未造成干扰。像所希望的一样自然。

只有一间小屋幸存下来。我把它租了下来，金融公司一直吵嚷着要拆掉它或重建那个旧的招待所。我心里想的却是那些藏在屋顶的信件，或者是埋藏在地下的宝藏。我打算动用法律程序来收回这份财产。我打算让所有的秘密昭示天下。

在卡车后面，我发现了一摞子路标。那是韦伯的“当心琴鸟”的路标，我忘记给贴出去了。我在图书馆找到一本关于琴鸟的书。在20世纪30年代，一只公琴鸟与山上独居的一个女子建立了友谊。这只非同寻常的嘲鸫会用尾巴轻敲她的窗户发出悦耳的声音，然后吹起《夏日最后一朵玫瑰》的曲子。

这些重复与重现将我们置于宇宙之中，日光之下，别无新事，有的只是转瞬即逝的映像与复制品。母亲的概念早已缺失，在永恒的迂回与回归中消失殆尽。双慧的文字成为我寻找的保护盔甲，而不是对她存在的解剖。

我报班学习高能炸药。不久我将炸开山体的岩石，让它们滚到路上，将这条路彻底封死。同时我创造了自己的伊甸园，补植了树木，清理了灌木丛，开辟了园中小径。

我还在大学筹备展览。展览在特纳博物馆举行，被公认是非常成功的展览。法国领事应邀参观了展览，而由此再次引发了对贾斯帕·赞林的兴趣，他的诗在法国再版发行。我萎缩的胳膊上戴着羊毛手套，我用它跟别人握手，在别人眼中，它好像是一条蛇。

当一切都结束的时候，我把所有的书都收起来带回这里。在这个地方，我满怀爱意，不管对错地将它们摆上书架归档。就在我飞快地翻阅从韦伯的古董店里买的这本日记时，一片写着字的树叶从中滑落，在空中盘旋，滑落到地板上，时光就此凝固，再也无法回头。被释放的幽灵，就在路上到处游荡。

我因为渴望真相而饱受痛苦，因了解真相而令上帝难堪。于是就在欲望进入房间的刹那，上帝却转身离去。我所记录的痛苦不胜枚举。我听到过痛苦的哭泣，看到过哭泣者的面孔，以及他们在树杈间的燃烧。毕竟，我们生活在这个世界。就这样到此为止吧。人们会说在我生命的尽头，我想通过纪律和苦行来释放自己，那他们可是大错特错了。我只是更多地关注巧合与意外，然后发觉没有必要恪守任何信念。世界就是由于全能上帝的漫不经心而开始的。于是，我尾随着上帝来到外面，继续在无须打理的花园捡拾，这是个由词汇组成的花园，文字与意志在这里发生碰撞——在这里我将搜集树叶（像一个傻瓜一样全神贯注），在层层的落叶中一片片审视，试图再度有所发现，而与此同时，硕大的红苹果轰然坠落在地。